隅田川心中

赤松利市

双葉文庫

隅田川心中

ここは隅田川護岸の浅草は隅田公園。春ともなれば花見客で賑わう場所でございますが、生憎《あいにく》今は冬でございます。冷たい北風、ましてや日暮れ時ともなりますと、行き交う人も疎《まば》らです。おや、そんな場所に小柄な人影が見えます。小学生でしょうか。東武線の高架下の暗闇で何やら歌っているようです。口ずさむという歌い方ではございません。滔々《とうとう》と流れる隅田川に向かい、その対岸に聳《そび》える東京スカイツリーに届けとばかりに声を張り上げております。物悲しい声です。冬の隅田の寒さが増すような歌い声です。どんな因縁があって、この娘はこんな場所でこんな歌を歌っているのでございましょうか。

そのお話をする前に、一人の男のお話をせねばなりません。

大隅一郎《おおすみいちろう》。

その男がこの娘といずれ非業《ひごう》の死を遂げる顚末《てんまつ》でございます。

さて大隅一郎は、その昼も『アゼリア』でナポリタンを食しております。

パスタと申しますよりむしろ饂飩《うどん》を思わす太麵ですが、柔らかく茹で上げられ、ねっとりと絡んだケチャップソースが喉越しを助けます。

軽く火が通ったピーマンのシャキシャキ感と、塩気の効いた厚切りベーコンの細切れが、昭和を彷彿とさせるそればかり注文する一郎です。

昭和が終わり平成の時代を迎えたとき、時代はそれなりに地続きに思えたのですが、その平成も終わってしまい、令和となってからというもの、どうにも新しい時代を素直に受け入れられず、やたらと昭和を懐かしむようになりました。

たまにはほかの料理を注文しようかと思う一郎ですが、『アゼリア』の扉を開けたときの店内に漂う濃厚なケチャップの香りには抗えません。メニューも見ずに注文してしまいます。もっともメニューを見たところで、ナポリタン以外には、ホットサンドしかございませんが。

癖になる味のナポリタンではありますが、実は一郎、味だけが理由ではなく、また昭和を懐かしむ心情だけでもなく、昨年の秋頃から喉に異変を覚えておりまして、異変と申しましても、なにか痞《つか》える感じがするという程度のことなのですが、固形物を食べますと、喉に詰まってしまいそうになることが度々にあります。

水とか茶を飲めば容易に治まる痞えですが、年齢が年齢だけに、喉頭癌《いんとうがん》を疑うこともあり、ならば然《しか》るべき病院で検査を受ければ良いようなもの、しかしそれが面倒にも思え、最近では専《もっぱ》ら麵類を主食としているのです。

一郎が『アゼリア』に通い始めてから、かれこれ八年になりますでしょうか、勤め先が休日となる土日祝日以外は、ほぼ毎日通っておりますので、店主の小川正夫《おがわまさお》とはすっかり顔馴染みになってしまいました。

「今日、休みだったっけ？」

ナポリタンを食べ終わった一郎が、口の周りのケチャップをペーパーナプキンで拭き取りながら店内を見渡します。見渡すと申しましても、席数わずか四席に短いカウンターだけの店内です。見渡すほどの広さでもありません。

「あの子、今日から三日間、ライブがあって福岡遠征なんだよ」

カウンターで店主の小川が食後のコーヒーをカップに注ぎながら申します。

「へえ、福岡ツアーか、たいしたもんだね」

「どうだかね。遠征といっても、舞台仲間のワンボックスカーに寝泊まりしながらの演奏旅行だからね。ギャラもたいしたことないんじゃないかな」

苦笑交じりに申します。

二人が話題にしておりますのは、昨年からこの店で働くようになったアルバイト店員の咲村咲子《さきむらさきこ》のことです。

咲咲と続く名前は芸名で、いえ、芸人ではなく一応アーティストを自認しているようですので、ステージネームというのが正しいのかもしれませんが、『アゼリア』のアルバイト収入を主たる糧とし、オルガンの弾き語りをしている咲子です。

小学生と見紛《みまが》う背格好に黒縁眼鏡、オカッパ頭の咲子を最初見たとき一郎は、小川の孫が店を手伝っているのだろうと思い込んだくらいです。

何度か言葉を交わすうちに、咲子が三十二歳であること、アーティストを目指して大阪の西成から上京し、月に一度、中野の古書店の二階でライブ活動をしていること、要介護の父親と足立区綾瀬の家賃三万円のアパートに暮らす身であること、そんなことを知りました。

「三日も留守にして、要介護の父親のことは大丈夫なのかね」

テーブルに淹れたてのコーヒーを置く店主の横顔に訊ねます。

前傾姿勢のまま店主の手が止まります。

微妙な空気を察した一郎は、スーツの胸ポケットからハイライトを取り出します。

ここ『アゼリア』に喫煙スペースはありません。そもそもそんなものを設置するスペースもないのです。その代わり、入口ドアには『全席喫煙可』と貼紙がされております。

「煙草が嫌なら来なきゃいい」

それが小川の言い分です。

「煙草も吸えない喫茶店なんて喫茶店じゃないでしょ」

とも申します。

『テーブルでのパソコン使用禁止』

という貼紙もございます。

「喫茶店は仕事場じゃねえんだからさ」

と、これも小川の言い分です。

疾《と》うに還暦を超えた一郎より小川はさらに一回りほど年上でしょう、頑固一徹というわけでなく、銀髪の紳士然とした長身の男性ですが、それなりに喫茶店主としてのこだわりもあるようです。ただし言葉はべらんめえ調で、目付きも鋭く、『アゼリア』の店内でしたら未《ま》だしも、通りで出会えば思わず道を譲ってしまう危ない空気を醸しだしている男でもあります。

「あの子の父親ね」

テーブルの中央に置かれた灰皿を一郎の手元に置き直し、腰を伸ばした小川が、空いた皿をトレーに載せたままでポツリと申します。

「要介護というのは表向きのことでね。実際はアル中の博打狂いなのよ」

初めて聞かされる話に、今度は一郎の手が止まります。

ハイライトを口に咥《くわ》え、右手に構えた百円ライターが宙に浮いたままです。どうやら一郎は、いきなりの情報に、やや戸惑っているようです。

「大隅さん、先週あの子のライブに行ったでしょ」

一郎の脳裏にその時の光景が浮かびます。

照明を落とした店内の客席は満席でしたが、満席と申しましても、十人も入っていない小さな会場で、そこは正式なライブ会場などではなく、古書店の二階の物置スペースでして、週に一回、咲子のような売れないアーティストに会場を貸しているのは、古書店主の趣味のようです。

観客席は木の硬いベンチです。

その斜め前、壁に押し付けるように置かれた簡素なオルガンに着き、半ば客に背を向けたまま、小さい身体から振り絞る声で歌う咲子でございました。

ライブは一時間を超え、その間咲子は、ただただ無心に歌うばかりで、ゴルフで痛めた腰の具合に一郎は難渋したものです。

「わざわざ中野まで足を運んでくれたと喜んでいたよ。これからも応援してやってくれよ」

店主の小川が目を細めて申します。

ライブはワンドリンク付で千五百円でした。

咲子の出演料も高が知れているだろうと、ライブ終わりには、プレーヤーも持たないのに、義理でCD三枚を買い求めたのです。

小川がカウンターの中に戻り、一郎はハイライトに火を点《つ》けます。

紫煙を燻《くゆ》らせながら、どこか物悲しい、けっして今風ではない、咲子の歌に思いを馳せます。

(昭和だな)

そんな風に考えたりも致します。

一郎が生まれたのは昭和三十一年、小学生、中学生と、高度成長期を育ちました。その高度成長期が終焉を迎えたころ一郎は高校を卒業し、ちょうどその時期に、巷《ちまた》に流れた物悲しい歌を想起させる咲子の歌声だったのでございます。

「無駄な苦労をしている子でね」

グラスを拭きながら、問わず語りで小川が続けます。

「オヤジは朝から飲んだくれ。土日は場外馬券場とスナックに入り浸りさ」

忌々しげに申します。

一郎が暮らすマンションは、浅草寺二天門を出て直ぐの台東区花川戸にございます。分譲賃貸のそのマンションから浅草寺を抜けたところにあるのが店主のいう場外馬券場で、土日ともなれば、その近隣の立ち飲み屋はもちろんのこと、昼間から営業しておりますチェーンの居酒屋でさえ、店内のモニターで競馬中継を放映致しております。

浅草は浅草観音浅草寺を中心とし、下町情緒溢れる観光地です。高いビルなどほとんどありません。

外国人観光客の姿も多く、特別治安の悪さを感じることはありませんが、パンパンに膨らんだランドリーバッグに腰を下ろし、なにを期待しているのか、あるいは昔日《せきじつ》を偲んでいるのか、場外馬券場の立派な建物前の道を挟んだ歩道に屯《たむろ》するホームレスもおります。

一郎はその姿を思い浮かべ、咲子の見知らぬ父親に重ねてみます。

「うちのアルバイト代で食いつないでいるんだから楽じゃないだろね」

欠食児童さながらの咲子の姿が目に浮かびます。

「なまじオヤジがいるもんだからさ、生活保護も受けられねぇんだよ。あんなオヤジ、とっととくたばっちまえばいいのによ」

カランコロンとドアベルが鳴って客の入店を報《しら》せます。

黒いジャンパー姿の男は一郎が見知った顔です。

この男、一年中黒いジャンパーを羽織っております。夏場はシャツの上から直に、冬場はセーターを着こんでと季節によって変わりますが、ジャンパーを脱いでいる姿を見たことがありません。

「いらっしゃい」

「ナポリタン」

と、ひと言だけ告げて一郎と目線があった男が肯くほどでもなく会釈し、入り口のテーブル席に腰を下ろして日刊紙を開きます。その一面に躍る文字は世の不景気を訴えております。昨年消費税の増税があって以来、実際にはその前からでしたが、巷では、真綿で首を絞めるような不景気風が吹いております。

「オリンピック景気らしいけど、こちとら懐が寒くて寒くて」

客が小川に話し掛けます。諂《へつら》う口調でございます。

「うちの商売もあがったりだ」

不愛想に応えます。

「タピオカ屋がずいぶん増えたよね」

「増えたね」

「オヤジさんのところはやらないの？」

「ありゃ一時のブームさ。そんなものを追い駆けてこなかったから、こうして今でも店をやれてるんじゃねぇか」

「そうか。開店早々値引きしている店もあるみたい。もう過当競争なのか」

言いながら客が新聞を捲ります。

店主と客の会話が中断したのを潮に一郎は席を立ちます。

「ごちそうさま」

カウンター脇のレジで、ナポリタンの代金六百円を支払います。増税前は五百七十円の価格設定だったナポリタンです。

一郎を含め常連客のほとんどは、コーヒーチケット十一枚綴りを購入しております。それをカウンターの背中の壁のコルク板に押しピンで留め、注文があるごとに、店主が一枚切り離す仕組みです。

後から来た客に軽く目礼をして店の外に出ます。

ホッピー通りの外れにある『アゼリア』前の通りは、いつもと変わらぬ人の流れです。

春とは名のみの二月の肌寒い通りを、季節外れの浴衣を着た外国人観光客が楽しそうな顔で行き交います。

（昭和の日本人もああだったな）

一郎の脳裏に浮かびますのは、少年期の近所の大人たちの顔でございます。明日という言葉が輝いていた時代でございました。今日より明日は良くなる、そう信じられた時代です。

この二月に六十四歳になり、今さら明日を思う身でもございませんが、それでもさらにその先の、間近に迫る老後を考えますと、憂鬱な気持ちにもなってしまいます。平均余命まであと十七年、このまま天寿を全うできるのか、それが一郎の近頃の思案です。

前の年に、老後の貯えに二千万円が必要だと喧伝されました。

そんな金はどこにもありません。

厚生年金の受給年齢に達しておりますが、生憎と申しましょうか、幸いにと申しましょうか、手取り四十三万円の身である一郎は、未《ま》だその受給手続きをしておりません。来年には国民年金の受給年齢にも達します。しかし国会では、受給年齢の引き上げが議論されております。

現在勤務する社団法人の定年の一応の決まりは六十五歳です。理事長に願い出れば、それの延長も可能でしょうし、差し迫って今日明日のことをどうこう思い悩むこともない一郎なのです。

一郎は大学を卒業してゴルフ場に就職致しました。学生時代にはゴルフ部のキャプテンを務め、週末キャディーのアルバイトに通っていたゴルフ場の支配人に誘われるまま就職したのです。

遅れて生まれた一人息子で、年老いた両親は公務員、悪くても名の知れた企業への就職を希望しましたが、誘われた千葉県のゴルフ場は、数あるゴルフ場の中でも名門と呼ばれるゴルフ場で、将来も約束されていると説得しました。

就職して八年目にリゾート法が国会を通過しました。

売上税、今で申しますところの消費税が検討され、その議論に紛れるように成立した法案でございます。

時代はバブル経済に沸き立っておりました。

リゾート法に後押しされて、日本全国に次々と新設ゴルフ場が開場しました。

ゴルフ人気は衰えることがなく、バブルの申し子として客足も順調でした。予約を断るのが主な仕事だったような時期でした。

その時期に、一郎が勤めますゴルフ場会社も、同じ千葉県に新しいゴルフ場を開場させたのです。

銀行の勧めもあって、百億を超える開発資金はすべて借入金で調達しました。

一次募集の会員権の額面は八千万円で、それはたちまち完売し、一億円で二次募集を開始した段階で、銀行への借入金はほとんど返済しておりました。

これが大きな落とし穴だったのです。

そもそも会員権と申しますのは、十五年なり二十年なりの償還期限を定め、会員から借り入れている資金なのです。

ちなみに一郎が勤務しておりました名門ゴルフ場が新設したゴルフ場の償還期限は二十五年でございましたが、要は、借入先が銀行から会員個人に移動しただけなのです。銀行と違う点は、利息を払わなくても構わないという点で、その意味でも、借入金という意識は薄かったようです。

しかしその時点で、預かり金はいずれ返済を求められるものだと、そのような認識を持つゴルフ場経営者がどれほどおりましたでしょうか。

ゴルフ場会員権は株と同じように市場で取引されます。

当時は未だ会員権価格は右肩上がりを続けておりまして、額面割れもしておりません。その償還をゴルフ場経営会社に求める会員などいなかったのです。

実際に一郎がフロントマンとして勤務していた名門ゴルフ場の会員権相場も、バブル景気に煽られ、軽く三億を超えておりました。六十年前の開場時には額面二百万円で市場に供された会員権です。それが三億を超えているのですから、預託金の償還をゴルフ場に求める会員などおりません。

姉妹コースの開場に際しまして、当時一郎は未だ三十歳という若さでございましたが、副支配人として抜擢されます。

姉妹コースとはいえ、元のゴルフ場が名門と認められるゴルフ場でしたので、寄り集うメンバーも、そのメンバーが同伴するゲストも、錚々《そうそう》たる人物で、副支配人とはいえそれら人材との交流は、一郎を勘違いさせるには十分な職場環境であったのでございましょう、セレブの仲間入りをしたような気持ちにさせられました。若い経営者連中に誘われて、銀座、赤坂、六本木と、毎週のように飲み歩いたものです。

副支配人の給料にはなかなか負担になる付き合いでございました。投資を勧められ、何社かの株を買ったりも致しました。それらすべてを一郎は、カードローンでまかなっていたのでございます。

平成を迎え二、三年も致しますとバブル景気も終焉を迎えます。会員権相場はみるみる値下がりし、一郎が副支配人を務めますゴルフ場の会員権も、最盛期の半額以下どころではなく落ち込みました。

しかしそれでもなお、切迫感を現実のものとして感じられません。なにしろ会員権の償還期限までには、未だ二十年近い猶予があるのです。そのうちなんとかなるだろう、それは一郎だけでなく、業界全体に蔓延していた空気でございました。

一郎より先に頓挫したのは、一郎と飲み歩いていた若手経営者の連中でございます。ある時を境に彼らの姿がゴルフ場から消えました。

小耳に挟む噂は判で押したように、彼らの経営破綻を囁くものです。

それは同時に、彼らに勧められた一郎の投資が泡と消えたことを意味するのですが、そんなことより、一郎の負担になっていたのは、四枚保有していたクレジットカードのリボ払いです。

いずれもゴールドカードで、それぞれショッピング枠二百万円の限度額いっぱいに使っておりました。莫迦《ばか》にならない金額が月々銀行口座から消えるのです。さらにそれとは別に、キャッシング枠も同額の二百万円ございます。もちろんそれも、限度額まで利用しております。その分割返済にも苦しめられました。

バブル期には遊び惚《ほう》けて、弾けた後は支払いに追われ、そんなこんなで婚期を逸してしまった一郎でした。その間に年老いた父母も他界致しました。

やがて年月が経過し、支配人の定年退職に伴い一郎は支配人に昇格します。

五十三歳でした。

支配人手当てが加わり月々の報酬も上がりましたが、焼け石に水です。

一郎のクレジットカードの利用残高は、ショッピング枠もキャッシング枠も、ほぼいっぱいでございまして、もちろん月々の支払いを欠かしたことはありませんので、徐々に減りはするのですが、わずかに回復した枠を、生活費の補塡に使ったりしておりましたので、実態は変わらないままでございます。

二十年近くの期間に、いったいどれだけの利息を支払ってきたのでしょうか、冷静に考えれば、どこかで負の連鎖を断ち切らなくてはならないのですが、それが人間の性《さが》というものでございましょうか、いったん陥った負の連鎖からは、そうそう簡単には抜け出せるものではございません。

しかし遂に抜け出す契機が訪れます。

二十五年と区切った預託金償還期限が到来したのです。

到来前に理事会を開催し、そこで償還期限の延長を諮りましたが、理事の賛同を得ることはできません。

「このまま座して償還期限を迎えたら、我々に残された途は倒産しかありません」

居並ぶ理事を前に、取締役支配人に昇格していた一郎は、半ば彼らを脅迫する言葉を吐いて力説致しました。

「倒産したら会員権が紙屑になるんですよ」

そう申しますが反応は芳しくありません。

「例えば五年延長したら償還原資を確保できるというのかね」

痛いところを突かれます。

ゴルフ人口はどんどん減って、償還原資の確保どころか、毎日の運営資金にさえ頭を悩ませる経営が続いていたのです。来場者数はピーク時の七割ほどに落ち込んでおりました。さらに客単価も同じくらい落ち込んでおりました。その結果、売り上げはピーク時の五割にも届かないほどだったのです。

「民事再生法を申請してみればどうなんだね。倒産よりもマシだろう」

そんな提案をする理事もおりました。

言われるまでもなく、顧問弁護士との協議で、それは検討済みでした。

民事再生法は平成の徳政令ともいわれ、借入金を棒引きにし、経営母体も無傷のままで出直しを図れる制度です。しかしそれを申し立て、再建を名乗り出る企業が現れた場合は、会社ごと乗っ取られる可能性もございます。

どこか地方の無名ゴルフ場ならともかく、一郎が取締役支配人を務めるゴルフ場は、名門ゴルフ場の姉妹コースなのです。都心から車で一時間と掛からない立地にも恵まれております。

再建スポンサーを名乗り出る会社が現れるに違いありません。

そうなれば、社員の雇用は継続されたとしても、取締役支配人である一郎が早晩馘首《かくしゅ》されるのは火を見るより明らかです。

その日の理事会は沈鬱な空気のまま閉会となりました。

その翌週です。

寝耳に水の出来事に襲われたのです。

姉妹コースである名門ゴルフ場は、旧コースと新コースの経営を分離し、再建を名乗り出る外資系投資会社と結託し、新コースの民事再生の申し立てをしたのでございます。

一郎にしてみれば、騙し討ちとしか思えない挙に打って出たのです。

一か月後、一郎は職も収入も失いました。

せめてもの恩情だったのでございましょうか、クレジット会社への借入金も含めて泣き付きましたところ、梯子を外した名門ゴルフ場に紹介された弁護士が間に入って、カード会社各社の借入金は自己破産で処理してくれました。加えて手切れ金として百万円の退職金も支給されました。

とは申しましても未だ五十歳半ば、そのまま無職に甘んじるわけにも参りません。伝手《つて》を頼って就職活動をした結果得た職が、台東区浅草に事務所を構える一般社団法人ゴルフ場協会の事務局長だったのです。

場面は変わり、未だ肌寒い浅草の夕暮れ時です。

時計の針は午後五時を回ったところ、残業もない一郎が向かうのは、その日も浅草ホッピー通りです。

ホッピー通りはいつもと変わらぬ賑わいで、雑踏のなか、一郎が寸分の迷いもなく選んだ『うおや』は、ホッピー通りで唯一海鮮料理を売りにする店でございます。海鮮料理と申しましても、そこはホッピー通り、本格的な海鮮料理を望めるものではございません。

ただそれでも、ほかの店がせいぜいマグロのブツを供するなかにあって、こちらの店はアジフライを売りにしております。

ほかにも梅水晶、これは細く切った鮫の軟骨を梅肉和えしたもので、それ以外にも季節になりますと、秋刀魚の塩焼きですとか、ヒラマサの造りですとか、鯛のあら炊きもございます。

一郎が注文しますのはホッピーセットで、もともとホッピーはビールテイストのノンアルコール飲料だったのですが、現在ホッピーと申しますと、甲類焼酎のホッピー割りのことを意味します。

一本の瓶入りホッピーで、ナカと称します甲類焼酎を三杯追加するのが目安です。いずれにしましても格安に酔うことを目的にするならホッピーなのです。

ホッピーセットを飲み干した後に、お代わりのナカを三杯追加し、そのツマミにちびちび食べる梅水晶は定番とし、アジフライや秋刀魚の塩焼きや季節の魚の造りなど、もう一品を加えるのが、ヤモメ暮らしをする一郎の晩酌であり夕食なのです。ホッピーを飲みながらちびちびつまみを突きますので、この時ばかりは喉の痞えを意識することもございません。

加える一品にもよりますが、勘定が二千円を超えることは滅多になく、いい気持ちに酔いまして、浅草寺二天門を抜けて花川戸の分譲賃貸マンションに戻ります。戻りますと湯を使い、翌日のゴミ出しの用意をし、文庫本を読んで午後八時には眠りに落ちます。いささか早めの就眠でございますが、これはゴルフ場に勤務していた当時からの習慣で、午前三時には目覚めます。

火曜日と金曜日は可燃ごみ、木曜日は資源ごみ、第一第三の月曜日は不燃ごみ、ゴミ捨てを終えて目覚ましのコーヒーを飲んで、いざ出勤と相成ります。

出勤途上で『富士そば』に寄って、朝そばを食すのも毎日の習慣です。顔馴染みになった店員の「行ってらっしゃいませ」の声に送られ、徒歩で勤務先に出勤し、八時四十五分にはデスクに着きます。そして昼食は『アゼリア』のナポリタンと、これが永年続く一郎の日常です。

その日の夕方も、一郎の姿はホッピー通りにございました。しかし目指しますのは『うおや』ではなく、ナポリタンの『アゼリア』です。

昼食に『アゼリア』を訪れました折、店主の小川から「折り入って相談に乗ってもらいたいのだが」と、持ち掛けられたのです。

「相談って？」

「いや、俺のことじゃないんだ」

そう申します店主が目線をやりましたのは、店の隅で、銀のお盆を胸に抱えて俯くエプロン姿の咲子です。

「どんな相談なんだろう？」

店主にともなく咲子にともなく、一郎は訊ねます。

「いや、ちょっと込み入った話なんでね、どうだろう。あの子が店を終わるのは四時なんだが、大隅さんの仕事終わりに店に寄ってもらえないだろうか。なんか予定があるんだったら、後日でも構わないんだけど」

咲子は俯いたままで、遠慮がちに申します店主に了解の旨を伝えますと、店主は咲子に歩み寄り、俯いた肩に手を置いて申します。

「サキちゃんよかったな。大隅さんが相談に乗ってくれるとよ」

未だ相談に乗ると答えたわけではありません。聞いても構わないというくらいのつもりで答えただけです。しかし顔を上げて潤んだ目の咲子に見つめられ、その上深々と頭を下げられたのではどうしようもありません。五時過ぎには寄るからと、答えるしかなかったのです。

カランコロンとドアベルを鳴らして『アゼリア』のドアを開けます。もう店仕舞いの時間のようですが、鼻に馴染んだケチャップの香りが致します。

「大隅さん、悪いね」

カウンターの向こうでグラスを拭いていた小川が軽く手を上げます。咲子はと申しますと一番奥の席に畏《かしこ》まっております。今どきの小学生でも嫌がりそうな、赤い水玉模様の、いかにも安物としか思えないワンピースに着替えております。

「サキちゃん、大隅さんに飯でも奢ってもらいなよ」

その場の空気に不似合いな軽い口調で小川が咲子に語り掛けます。コクリと小さく肯いて咲子が席を立ちます。隣の席においてあった防寒コートを手にトコトコとした足取りで、一郎のもとに歩み寄ります。

「それじゃ大隅さん頼んだよ。普段、ロクなものも食ってないだろうから、今夜は肉でも食わしてやってよ」

そう申します小川の声が肩の荷を下ろしたように聞こえます。

一郎がそう感じたことは、あながち間違ってはおりません。

実は店主の小川正夫という人物、生まれも育ちも下町浅草というだけのことはありまして、常日頃から面倒見の良い老人を演じておりますが、その実態は、自分に負担が及ぶことをなにより厭う男でございまして、そんな人物ですから、困窮する咲子を、まんまと一郎に押し付けたことに安堵していたのでございます。

そうとは知らない一郎は、

「外は未だ寒いよ。コートを着れば」

赤い水玉ワンピースの咲子に声を掛けます。向かい合って立つと、咲子の背は身長百七十センチの一郎の胸くらいしかございません。

肯いて、咲子が手にしたコートというか、むしろ防寒着と呼んだほうが適切かと思える濃緑色のそれを羽織ります。小柄な身体にまるで合っておりません。焦げたような臭いも微かにします。

おそらくその防寒着は、アル中のギャンブル狂いと聞いた父親のものであろうと推測します。

連れだって『アゼリア』を出ます。

さてと一郎は考え込みます。

「お酒は飲むの？」

フードを被った咲子の顔を覗き込むようにして訊ねます。

「飲めないです」

蚊の鳴くような声が返ってまいります。

アルコールが飲めるなら、すぐそこの行きつけの『うおや』に連れて行こうと算段していたのですが、飲めないとなると、それもどうかと思われます。

「ちょっと歩くよ」

告げて目指しますのは観音通りです。

先ほどの店主の「肉でも食わしてやってよ」と言った言葉が耳に残っておりました。前々から気になっていた焼肉屋があったのです。

その店の看板が目に浮かびます。『焼きレバー』というメニューの添えた括弧書きに(旧レバ刺し）とございます。

ご承知の通り、牛レバ刺しは法律で禁止されております。

平成二十三年四月、富山県などで五人が死亡するという食中毒事件をきっかけとして禁止されたものでございます。

しかしそこはそれ、一郎もいくつかの店で、それは勤務する協会の飲み会の二次会などで、焼きレバーと称した牛レバ刺しを食したことがございます。その焼肉屋もその手の店に違いないと、常から目を付けていたのです。

実際に入店しましてメニューを手に取りますと、メニューに掲載されている写真は見慣れた牛レバ刺しそのもので、それを一品、ほかに上タン塩、上ハラミ、上カルビを張り込みます。上尽くしにしたあたり、やはり一郎にも、若い女性と食事するという高揚感があったのでございましょう。

肉に限らず魚も含め、生ものは食べられないという咲子に焼きを任せまして、レバ刺しで冷酒を舐める一郎です。

やがて肉が焼けまして、

「どう美味しい？」

無心で食べる咲子に問い掛けます。

「はい、美味しいです。肉なんて食べるのは六年ぶりです」

「六年ぶり？」

はっきりと言い切る咲子の言葉に苦笑が零《こぼ》れます。

「ええ、私のマネージメントをしてくれていた会社が六年前に潰れました。その時に担当さんが、今半さんの本店に連れて行ってくれて、それ以来食べていませんでした」

浅草国際通りに本店を構えます『今半』は、言わずと知れたすき焼きの名店です。

申し遅れましたが、このお話に登場する店は、すべて浅草に実在する店です。店名も実在のまま記しております。しかしながら、この焼肉店に限りまして店名をご紹介することはできません。打診しましたがマネージャーに固く口止めされました。そのあたりのことは（旧レバ刺し）を提供している店だということで、何卒ご容赦賜りたく存じます。

咲子が声のトーンを落として続けます。

「でも私のような者が、こんな高級なお肉を食べていいのでしょうか」

この一言で場が一気に冷え込みます。

コホンと咳払いをして一郎が申します。

「マスターの小川さんが相談に乗ってやってくれと言っていたけど」

咲子の箸が止まります。

揃えた箸を箸置きに置いて真っ直ぐな目を一郎に向けます。黒目と白目の境がくっきりとしております。三十二歳とは思えぬ澄んだ瞳に一郎はたじろぎます。

「三十万円が必要なんです」

前置きもなく訴えます。

「貸してくれっていうことなの？」

努めて冷静に問い返します。

「いいえ、今の私に、いえ多分これからも、それをお返しする収入はありません」

しばしの沈黙が流れます。

沈黙を破って咲子が言葉を続けます。

「喫茶店のお給料は十五万円くらいです。生活費でいっぱい、いっぱいです」

「福岡にライブに行ったたって聞いたけど」

中野の古書店でのライブを思えば、たいした稼ぎではなかっただろうと思いながら場つなぎの質問をします。案の定、咲子が首を横に振って申します。

「一万円少しもらっただけです。でも、主催した人は赤字だったと思います」

「中野のライブもたいした稼ぎにはならないんだろうね」

「よくて三千円くらいです。歌わせてもらえるだけでありがたいと思っています」

「そうなんだ」

三十万円の使い途を訊くタイミングを計る一郎に、咲子がそれを語り始めます。

「父ちゃんが、悪い人から借金してしまったんです」

「三十万円も貸したの？　働いていない人に？」

「私の写真を見せて、娘が払うからって、父ちゃんが約束したんです。もし払わないんだったら私をお風呂に沈めるって」

「脅かされたんだ？　でもたった三十万円で風呂に沈めるって大袈裟じゃない？」

苦笑混じりの笑顔で申します。

「脅しじゃないと思います。別の人だったんですけど、借金払えなくて、私、無理やり裏ビデオに出演させられました。五人の男の人に輪姦されました」

とんでもないことをさらりと言って退《の》ける咲子に一郎は目を剝きます。

「それって犯罪でしょ」

喉が渇いて声が掠れております。よほど衝撃的だったのでございましょう、グラスの冷酒を飲み干して咽せているではありませんか。

「でもお金を借りた父ちゃんも悪いし。それにアタシみたいな貧乏人、お巡りさんもまともに相手してくれないだろうし」

それは違うよと否定したいのですが、妙に説得力のある咲子の言葉に納得してしまいます。

「だから三十万円都合してほしいんです。お礼は身体でします。私のこと、愛人にしてください」

「愛人って……」

「好きにしてくださって結構です。それともこんな子供みたいな女はダメですか？」

「いや、ダメじゃないけど」

どう答えてよいのか口ごもっております。

還暦過ぎまで独身を通してしまった一郎ですが、もちろん童貞というわけではありません。それなりに恋をし、付き合った女性も何人かおります。それ以外にも、風俗利用の経験もあります。

むしろ四十を超えたあたりからは、専ら風俗で精を放っておりました。自瀆《じとく》もしました。ただそれも十年ほども前の話で、ここのところは朝勃ちさえ致しません。そんな一郎ですから、目の前の、少女とも見紛う若い娘から、好きにしていいと言われて狼狽しているのです。

「まぁそのぅ、愛人どうこうは兎も角として、えーと近くに銀行はあるかな。いやもう閉まっている時間か。コンビニだな。いやいや、コンビニって引き出し額の制限があるんだったっけ。だったら銀行のATMか」

しどろもどろに申します。

「お客さん」

店員に声を掛けられびくりとします。

「肉が焦げていますよ」

言われて鉄板に目をやりますと、なるほど咲子が並べた肉が炭になっています。

「食べます」

きっぱりと言い切った咲子が、半ば炭になった肉を無心で口に運びます。ジャリジャリと炭を噛む音が聞こえてきます。

「おいおい、大丈夫なの？　無理はしなくていいんだよ」

「大丈夫です。家ではもっと酷いものでも食べていますから」

笑顔で言う咲子の歯が炭で黒く汚れています。

瞬く間に鉄板の上の肉を平らげ、それをウーロン茶で胃に流し込んだ咲子が大きく息を吐いて申します。

「あー、美味しかった。ご馳走様です」

咲子が食べ終わりましたので勘定をして外に出ました。

綾瀬に住んでいる咲子の通勤の足は東武線です。エキミセと通称されるデパートの二階に乗り場があります。同じ二階にみずほ銀行のキャッシュコーナーがあるのを思い出し、そこで一郎は三十万円を引き出し、備え付けの封筒に入れて咲子に渡します。

「今夜はお付き合いしないでいいんですか?」

咲子が衒《てら》いもなく訊きます。

「今日のところは急な話だから」

「毎週水曜日と土曜日が休みです。明日の水曜日の都合はどうでしょう。大隅さんの自宅でも、ラブホでも」

積極的と申しますか、あっけらかんと申しますか、益々《ますます》一郎は答えに窮します。

「水曜日はボクも仕事があるから……」

「それじゃ土曜日にやりましょう」

「いや、やるとかやらないとかでなく、もう少し、お互いのことを知りたいよね」

「やっぱり私じゃ……」

三十万円の入った封筒を握り締めたまま、咲子が俯きます。

「そうじゃないんだ。ほら、ボクもこの歳だろ、やっぱりいきなりというわけにはいかないよ。いろいろ心の準備も必要だし」

苦しい言い訳をしておりますが、実のところ自分のものが役に立つのかどうか、それが一郎の心配事なのでございます。すでにこの時点で、心の準備ではなく、ＥＤ薬を準備しなくてはと、ぼんやり考えている一郎です。

いきなり咲子が背伸びして、一郎の後頭部を抱え込みます。なんとか踏み止まった一郎に、ぶら下がるようにして唇を押し付けてきます。そのまま小さな舌が挿し込まれます。

場所は東武線の改札前です。通勤客も少なくありません。思いもよらなかった咲子の振る舞いに、舌を絡めることもできず、硬直するばかりの一郎です。

唇が離れます。

硬直したままの一郎にペコリと頭を下げた咲子が申します。

「それじゃ土曜日楽しみにしています。細かいことは、またお店に来られたときにでも。今日はここで失礼します。ありがとうございました」

咲子が背中を向けます。自動改札を通り抜けて人込みへと紛れていきます。手には三十万円の封筒がしっかりと握られています。斜め掛けにしたポシェットに仕舞う気はないようです。

人込みに紛れていく咲子の小さな背中を目で追います。やがて見失ってしまい、漸《ようや》く一郎は我に返ります。

あんな若い娘と……

一郎の胸に去来する想いはその一念です。

まさかこの自分が……

もうこの段階で、一郎はセックスをする気満々です。三十二歳という咲子の年齢は、一郎の娘といってもおかしくない年齢です。ただし咲子の見た目は、娘どころか孫といってもいいくらいあどけなく見えます。

それから一郎は新仲見世通りへと歩きます。寝酒の一杯も飲《や》らないと、とても眠れない気がしたのです。

向かった店はいつもの『うおや』ではございません。ホッピー通りに向かう気にもなりません。せめて今夜くらいは、と考えたのです。

一郎が選んだ店は、新仲見世通りから少し入った路地裏でした。

そこに目を付けていた店があるのです。抱えるほど大きな赤提灯に『瓢箪』と墨書きを模した店名が記されております。

その店は銘酒を売りにする店で、朝の通勤時、店前に出された空の一升瓶を眺め、なかなかの酒を揃えているなと感心していたのです。

今でこそ、朝は『富士そば』、昼は『アゼリア』、そして夜はホッピー通りの『うおや』で節約し、手取り四十三万円から、月々十万円を老後の貯えとしている一郎ですが、かつては銀座、赤坂、六本木と、高級店を飲み歩いた経験がございます。銘酒の蘊蓄《うんちく》もそれなりに有しておりますし、口も肥えております。

何日か前の通勤途上、店前に出された空き瓶から、特に一郎が目に留めましたのが、会津の銘酒『飛露喜《ひろき》』です。この『飛露喜』は、そうそうお目にかかれる酒ではございません。蔵元が限定販売にこだわっており、入荷しました際には「飛露喜入荷しました」とわざわざ貼紙をする店もあるくらいです。

ホッピーで直接的な酔いを求めるだけでなく、今夜は馥郁《ふくいく》とした日本酒で、心地よい酔いに身を任せたいと願ったのでございます。

未だ宵の口の『瓢簞』の店内は八分通りの込みようでした。

コの字型のカウンター席が二十席ほど、四人掛けのテーブル席が三席あります。

案内されるままカウンターに着きました。壁の黒板には『飛露喜』としっかり書かれています。一杯が千八百円です。やや躊躇《ためら》う値段でしたが、ここまで来てビールはございません。思い切って『飛露喜』を注文します。

突き出しは菜の花の胡麻和えでした。

春を思わす突き出しに、ひとりで照れる一郎です。その脳裏には、咲子の肢体を弄ぶ己がイメージされております。

升にのせたグラスが置かれます。

若い店員が一升瓶から『飛露喜』を注ぎます。

グラスから溢れた『飛露喜』が升に溜まります。モッキリです。

尖らした唇から迎えに行って、グラスの縁から『飛露喜』を啜り込みます。

芳醇な香りが鼻腔に広がります。

菜の花の胡麻和えを一撮《ひとつま》み箸で口に運び、春の味を堪能してから升の上にグラスを持ち上げ口から迎えに行って『飛露喜』を含みます。

なんとも豊かな酔い心地に体が蕩《とろ》けるようです。

「今夜のお品書きです」

店員が一郎の前に一枚の紙を置きます。

筆書きされた品書きをコピーしたものです。

今夜のと、あえて断っているのですから、毎日更新されている品書きなのでございましょう。

弥生と記されたメニューは「小鉢」「造り」「焼き物」「蒸物」「揚げ物」に区分されております。

その中でも一郎の目を惹きましたのは「造り」です。なんと「九会刺し」とあるではございませんか。クエの刺身に違いありません。

もう何年も前に、銀座だったか赤坂だったか、一郎は、若手経営者と訪れた店で食べたことがございました。もちもちとした歯ごたえでクセがなく、それでいて脂の乗りを楽しんだ記憶が甦ります。

しかし値段を見て思い留まります。

七千円とあったのです。

超高級魚で、紛い物まで流通しているクエでございます。その値決めこそ本物の証左かもしれないのですが、さすがに七千円には気持ちが萎えます。

代わりに白子ポン酢を頼みます。それに致しましても千二百円です。

紅葉おろしを添え浅葱を散らした白子ポンズも絶品でございました。

添え物のワカメの歯応えの良さが、白子の柔らかさを引き立てます。

思わず『飛露喜』をお代わりし、春キャベツのからし和えまで注文したものですから、勘定は六千円を超えてしまいました。

その翌日、デスクに座った一郎が、最初にしたことはインターネットによる検索です。

ED薬を手に入れようと計ります。

目的とする医院はすぐに見付かりました。「予約不要」「保険証不要」「男性スタッフのみ」「駅から徒歩0分」「院内処方」「最短で処方まで五分間」そんな言葉が並びます。

ED薬のチェーンのようです。

もっとも近い新橋の医院を選びます。

地下鉄新橋駅の5番出口直ぐのコンビニのビルの三階が目指す医院です。

ほかの職員の手前、プリントアウトするわけにも参りませんので、駅からの道順をよく確認し、念のため電話番号をメモします。

「ちょっと出掛けてきます」

経産省から天下りしてきた事務長に声を掛けて席を立ちます。「どちらへ?」と訊かれることもありません。なにしろこの事務長、一日の大半を席で居眠りしている職員なのです。年齢は七十を超えております。一郎が、自分の定年延長を軽く考えているのも事務長のおかげです。

「何時ごろお帰りでしょう」

声を掛けてきたのは女子事務員の小金井真理子《こがねいまりこ》です。

彼女も日がな一日、婦人雑誌などで時間を潰す職員です。

いちおう経理担当ということになっておりますが、通帳と印鑑を管理しているのは一郎で、仕事らしい仕事といえば、総会の打ち合わせなどで理事長や理事が顔を出したとき、お茶汲みをするくらいしか仕事がない真理子です。

「午前中には戻る」

そう言い置いて事務所を後にします。

最寄りの銀座線田原町駅に急ぎ、渋谷行きに乗ります。

田原町から新橋までは二十分足らずの距離です。

指定された出口を上がりますと、確かにコンビニがございます。

コンビニのビルに入り、エレベーター横に貼られたプレートに目的とする医院の表示がございます。

エレベーターで三階まで上がります。ドアが開くと目の前が医院です。それはクリニックという表示があるからそうだと分かるもので、なければ普通の会議室だと思ってしまうような医院です。

室内も同じで、簡素なカウンターの向こうに若い男性が座っております。

「処方ですか？」

問われたので一郎が肯きますと、紙を挟んだクリップボードとボールペンが差し出されます。「問診票」と記された紙です。既往症、服用している薬、アレルギーの有無などの質問事項が並ぶ、ごく普通の問診票です。普通と違いますのは、「お名前は匿名でも構いません」と、受付の青年から言われたことです。

一郎は『アゼリア』の店主の苗字を借りて、小川一郎と記入します。問診票を渡すと仕切り板の向こうのドアに入るよう指示されます。ドアを入ると、そこが診察室のようで、白衣を着用した中年の医師らしき男性が事務椅子に座ったまま一郎に丸椅子を勧めます。

奥のドアから先ほどの受付の若い男性が入室し、クリップボードを無言で医師に渡します。鷹揚な態度でそれを受け取った医師が軽く目を通します。受付の男性は医師の横に控えています。

「何回分必要ですか？」

医師に訊かれます。その言葉の意味に一郎はハッと致します。

通常であれば、「一週間分のお薬を出しておきますね」などと言うであろう場面で、医師は「何回分必要ですか」と訊いてきているのです。それは即ち、「何回セックスしますか？」という問い掛けと同義ではございませんか。

それに気付いて一郎は皮算用を始めます。

咲子に融通した金は三十万円、一回五万円として、いやいやそれは高過ぎるだろう、一回二万円として、いやいやそれは、いくらなんでも安くはないか、そのようなことをあれこれ思案し、とりあえずは三万円に落ち着きます。一郎が納得できる咲子とのセックス単価がそれでした。

「十回分をお願いします」

肯いて医師が袖机からクリアファイルを取り出します。一枚のパンフレットを抜き出して、一郎に差し出します。

「当医院で処方できる薬の種類です。ご希望を仰ってください」

バイアグラ、レビトラ、シアリスと並んでおります。曲がりなりにも一郎の知識としてあるのはバイアグラです。

パンフレットを見ながらＥＤ薬を吟味します。

先ずは特徴。

バイアグラは使用実績を謳っております。レビトラは即効性を、シアリスは効果時間が長い薬のようです。

次に服用時間。

バイアグラは性行為の一時間前、レビトラは三十分から一時間前、そしてシアリスは一時間から三時間前、やや幅はございますが、いずれも一時間前に服用すれば問題がないようです。

そして効果の持続時間。

バイアグラは五時間程度、レビトラは五時間から八時間、そしてシアリスは三十時間から三十六時間程度。

ここで一郎はハタと悩みます。シアリスの効果の持続時間に考え込みます。

考えておりますのは、これからの咲子との付き合いの形でございます。

咲子の休みは水曜日と土曜日です。週に一度、それも時間を限られた逢瀬ということでしたら、シアリスの持続時間は無駄に思えます。

しかし咲子は一郎の愛人になると宣言しているのです。愛人であれば、温泉旅行などという場面もあるのではないでしょうか。もちろんそうなれば、『アゼリア』を休むことも必要になりますが、福岡ツアーとやらで、三日間の休みを取っている咲子なのです。

二泊三日の旅行というケースも考えられるでしょう。となりますと、シアリスの効果の持続時間が三十時間から三十六時間程度というのも、重宝するのではないかと思えるのです。

シアリスをと言い掛けて、特徴欄の最後に説明される一文が目に飛び込んで参ります。それは勃起の程度を表すものです。バイアグラには、それに関する表記はございませんが、レビトラには「硬さを求められる患者さんに好まれています」と。いっぽうシアリスには「硬さは自然の勃起に近くなります」とあるのです。

いささか曖昧な表記にも思えますが、どうやらレビトラは、三剤のなかで勃起力に定評があるようです。

未だアダルトビデオなども普及していなかった高校生の折に、隣町の映画館でロマンポルノを鑑賞し、ズボンの前が痛いほどに膨張した想い出が蘇ります。もしあれほどの勃起が得られるのであればと、物は試し、期待半分で、結局一郎が選んだのはレビトラでございました。

「それではレビトラを十錠でよろしいですね」

「はい、そちらでお願いします」

一郎の答えを確認し、受付の若い男性が奥のドアに消えます。

診察室を出ますと、すでに薬の用意はできております。レビトラ一錠千八百円、それが十錠で一万八千円を支払い薬袋と診察券を受け取ります。診察券には『小川一郎』とさっき一郎が記した偽名が記されています。

「次回ご用命の際はこちらの診察券をご提示ください」

「これ、飲んだら、一時間後には……」

適切な言葉が見つかりません。ギンギンになるの？　と訊くのはさすがに躊躇われます。受付の若い男は慣れているのでございましょう。嫣然《えんぜん》と微笑んで申します。

「何もしなくて勃起するわけではありません。それなりの刺激が外部から与えられたときに反応するんです」

「そ、そうなんだ」

それなりの刺激というものがどういう刺激なのか、具体的に訊きたかったのですが、さすがにそれは憚られます。一郎は薬袋をコートのポケットに入れて、クリニックを後にします。

医院が入居するビル一階のコンビニでペットボトルの水を求めます。

コートのポケットから手探りでレビトラを一錠取り出します。

買ったばかりの水で服用します。

本日は水曜日、咲子となにを致しますのは三日後の土曜日でございますが、先ずはED薬の効能の程度を確かめておきたかったのです。

勤務先に連絡を入れます。

真理子が出ます。

「ちょっと用事ができたから、今日は直帰させてもらうよ」

それだけ告げて、相手の返事も待たずに電話を切ります。

地下に降りて銀座線に乗り、田原町駅で降りて目指すは浅草ロック座です。ストリップの殿堂ともいわれる浅草ロック座は、咲子の父親が通う場外馬券場の道向かいにあります。いえむしろ、歴史と知名度から申しますと、浅草ロック座の前に場外馬券場があると申すべきでございましょう。

国際通りを浅草ロック座へと急ぐ一郎は、先ほどの医院の受付で言われた「それなりの刺激」を得て、ED薬の効果を確かめてみようと考えているのです。

浅草ロック座には未だ入ったことはございません。ストリップを観劇するなどという情熱は、ゴルフ場を追われ、浅草に移り住みました時点でなくしておりました。

国際通りを黙々と歩き、ROXを超えて二つ目の角を右に曲がります。さらに少し歩き、ドン・キホーテの角を左折しますと目指すロック座です。

一郎の足がハタと止まります。

思わぬ人物が少し先を歩いています。

低身長で小枝のような手足のおかっぱ頭、濃緑色のジャンパーを羽織り、その裾から水玉模様のワンピースがのぞいています。素足にサンダル履きです。

咲子です。そういえば今日は休みだったなと思い至ります。

咲子の自宅は綾瀬のはず。それがどうしてこんなところを、と思う間もなく、咲子の姿が浅草ロック座のビルに消えます。

咲子が消えたビルには、漫画喫茶やネットカフェも入居しています。まさか咲子が一人で浅草ロック座を訪れたとも思えません。

昨日の今日だけに、出鼻を挫かれた格好になった一郎は、踵《きびす》を返しホッピー通りへと向かいます。もちろん酒を飲もうというのではありません。『アゼリア』で早目の昼食でも食べるかと考えたのでございます。

カランコロン。

「お、いらっしゃい」

店主の小川が笑顔で一郎を迎えます。

「早いじゃない」

言われてカウンター裏の壁時計に目をやりますと、未だ十一時にもなっておりません。誘われるようにカウンター席に座ります。

「今日もナポリタン？」

「いや、食欲がないんだ。とりあえずコーヒーをもらうよ」

いつもなら食欲をそそるケチャップの匂いが妙に鼻につきます。

「ドンキのところでサキちゃん見掛けたよ」

ドリップの用意をする店主にさりげなく切り出します。

「ああ、さっき店に寄って昨日の話を聞いたよ」

手元に目線をやったまま店主が答えます。

「大隅さんのおかげで助かったって。俺からも礼を言うよ」

三十万円を渡したこと、愛人にしてくれと言われたこと、東武の改札前でキスをされたこと、次の土曜日に会う約束をしていること、いったい咲子はどこまで店主に打ち明けているのだろう、思いは巡りますが、それを質すことは憚られます。

淹れたてのコーヒーが一郎の前に置かれます。

「ロック座のビルに入っていったけど」

探りを入れます。もしかして、あの場所で働いているのではないかと疑い始めている一郎です。

「ああ、でもまだ開場までには時間があるからね。同じビルのネットカフェで時間を潰すんだろう。一時間百円だからね。うちで時間まで居ればいいって言ったけど、お客が来たら無視できないって出て行ったよ」

「開場まで時間を潰すって……」

やはり勤めているのでしょうか。しかしいくらなんでも、鑑賞に堪え得る身体だとは思えない咲子です。

「十二時開場でショーは十三時からなんだよ。ショーまでモーニングのトーストセットでも食べるんじゃないかな」

勤めてはいないようです。なぜか一郎、安心致します。

「それにしても女の子が一人でストリップ行くかね」

「なに言っているんだよ。浅草ロック座はストリップじゃないよ。表の看板にも書いてあるでしょ、ファッションヌードシアターって」

それは知りませんが、ヌードになるということはストリップではないのでしょうか。どうにもその違いが一郎には分かりません。

「踊り子にタッチしたり、ましてやホンバンなんてとんでもない、踊りと裸を見せる場所なんだよ」

小川が力説しますが、一郎にはピンときません。

（やっぱりストリップじゃないの）

内心で反論します。

「どうしてサキちゃんはストリップ、じゃなく、そのファッションなんとかに行っているんだろう。女性の裸が見たいわけじゃないよね」

「ショーの参考にするんだってよ。あの子、ミュージカルもやりたいらしいからね」

「へぇ、そうなの」

「そらぐみって知ってるでしょ」

「宝塚の？」

「そうじゃなくて、宙重之助《そらぐみのすけ》って有名な劇作家いるじゃない。その舞台の曲もいくつか提供しているんだよね」

「そうなんだ。偉いね」

宙なんとかという有名な劇作家とやらも知らない一郎は、肯くしかありません。

「そんなことよりどうなのよ」

店主がカウンターに身を乗り出します。

「どうって?」

「サキちゃんのことだよ。昨日お金渡したんでしょ」

「ああ、まあね」

「いくら渡したのよ」

「それはちょっと……」

「ふーん」

小川が目を細めます。

「なに、それ」

「あの子は三十万円もらったって言ってたけど、もう少し多いのかなと思ってさ」

「三十万円だよ。ボクだって、そんな余裕があるわけじゃないし」

「で、そのあと、ことに及んだの?」

「いくらなんでもそれはないよ」

「なんだ、ねぇのか」

小川が詰まらなそうに鼻を鳴らします。

「だいたい金と引き換えに身体を頂こうなんて考えないよ」

「ずいぶんお堅いことで」

ドリップの終わったコーヒーが差し出されます。

「もっと気楽に考えたほうがいいぜ」

小川が助言めいたことを申します。

「今どきの娘はね、金で身体を売るなんてぇこたぁ、そんな深刻に考えていねぇんだよ。むしろなにもしねぇほうが、相手を不安にするだけさ」

訳知り顔で申すではありませんか。

「まさかマスターも？」

咲子とやったのかと勘繰ります。もしそうであれば、咲子との関係は考え直さざるを得ません。

（いくらなんでも、顔見知りと共有するのはごめんだな）

「大丈夫だよ。俺はやってないよ」

含み笑いです。一郎は不愉快さを覚えます。

「ま、一回だけね」

「エッ？」

「サキちゃんじゃねぇよ。サキちゃんの友達さ。ライブ仲間らしいんだけど、閉店間際に、スッカラカンでうちの店に来てさ、サキちゃんあてにしてね、五千円貸してくれって言うの。一週間後にバイト代が入るからとかでさ」

「貸したの？」

「三日もまともに食ってねぇって言うからよ」

「貸したんだ？」

「違うよ。くれてやったんだよ。サキちゃんは退勤してたから、店の鍵を掛けて、店の奥で処理してもらった。しゃぶってもらったのよ」

一郎は冷めかけたコーヒーに口をつけます。

美味しくはない苦みを飲み干します。

「今風に言えば貧困女子っていうやつよ。五千円でしゃぶってくれたよ。どうなってんのかね、今の若い子の感覚は」

同じ疑問を店主自身に返してやりたかったのですが、隣の椅子に置いたコートのポケットにはＥＤ薬が入っています。

それが負い目になってなにも言えない一郎です。

カランコロン。

いつものドアベルが一郎を救ってくれます。

「いらっしゃい」

「ナポリタン」

見るまでもなく黒ジャンパーを着た男です。

「それじゃ、これで」

「ええ、もう帰っちゃうの？　昼休みこれからでしょ」

小川が不満げに申します。咲子とのことを、根掘り葉掘り訊きたいのでしょう。

「今日は寄るところがあるんで、会社には直帰と断って出てきたんだ」

わざとらしく腕時計を覗き、

「こんな時間か、すっかり無駄話してしまったな」

せめてもの皮肉を吐いて店を後にします。


再びの中座で申し訳ございませんが、そろそろ『アゼリア』と、その店主である小川正夫のこともご紹介しておかなければならないでしょう。一郎が知らないことも、お知り頂いていたほうが、これからの話もお解り易くなるというものです。

まず『アゼリア』でございますが、決まった休みはございません。定休日の無い店です。従業員の咲子は水曜日と土曜日が休みですが、そもそも店主ひとりで十分に回せる店なのです。それだけヒマということです。

メニューもナポリタン以外はホットサンドだけです。飲み物はホットコーヒーとアイスコーヒー、それにアイスミルク、それ限定です。注文があれば、ミルクを温めてホットミルクとカフェオレくらいは作ります。

開店は午前七時で、閉店は午後五時、それも厳密なものではなく、咲子が上がる四時に、そのまま看板をしまうこともあります。

それで食べていけるのか、と疑問に思われる方もいらっしゃるでしょうが、実は小川正夫、この界隈の小地主でございまして、ただ小地主とは申しましても、浅草の繁華街、ホッピー通りに何軒かの店を賃貸する身です。その家賃収入だけで、悠々自適の身なのですが、ただそれではヒマを持て余すので、ヒマ潰し半分に『アゼリア』を営んでいるような次第でして、喫煙を可にしたり、パソコンの持ち込みを禁じたりしているのは、なるべく客が寄り付かないようにという企みなのです。

浅草と申しますと、世間の皆様は下町文化の町と考えるでしょうが、実はそうではないのです。

江戸の文化を育んだ土地は神田でございます。さらに下町を代表するのは、永井荷風の『濹東綺譚』に描かれた隅田川以東の土地でございまして、その両者の特性を巧妙に取り入れたのが浅草なのです。

下町と認識されている一方で、土地持ちの富裕層が多くおります。小川もその富裕層の末席に連なる者でしょうが、その多くがとまでは申しませんが、中には谷町気取りで、任侠を標榜する組織と繋がる者もいないわけではございません。

さらに一郎は知りませんが、一郎が立ち寄ることがない閉店後の『アゼリア』には人相風体の怪しい男が出入りしているのでございます。筋者というのではありません。むしろそれより質の悪い、最近で申しますところの半グレという輩《やから》でございましょうか。そんな者たちが連絡場所に使っている『アゼリア』なのでございます。店子《たなご》が家賃を滞納しようものなら、小川の依頼でその者たち数人が徒党を組んで取り立てに参ります。延滞迷惑料まで含めて吹っ掛けます。小川とはそんな人物、そして『アゼリア』とはそんな店なのでございます。

知らぬは一郎ばかりです。

それに致しましても、祖父から引き継いだナポリタンの味だけは確かなもので、今までも何度か、雑誌だのテレビだの、取材させてくれないかという申し込みもあったのですが、もちろんそれは断固として断りまして、それればかりか、ネットで取り上げられることさえ厭うほどでございます。

ですから『浅草』『アゼリア』と検索しましても、店舗が表示されることはありません。悪評の書き込みが見つかるだけです。そのうえ、電話帳にも載せていないのですから、新規の客が訪れることもございません。外国人観光客が浅草に多く訪れるようになってからは『NO English』という貼紙までするようになっております。

それでも偶《たま》に間違って訪れた新規の客は不幸な目に遭います。不愛想な対応で出迎えられ、手抜きのナポリタンを食べさせられることになるのです。悪評が投稿されるのも当然のことでございます。

幸い一郎の場合は、店主が一目見て気に入り、それは永年、ゴルフ場のフロントで客商売をしてきた経験が活きたのでしょう、この人物ならと、客らしい扱いを受け、数少ない常連客の一人として認められたのです。

『アゼリア』を出ました一郎、正午になろうかという時間に戸惑います。『浅草ロック座』の開演時間まで未だ一時間近くあります。それよりなにより、咲子が乗り込んでいるのでは、そちらに入るわけにも参りません。自分は女性の裸踊りなどに食指を動かさない大人の男性だと思わせたいのです。

とはいえ、勤務先には直帰だと伝えております。予定が変更になったと申せば済む話でありますが、もはや気持ちはオフになっておりますので、それも聊《いささ》か面倒に思えます。

仕方がないので『うおや』にでも寄って、ホッピーで軽く仕上げて、午後は寝転がるかと思案しつつ、ホッピー通りを歩いておりますと、向こうから咲子が、トコトコ歩いて来るではありませんか。

それに気付くのが一呼吸遅れてしまい、先に気付かれてしまいました。

そうなりますと、「やあ」とばかりに手を上げるしかありません。軽く頭を下げた咲子が無表情のまま、トットットッと駆け寄って参ります。

「仕事が早く終わってしまってね」

言葉を交わす距離で立ち止まった咲子に申します。咲子は相変わらずの無表情のままです。

「サキちゃん、どうしたの。きょう店はお休みだったんじゃない?」

確か小川の話では、『浅草ロック座』が開場する正午まで、一時間百円のネットカフェで時間を潰しているはずの咲子です。それから開演の一時まで、トーストセットを食べていると申していたように記憶しております。

「ロック座に踊りを観に来たんですけど、開場まで時間があったのでこの辺りをぶらぶらしていたんです。いつもはネカフェのオープン席で開場時間を待つんですけど、今日はオープン席がいっぱいで」

小川からの情報のままに答えます。ストリップを観に来たことも隠しません。

「そう、お昼は？」

会話の流れで訊きます。訊きながら一郎は、ＥＤ薬を求めたクリニックの説明書きを反芻しております。

硬さを求められる患者さんに好まれています、と説明書きにあったレビトラを服用して二時間くらい、効果の発現は三十分から一時間くらいとありました。

さらに想いを巡らせます。効果の持続時間です。確か五時間から八時間くらいとあったはずです。

ということは、今正に、臨戦態勢にあるということになります。

「未だ食べていません。もうすぐロック座が開場したら、トーストセットでも食べようかと思います」

「だったら一緒に食べようか」

「大隅さんもロック座に行かれるんですか？　私と一緒だったらカップル割で安くなりますけど」

「ロック座って、ボクは入ったことはないけど、女性でも入れるの？　だってストリップなんでしょ」

ＥＤ薬の効果を確かめたくて入るつもりだったことなど明かすはずがありません。しかし頭の中ではそれもありかなと考えております。裸踊りを鑑賞した後、いけそうだという確証を得て、そのまま咲子をホテルに連れ込む算段をいたします。

「ストリップではありません。確かに脱ぎもありますけど、ロック座のコンセプトはファッションヌードシアターです」

小川と同じことを申します。ファッションとシアターという言葉を除けばヌードです。そういえば、昔ラブホテルと称していた連れ込みホテルも、いつの間にか、ファッションホテルと呼ぶようになっていたなと妙に納得します。

「そうなんだ。サキちゃんは行ったことがあるの？」

ファッションであろうがシアターであろうが、ストリップ小屋に変わりはあるまいと考える一郎です。

「ええ、何度もあります。自分の舞台の勉強にしたいと思います」

「参考って、まさか舞台で脱ぐわけじゃないよね」

「私みたいな貧相な身体で脱いでもお客さんが引くだけです」

それが分かっていながら、なにを勉強するのだろうと、ますます一郎は不思議に思います。

「それじゃボクも後学のために一度覗いてみるかな」

「ご一緒しましょう」

無表情だった咲子がニッコリと笑います。なかなか可愛い笑顔です。無垢です。

咲子に先導されて開場間もない『浅草ロック座』のビルに入店します。

階段を上がります。階段の壁面には、その日出演する踊り子たちの大型パネルが陳列されています。

どの娘もなかなかの美形です。

期待に胸が高まります。

そしてそれ以上に、この後の咲子とのセックスに期待します。

階段に飾られたパネルの娘たちに比べれば、容姿という点では、聊か見劣りのする咲子ですが、小学生と言われても、不思議ではない咲子なのです。それを金で愛人にして自由にするのです。なんとも言えない背徳感が堪りません。

チケット売り場に至ります。

通常料金は五千円です。女性料金は三千五百円で先ほど咲子が口にしたカップル割は七千五百円です。一万円札を出して釣りとチケットを受け取ります。

「まだ開演まで時間がありますから、食事をしてもいいですか」

「ああ、ボクも昼は未だだから、なにか食べよう」

ロビーに併設されたカフェに向かう途中で「タイムテーブル」と掲示されたパネルを横目で確認します。

ステージは全部で五回、最初のステージが十三時から十四時四十分です。そのあと、二十分ずつの休憩時間を挟んで、終演は二十二時四十分です。

もちろん終演まで鑑賞するつもりはありません。

なにしろ現時点で、体内を巡っているであろうレビトラ成分の効果発現時間は五時間から八時間なのです。服用したのが午前十時前後でしたから、安全を考えれば、遅くとも十五時までにはことに及ぶ必要があります。

最初のステージを最後まで鑑賞し、それから急いでホテルにしけこんだとしても、時間ギリギリです。

とは申しましても、最初のステージの途中で抜け出すのも、いかがなものかと思案致します。なにしろ咲子は舞台の「勉強」に来ているのです。そんな咲子を急き立てて、ホテルに行こうなどと言えるでしょうか。

十三時の開演前にもう一錠追加服用しておくかと、それが一郎の結論です。それならば、その時間から最大八時間、二十一時までは効果は持つはずです。

「トーストセットでいいですよね」

咲子に問われハッとします。

「ああ、いいけど」

カウンターに置かれた小さなホワイトボードにモーニングセットとあります。正午過ぎなのにモーニングというのに苦笑させられます。トースト二枚にジャムとソフトドリンクがセットになって二人分で千円です。ホットサンドセットもありますが、それほど空腹ではありません。咲子とのことで頭がいっぱいです。

カウンターに座ってトーストを食べておりますと、ぱらぱらとほかの客が入場して参ります。真っすぐ客席に向かう者がほとんどで、たまにカフェに入ってきた客は、やはりチラリと咲子に視線をやります。ただ視線をやるだけで、それほど驚いている風でないのは、女性客も珍しくないということなのでしょうか。

食べ終わって客席に移ります。

思った以上に広めの客席ですが、客はほぼ一箇所に固まっています。

「大隅さんも前盆がいいですか?」

「前盆?」

「みんなが固まっているあの丸いところです」

ステージから客席に伸びる花道の先端が丸くなっております。客のほとんどが集まっている場所です。前盆と言う咲子の専門知識に軽い驚きを覚えます。

温泉場で冷やかしたことはありますが、本格的なストリップが初めての一郎にも、踊り子が先端の丸い部分で踊ったり股を開いたりするのだろうと、それくらいの想像はできます。

「サキちゃんはいつもどこで観ているの？」

「私はステージ全体が見える後ろの席で鑑賞します。前の席に座ると、時々勘違いした人に触られたりしますから」

「それじゃ、ボクも後ろの席でいいや」

咲子と二人並んで、入り口近くの席に着きます。

やがて開演の時間になってショーが始まります。

中にはラジオ体操かと思うような踊りをする娘もおりますが、ショーの内容は総じて華やかなもので、一郎が知る温泉場のストリップとは明らかに違うものです。もちろんストリップですから、全裸になっての御開帳も約束通りです。

踊り子ひとりの持ち時間は十分少々でしょうか、次々に踊り子が変わります。それらの裸体を眺めているうちに、一郎の下半身がムズムズし始めます。勃起しているわけではないのですが、どことなく収まり具合を悪く感じるのです。

それはまったくのところ無意識の行動だったのですが、掌を咲子の剝き出しの腿に置きます。

その手を咲子に押さえられ、ハッとした一郎は、その場しのぎに申します。

「ちょっとトイレに行ってくる」

断って席を立ちます。

トイレでズボンのチャックを下ろして陰茎を取り出します。呪縛を解かれたとでも申しましょうか、縮こまっていた陰茎は、一郎の手の中で、ムクムクと成長致します。小便を排出し、何年かぶりで硬くなりましたそれをズボンに収め直して席に戻ります。

踊り子に目をやったまま手探りで咲子の手首を摑み、己が股間に導きます。

咲子が指を広げズボンの上から一郎の形を確かめます。

了解の意思だと理解します。

「出ようか」

上体を斜めに傾げて咲子に囁きかけます。

咲子が小さく肯いたのを気配で知って、手首を摑んだまま席を立ち出口に向かいます。

股間はますます硬度を上げております。

さてどこに行くかと思案しますが、どこに行くもなにも、ホテルしかございません。思案しているのは、そのホテルがどこにあったかということです。当てもなく歩くわけにも参りません。

不意に思い付きます。

確か浅草寺鐘撞き堂の裏に一軒、その場所は浅草寺に何箇所かある喫煙所の場所でもあります。

ハイライトを吸いながら、こんなところにと眺めた景色が浮かびます。一歩ごとに股間の張りは慥《たし》かなものになります。

歩調を早めた一郎は、浅草寺境内を急ぎます。一歩ごとに股間の張りは慥かなものになります。


ホテルの部屋に入るなり、大隅一郎は咲村咲子を抱きしめます。硬くなった股間をムズムズと咲子の体に押し付けます。抱きしめながら口を吸います。

駅ビル二階東武線浅草駅の改札前で、いきなり咲子に唇を押し付けられたのは昨夜のことでございました。予期せぬ咲子の行いに、差し入れられた小さな舌にも応えられませんでした。

しかしこの度は違います。浅草ロック座から咲子の手を引き、足早に浅草寺境内を通り抜ける間に出来上がっております。躊躇などあろうはずがございません。

いきなりのベロチューです。雰囲気もなにもあったものではございません。グチュグチュと音を立てて咲子の小さな舌を吸います。ングングと鼻を鳴らして小刻みに息継ぎします。舌を吸い、鼻を鳴らしながら、股間を押し付けます。右手で咲子の尻を鷲摑みにし、左手であるか無いかの貧乳を揉みしだき、いつまでやっているのだと呆れるほど舌を吸います。赤い水玉のワンピースがしわくちゃになってしまいます。

やがてさすがにその行為にも納得したのでございましょう、手を咲子の細い肩に置き申します。

「風呂の用意をしてくる。キミは服を脱いでおきなさい」

余裕ぶって申します。

苦笑させられます。息が乱れているではございませんか。

入室以来の振る舞いはとても大人の男性のそれではございませんでした。発情した高校生の所業を思わせる振る舞いです。

咲子が経験の少ない女だったから良かったようなものの、三十二歳という年齢なりに経験を積んでいれば、何の工夫もなく闇雲に舌を吸われ、あまつさえ口唇周りをヤニ臭い唾液でベチョベチョにされ、ウンザリしたのに違いありません。

しかし服を脱いでおけと言われた咲子、神妙に頷きます。一郎の唾液を拭おうとも致しません。

一郎は一郎で、浴室に入る用意なのでございましょう。靴下を脱いで、ベッドの横の脱衣籠に放り込みます。少し考えてネクタイを外し、上着も脱いでハンガーポールに吊るします。また少し考えて、ズボンも脱いで同様に吊るします。さらに考え込んで、カッターシャツとアンダーシャツ、これは脱衣籠に放り込みます。そして最後の一枚、トランクスも脱いで脱衣籠に放り込みます。

端《はな》からさっさと全裸になればよいようなもの、それでは余りにさもしいか、いやいや浴槽の床が濡れているかもしれないので、靴下だけは脱いでおこう。

跳ね返りで濡れるかもしれないので上着も脱いでおいたほうがいいのではないか。湯加減を見るのに袖口を濡らしてしまうかもしれないではないか。

上着を脱いだのであればズボンも脱いでおくのが自然か。

いざズボンを脱ぎますと、パンツ姿にカッターシャツはおかしいだろう。

こんな具合に試行錯誤したのです。この期に及んで小市民、器の小ささが露呈する一郎でございます。

さてさてパンツから解放されました一郎の陰茎は、見事にというほどではございませんが、床と漸く水平になるくらいには勃起しております。完全に水平とは申せませんが、何とか重力に抗っております。

大小を言うのは野暮でございましょう。せめてものお情けとして、並と申し上げておきます。松竹梅で申せば梅クラスです。朝勃ちでさえ遠い記憶なのでございますからレビトラ効果恐るべしです。

自身の勃起に満足した一郎がバスルームへと消えます。

部屋にひとり残された咲子はと申しますと、表情も変えず、緩慢な動作で脱衣し始めます。特に浮かれている風でもございません。頰が赤くもなっておりません。淡々と脱衣し、ジャンパーとワンピースをハンガーポールに、ブラジャーとパンティーを二つ並んだ脱衣籠の片方に納めます。

バスルームからはドドドドドドドと湯船が満たされる水音が聞こえてきます。そのうちに掛かり湯をしているのでありましょう、ザバン、ザバンと浴室の床に水が弾ける音も聞こえて参ります。

やがて一郎の声が咲子を呼びます。

「サキちゃん、もういいよ。入っておいで」

期待のこもった、それでいてどこかワザとらしい声です。

湯に身を沈めた一郎は、両手を湯船の縁に広げて腰を浮かし、水面に浮上した亀頭にご満悦のようです。中学生かよとツッコミたくなります。

腕と手で乳と陰部を隠した咲子がドアを開け、バスルームに入ってきます。

「さっ、一緒に入ろう」

快活に促します。

「先にシャワーを」

あっさりと受け流されます。

咲子が流し場にしゃがんでシャワーを使い始めます。

それを横目で見ながら、おやおやどうしたことでございましょう、一郎の亀頭が水面下に沈み始めているではありませんか。

どうやら期待が裏切られたようなのです。

さすがに口には出しませんが、一郎が凝視しているのは咲子の乳です。いまさら大小に拘っているわけではありません。咲子が貧乳であることは、着衣の時から承知しております。さらに先ほど揉みしだいたのです。その手応えからも何ら期待はしておりませんでした。しかし問題は乳首でございます。乳輪です。

勝手といえば勝手な思い込みでございますが、実は一郎、小学生を思わせる咲子の見た目から、透明感のある桜色の乳首、乳輪を思い描いていたのです。それを裏切る黒豆の乳首、そして乳輪に関してはどす黒いだけでなく、貧しい乳房を覆い尽くさんばかりの大きさなのです。加えて毛穴の粒々が顕著です。爬虫類の背中を思わせます。

それだけではございません。もっとも肝心な場所、陰部です。

一郎は浅草ロック座の踊り子を思い出します。遠目にしか見ておりませんが、いずれも綺麗に整えられた陰毛でした。

それを咲子に望んだわけではございません。比べるほうが間違っていることくらいは心得ています。何しろ相手はプロの踊り子、お足を頂戴して御開帳に及んでいるのです。それに引き換え同じようにステージに上がる身とはいえ、咲子はシンガーソングライター、ピンクの照明に照らされて肌を晒す稼業ではありません。

それにしてもです。咲子の体型、見た目からすれば、無毛、パイパンを一郎が期待していたとしても不思議ではありません。

それがです。それがでございます。ボウボウなのです。しかも剛毛。タワシ。使い古しのタワシです。

さらに咲子の身体には痛々しいほどの痣があります。一箇所や二箇所ではありません。身体中です。

アル中でギャンブル狂いの父親のことが頭に浮かびます。咲子はＤＶを受けているのではないか。自然な発想として浮かびます。

咲子は丁寧に股間を洗います。どうやら指を入れて洗っているようです。湯に浸かったまま、ことに及ぶ可能性でも考えているのでしょうか。残念ながら一郎の股間のものはレビトラの効果虚しく、すっかり萎えております。

洗い終わった咲子が湯船に足を入れます。一郎に背を向け抱っこしてもらいたいかのように密着します。必然、一郎の両手は咲子の乳を背後から揉む格好になります。貧弱な乳を掌に包み、指先で黒豆の乳首を弄ります、目立った反応は得られません。咲子にも一郎の陰茎にも。

しばらく不毛な愛撫を続けます。湯に逆上《のぼ》せた一郎が申します。

「出ようか」

咲子が頷き二人で助け合いながら湯を出ます。

バスルームを出ると足拭きマットが敷いてあります。一郎が入るときにはございませんでした。どうやら咲子が気を利かせてくれたようです。その隣には、畳んだバスタオルとフェイスタオルを入れた籠も移動されています。

「そのままでいてください」

そう言った咲子がバスタオルに手を伸ばし、一郎の身体を拭いてくれます。先ずは背中から、尻から足も丁寧に拭いてくれて前に移ります。

首筋、胸、腹と拭いて跪《ひざまず》きます。

「私の腿に足を上げてください」

左足を預けます。体重は右足に残したままです。先ずは脚から、そして股間を拭いてくれます。温まったせいで一郎の玉袋はだらりと垂れております。その玉袋より貧弱な陰茎は重力に抗いもせず垂れたままです。

咥えてくれないか。

その一言がなかなか言い出せません。先ほどのように勃起しているのなら未だしも、萎んでしまった陰茎に自信が持てないのでございます。咲子に咥えさせて、もし萎んだままなら、取り返しのつかないことになる、咲子を失望させてしまう、失望されるどころか、莫迦にされるかも知れない。そんなことに思いを巡らせます。

「足を替えてください」

一郎の思いを知ってか知らずか、全裸のままの咲子が言います。

左足を下ろして右足を上げます。拭いてくれます。拭く動作の中で、いきなり咲子が一郎の股間に顔を埋めます。

「おっ、おい」

動揺しますが咲子の肩に両手を置いただけで、行いを止めようとはしません。止める代わりに右足を床に下ろし、腰を落として股を割り気味にします。もっとと態度で催促します。

と申しますのも、意外なことに咲子は萎んだ陰茎を咥えているのではないのです。睾丸に吸い付いているのです。吸い付いたまま舌を使います。

(これは何とも言えない気持ちよさだな。こそばゆいけど気持ちいい)

睾丸を愛撫する咲子は首を軽く後ろに傾げております。その咲子の頬に垂れ下がった一郎の陰茎に、血液が流れ込みます。硬度が緩やかに回復します。その変化に気付いた咲子が、右手で陰茎を握り扱《しご》き始め、さらに血流を促します。睾丸に吸い付いたままです。舌も一層レロレロ動いています。

レビトラ効果が再燃します。

完全にとまでは申せませんが、一郎の陰茎が、辛うじて男根と呼べる程度に復活します。

咲子の口唇が復活した男根に移ります。咥え込み、頭を前後します。ジュポジュポと音を立てながら、喉奥から唇までストロークの長い頭の動きです。

頃合いを見計らっていたのでしょうが、咲子の顔が一郎の陰毛に埋まるくらい、それは即ち、限界まで男根を喉奥に咥え込んでいるということなのですが、さすがに息が苦しいのでしょう、小さな口をいっぱいに開き、「ガはッ、ガはッ、ガはッ」とえずいております。

これがイマラチオというやつだろうか。

かなり以前に鑑賞したアダルトビデオの一場面を思い出します。悪の組織の手に落ちた美人巨乳潜入捜査官とまぁそんな設定でございました。

黒いボディースーツを身に纏った巨乳捜査官が、緊縛され、何人もの男の物を無理やり咥えさせられ、執拗に喉奥を撞かれるというストーリーだった記憶があります。

巨乳捜査官を演じた女優は喉奥を撞かれ、ちょうど今の咲子がそうであるように、「ガはッ、ガはッ、ガはッ」と、えずきながら、大量の唾液を滴らせておりました。咲子も同じです。唾液が垂れております。口の端から涎が糸を引くのも厭わずより深く咥え込もうと致します。

このままでは果ててしまう。

焦ります。

一度果てた後に再び能力が得られるのかどうか、レビトラの性能に通じていない一郎でございます。

「ベッドに行こう」

焦りを抑えて咲子をベッドに誘います。ほんの数メートルの移動ですが、その間も一郎は、己が男根に手を添え、扱くことを忘れません。

湯上がりの二人は全裸です。

ベッドに押し倒しますと咲子が膝を立てて股を開きます。用意はできているということなのかと理解します。右手で男根を扱きながら、咲子のタワシ陰毛を掻き分け左手の中指で陰部を探ります。ぬるりと指が呑まれます。

咲子に覆い被さります。

膝頭を摑んでさらに大きく股を開かせます。

挿入します！

締まります！

抜き差しします！

！　！　！

これだけは期待を裏切りません。

小学生並みの体格に見合う締まりの良さです。

締まりだけでなく膣奥に当たる感触もあります。快感に、あるいは痛みに堪えているのでしょうか「ん、ん、ん、ん」と、一郎の抜き差しに合わせて鼻を鳴らし、眉根に皺を寄せる咲子の表情に、背徳の悦楽を覚えます。

（まるで小学生と致しているようだな）

そんな趣味があったわけではないのですが、その想いに脳が焼けます。松竹梅の梅の男根が、松並に格上げされたようにも思えます。何しろ膣奥を男根が撞き、「ん、ん、ん、ん」なのでございます。

激しいピストン運動を繰り返すうち、咲子が息も絶え絶えに何か申します。うわ言のように訴えてきます。

聞き取れないので、いったんピストン運動を緩めて耳を傾けます。

「中に、中に、中に出してください」

咲子はそう申しているのでございます。

「え、え、え、中に？　出しても大丈夫なの」

一郎も息が乱れております。

「中に、中に出してください」

「安全日？　偶々《たまたま》安全日に当たったということなの」

「中に出してください！」

絶叫で申します。

「分かった」

咲子の申し出に勢いを得て、一郎の責めが激しさを増します。叫んで堰が切れたのでございましょうか、「ん、ん、ん、ん」が「アー、アー、アー」に変わります。鳥の鳴き声を彷彿とさせる喘ぎ声です。それが益々一郎の男根に硬度を与えます。レビトラの効力が最大値を迎えます。

体位を変えます。

咲子を裏返し、尻から責めようと試みます。

四つん這いにしたのでは身長差が邪魔になります。上手く挿入角度が得られません。べったりとベッドにうつ伏せに押さえ込みます。

「尻を突き出せ」

乱暴な言葉で檄を飛ばし、小さな尻を平手で打擲《ちょうちゃく》します。

一郎の脳内で咲子は、悪の一味に捕らえられた潜入捜査官と化しているのです。巨乳ではなく、美人でもございませんが、それを補って余りある幼さがございます。背徳感で申せば、これ以上のものはありません。

「ギャン」

それほど強く叩いたわけではありませんが、咲子が小さな悲鳴を上げます。その悲鳴に一郎の脳が再び焼けます。

突き出された尻を抱え、斜め上の角度から挿入します。

「ンンン」

咲子が鼻奥で喘ぎます。

一郎が腰を沈めます。

体重を預けてより深く挿入します。

子宮に届けと言わんばかりに責め立てます。

「アギャ、アギャ、アギャ、アギャ」

一郎の腰の動きに合わせて咲子の喘ぎ声も変化します。

男根が膣の広がりを覚えます。

深さも増したように思えます。それでも亀頭が当たります。

ポッカリ——

そんな感じでございました。

いきなりの開通です。

壁を、いえ膜を破ったような感触があって、一郎の男根が、根元まで咲子の膣にめり込みます。ビデオ撮影で輪姦された経験があると言った咲子が処女ということはないでしょう。ですから膜と申しましても、処女膜を破ったのではございませんでしょうし、そもそも処女と経験したことなどない一郎でございます。

それでも、何かを破ってどこかに辿り着いたという感触は慥かにございます。辿り着いたどこかは、愛おしいほどに窮屈に亀頭を締め付けて参ります。ひと撞きごとに一郎の亀頭の侵入を拒み、撤退もまた拒みます。

「ンゴ、ンゴ、ンゴ」

咲子ではございません。

一郎のよがり声です。

咲子はと申しますと、喘ぎ声も止み、白目を剥いて口角から細かい泡を吹いております。

泡だけではございません。

一郎の腰の動きに合わせ、男根を浅くするたびに、ピュッピュッ、ピュッピュッと透明の液体が迸《ほとばし》ります。

潮を吹いているのでございます。

大量の潮がシーツに遠慮のない染みを残します。

一郎も汗だくです。

ポタポタと咲子の背中に汗が滴ります。組み敷いた咲子の腰骨の窪みに汗溜りを作るほどの発汗です。

汗まみれの顔を咲子の小さな舌で舐めてもらいたい。舐めさせたい。その妄想に一郎の脳が限界まで焼けます。

しかし体位を変えるゆとりはありません。脳が臨界点を求めています。メルトダウンの欲求に抗うことができません。

「もっ、もっ、もう、もうダメだ。中だ。中に出すぞ」

遂にそれが訪れます。

咲子の尻を鷲摑みにし、爪を立て、断末魔の叫びを上げ、一郎が膣奥深くに果てます。

ヒクヒクヒク。

そのまま男根を波打たせます。

ドピュ、ドピュ、ドピュッ。

最後の一滴まで絞り出します。

体力の限界でした。

反転させ咲子の尻から転がり、ベッドに仰向けになります。腹で大きく息をします。

ゼイゼイと喉が鳴ります。

一郎の体重から解放された咲子は、尻を突き出したまま、小刻みに痙攣しております。

イッたというより、失神しているようでございます。そんな咲子の様子と、咲子の陰部を起点とし、シーツ一面に広がった染みの跡に堪らない満足感を覚える一郎でございます。

かつて経験した、それが素人であったとしても、玄人であったとしても、これほど達成感のあるセックスは初めてでした。

小一時間もして漸《ようや》く咲子が覚醒します。うつ伏せの姿勢のままで、顔だけ一郎に向けます。未だ焦点の曖昧な瞳で一郎を見つめています。ぼんやりとはしておりますが、何もかも許した、極端に言えば隷属した、女の真摯さを一郎は覚えるのでございます。尻を上げ咲子の手が股間に伸びます。指で膣を弄っているようです。抜いた指を鼻先に近付けて嗅ぎ、舌で舐めます。何かを確信したかのようにニッコリと微笑みます。瞳の焦点もはっきりしています。

「出したんですね」

「ああ、安全日だって言うから」

言い訳がましく申します。

「安全日？　そんなこと言ってませんよ」

咲子が嫣然《えんぜん》と微笑みます。悪女を思わせる微笑ではございませんが、それでも一郎を動揺させるには十分な微笑です。

「だ、だって、中に出してくださいって言ったのはキミじゃないか」

抗議する口調で言います。

「ええ、言ったのは私です」

素直に認めます。

「だからてっきり安全日なんだと思って」

弁解する一郎に咲子がきっぱりと申します。

「いえ、むしろ危険日でした」

「だったらどうして」

混乱します。

「子供が欲しかったんです」

「子供？」

咲子の意図が理解できません。

「どうして」

後に続く言葉が見つかりません。

「大隅さんと家族になりたかったんです」

唖然としたままの一郎に咲子が乗り掛かります。抱き付きます。耳元で囁きます。

「私、幸せな家庭というものをしらないんです。経験もありませんし」

一郎の気持ちを置き去りにして咲子が言葉を続けます。

「母ちゃんの記憶はありません。私が赤ん坊の時に、父ちゃんと私を捨てて蒸発してしまいました。その母ちゃんを探して西成から東京に移り住みました。まだ私が三つの頃の出来事です。どんな当てがあって父ちゃんが東京に移り住んだのか知りません」

家出ではなく蒸発か。

長々と続く咲子の想い出話とは関係ないことを考えます。

ずいぶん旧《ふる》い言葉を使うなと感心します。

蒸発とは消え去ることなり。

曖昧な記憶でございますが、慥《たし》か昭和の時代に観たテレビドラマの冒頭に、そんなナレーションがあったなと思い出します。

「母ちゃんがいなくなる前まで、父ちゃんは建築現場の作業員だったそうです。東京に出てからも続けていたようです。でもけっきょく母ちゃんが見つからなくて、私が小学校に通うようになってから、父ちゃんの生活が乱れ始めました。三年生になるころには、父ちゃんはバクチ狂いのアル中になってしまいました。まともな生活どころか、毎日の食べるものにも事欠くような暮らしでした」

咲子の子供時代を思い浮かべます。

「中学生になって、部活が義務の学校だったので吹奏楽部に入りました。運動部はダメでした。毎日お腹を空かしている子供だったので、運動なんてできるはずがありません。

それに成長も小学校で止まっていましたし」

（陰毛の発育だけは止まらなかったのか）

咲子の同情すべき身の上話に不埒な想いを抱く一郎でございます。

「幸いだったのは、父ちゃんが私に手を出さなかったことです。性欲がなかったんでしょう。でも……」

咲子の声が沈みます。

「父ちゃん、私がお金になることを知ってしまいました。裏ビデオの商品になると覚えてしまったんです」

萎縮した陰茎ではなく、いきなり睾丸に吸い付いてきた技も、その時に覚えた性技なのでしょうか。陰茎に力が漲《みなぎ》り男根に変わったそれを、えずくほど、喉奥に咥えたのにも、そう考えれば納得できます。あれはレイプビデオで覚えたことだったのかも知れません。

唇でなく、舌遣いに頼るのでもなく、喉奥まで、男根の根元まで、いきなり咥えることなどそうそうできることではないでしょう。現実に一郎はその姿に脳が焼けたのでございます。

咲子が出演を強要された裏ビデオがどんな内容だったのか、詳しい説明を咲子は致しませんが、実際に咲子が受けた凌辱は、一郎が想像さえできないものでございました。

セーラー服を着せられ、その恰好のままロープで吊られ、服を剝がされながら凌辱されます。もちろん咲子は騒ぎました。

「ヤダ、ヤダ。ヤダ。止めろ。ヘンタイ。ヤダ、ヤダ、ヤダ、ヤダ、ヤダ」

他にもギャアギャア喚き散らしました。

その咲子の顎を摑んだ男の一人は「黙りやがれ。大人しくしておけば直ぐに終わる。黙らねえか」と、咲子の頰にビンタを加えたのでございます。一発、二発、三発と咲子の顔が歪むほどのビンタでございました。やがて咲子が抵抗を諦めても、さらにビンタは続きました。咲子を黙らせることが目的ではなかったのでしょう。咲子が無抵抗に殴られていることを映像に残したかったビンタだったのです。

咲子の身体中に残る痣はその時の痣でございます。

もちろん暴力だけではございません。男たちは代わる代わる咲子を犯し、あまつさえ最後にはぐったりとした咲子の顔に向けて放尿までしたのです。

「セックスで感じたことなんて一度もありませんでした。ただ時間から時間まで、好きなようにされるだけのセックスでした」

どこまでその時の情景を覚えているのか、咲子が申します。

切々と訴えてきた咲子の声に力がこもります。

「でも今日は違いました」

断言する口調です。

「大隅さんに抱かれて嬉しかったです。初めて感じました」

そう言ってもらえるのはありがたいのですが、それはそれとして、中出しを懇願したのは、また別の話ではないか、そう考える一郎でございます。

問い質す間もなく咲子の手が一郎の股間に伸びます。睾丸を柔らかく揉みほぐします。揉みながら、さきほど一郎が願ったように、一郎の顔を舐め始めます。

汗はすっかり乾いておりますが、拭き取ったわけではございません。汗の名残を留めているに違いない顔面に、執拗に、舌を這わせます。鼻の孔にも舌先を入れてきます。その変態的な行いが、睾丸への刺激と相まって、再び一郎の陰茎に芯が入り、男根へと変態します。

咲子が一郎に跨ります。

手を添えて男根を膣へと導きます。

腰を落とします。

咲子の部分は十分に濡れておりますが、膣内の狭さと奥行きは、最初に一郎を興奮させたそれのままです。自らの腰をグラインドさせながら、咲子が黒豆乳首の乳を揉みしだきます。

「さっきみたいにお尻を叩いてください」

掠れた声で言います。懇願されるままに一郎は、咲子の尻を平手で打擲します。

咲子の悲鳴。

「も、もっと」

強請《ねだ》ります。

もっとたくさんのなのか、もっと強くなのか、判断しかねた一郎でございますが、より強く、咲子の尻を叩きます。

切り裂くような悲鳴。

それでも咲子は、

「もっと、もっと、打ってください」

切なげな声で申します。

その言葉に励まされ容赦なく咲子の尻を叩きます。

咲子の悲鳴に合わせ、膣が益々狭くなり、そして亀頭が再び膜を破ります。根元まで完全に男根が咥え込まれます。

咲子の腰の動きが鈍くなります。

もどかしくなった一郎は自ら腰を上下させます。

突き上げます。

まさに悍馬《かんば》、小柄な咲子を振り落とさんばかりの勢いです。

振り落とされまいと、前屈《まえかが》みになり、一郎の腰に縋りつく咲子の尻を渾身の力で叩き続けます。

やがて咲子の首が折れ、その上半身が一郎の胸に倒れ込みます。それでも突き上げる動作を止めず、尻への打擲も止めません。

口から泡を、股間から潮を、さきほど以上に激しく咲子が噴出します。

大量に、です。

それに一郎の汗が混じり、体液塗れの二人は、再び一郎が咲子の体内に精を吐き出すまで、延々と営みを続けたのでございます。

その店『ホルモン串』に入るのは初めてでございました。オレンジ通りの側道にある前々から気になっていた店です。

ハラミ。シマチョウ。ギアラ。マルチョウ。

どれも脂身たっぷりの部位を、串焼きで供するその店の串一本の重量が百グラムと看板にあるのでございます。若い頃からギトギトの脂身が大好物の一郎でございましたが、さすがに還暦を過ぎる年齢で、一串百グラムという設定には気持ちが臆しておりました。

しかしその日は違います。

咲子に搾り尽くされた精を少しでも回復しようと、『ホルモン串』に足を向けたのでございます。そのあたりの発想は健気な高齢者と申せましょう。

ただし一郎は誤解しております。ホルモンという語感から、滋養強壮を助ける食べ物と解釈しております。しかしホルモンの語源は、関西弁の放る物、すなわち本来は食材として利用されず廃棄されていた物を意味します。謂わば当初はゲテモノだったのです。それがいつの間にか、滋養強壮に効果があって、男の精力増強を助けるものとして流布されたのです。ゲテモノには、それが蟲であり爬虫類であっても、そのような伝説が付き纏うようでございます。

医学的に本当に効果があるのかどうか、ただのプラシーボ効果なのか、ここで軽々に判断は下しませんが、たとえ気持ちだけでも、イワシの頭も信心からというものでございましょう。

もちろんそれだけが一郎の目的ではございません。「中に出して」と言った咲子の真意を確かめたい。それもベッドを離れて確かめたいと考えております。

まこと咲子は見た目にそぐわず、性欲旺盛と申しますか、淫乱と申しますか、ただしそれに応え、年甲斐もなく五回も精を放った一郎に、咲子をどうこう言う資格もないのですが、とにかく冷静にこれからのことを話し合わなくてはならないと、年齢なりと申しますか、当たり前の判断が働いたのです。

名に違わず『ホルモン串』の店内は、脂身の匂いが重たく充満しておりました。カウンター席が十二席、半分くらいが埋まっております。それぞれの席で、先客が口の周りをベトベトにしながら、大串に食らいついております。無言です。クチャクチャと脂身を咀嚼《そしゃく》する音だけが店内に響きます。

その光景に一郎は、はたと足を止めます。二席並びの空席はございますが、この後の自分と咲子の会話の内容を考えますと、さすがに隣に誰かがいる席は躊躇われます。

「お二人さん二階にどうぞ」

一郎の戸惑いを察したのか、カウンターで串を焼く若い男性店員が案内してくれます。その声にこれも若い女性店員がパチッと階段下のスイッチを入れます。それとは知れなかった階段が明るくなります。

阿吽の呼吸でございます。

若い二人は夫婦なのではないかと一郎は想像します。

他に店員はおりません。若い身で独立し、助け合ってこの店を営んでいるのかと、そんな風に考えてしまうのは、「家族になりたかったんです」と言った咲子の言葉が脳裏に残っているからかも知れません。

自らの家庭を持った経験のない一郎でございます。還暦を迎える前からそれは諦めておりました。家族を持つどうこうよりも、自身の老後の心配をしている毎日でございます。

一郎と咲子は脂で滑る階段を昇ります。

テカテカしている手擦りには、さすがに頼る気になれません。

二階には四人掛けのテーブル席が三つ並んでいました。普段あまり使うことはないのでしょう。どことなくホコリ臭いようにも感じられます。

串を焼くのは一階だけのようで、ホコリ臭いながらも空気が幾分かは清浄です。一階に比べればという程度ですが、それでも二階席は客の入りもなく、これなら落ち着いて話ができそうだと安堵します。

一郎たちを追いかけて、二階に上がってきた若い女性店員が注文を取ります。

一郎はシマチョウ串と生ビールを注文します。咲子はチョレギサラダとウーロン茶です。

「ウーロン茶もジョッキでのサービスになりますが」

咲子の体型を心配したのでしょうか、女性店員が気を遣ってくれます。

「たくさん飲むのでそれがいいです」

あれだけ乱れたのだから喉もカラカラだろうと一郎は納得します。

注文した品が運ばれ、軽くジョッキを合わせ、それぞれに食べ始めます。ホテルを出てから会話らしい会話を交わしていない二人です。

「さっき話が途中になったけど」

一郎から切り出します。

「妊娠のこととか、やっぱり考えたほうがいいんじゃないかな」

咲子が「中に出して」と言ったのは最初の行為だけでした。その後、四回も中出ししておきながら、いまさら？　でございます。

「私は産みたいと思います」

咲子の言葉に躊躇はありません。

「でもボクはもう六十四歳だし、いまさら結婚できる歳でもないし」

煮え切らない一郎です。

「結婚できなくても構いません」

「そうはいかないだろう」

「どうしてですか」

「どうしてと訊かれても」

言葉に詰まっております。

「一郎さんに」

大隅さんから一郎さんに呼び方が変わっております。

「籍を入れられない事情があるんでしたら、無理にとは言いません。認知してくれとも言いません」

どこまでもきっぱりとした咲子です。

「いや、特別な事情があるわけじゃないけど」

婚姻歴がないことは小川に話した記憶があります。

「それに一郎さんはお金持ちだし、少しは援助してもらってもいいですよね」

思い当たることがあります。今でこそ落魄《らくはく》し、社団法人に拾われた身ですが、昔のことを訊かれ、小川に吹いたことがあります。

――銀座、赤坂、六本木、若い頃はそのあたりでずいぶん遊んだもんだ。

——そんなとこで遊んだんだったら、浅草なんて詰まらんだろ。

——いやいや何を仰る。高級店はもう飽きたね。その点浅草はコクがある。

——おや、言うね。ずいぶんとお稼ぎになっているようだが。

——そりゃ、そのあたりの一流企業の役員並みにはね。

具体的には何も答えず、曖昧にはぐらかしました。それが一度や二度ではなく、何度か似たようなホラ話をしたものですから、一郎が経済的に恵まれていると咲子が勘違いしたとしても不思議ではございません。

「援助って？」

恐喝するつもりなのかと身構えます。

「出産と子育ての期間だけでいいんです。親子二人が生きていけるくらいのお金があればそれでいいです」

親子二人が生きていけるお金とやらは幾らなのだろう。

考えますが金額が浮かびません。

自分の収入を考えてしまいます。

月額の手取り四十三万円は、このご時世、けっして少ない金額ではないでしょう。節約に励んだので貯金も五百万円近くあります。しかしその一方で、社団法人の定年が一年後に迫っています。そろそろ理事長に泣きを入れるかと思っていた矢先の出来事です。

「具体的な金額を言ってくれないか」

ビールを一口含みます。口中の脂を洗い流します。

咲子もウーロン茶で喉を潤します。

「二十万円くらいあれば」

拍子抜けします。まさか毎日とか毎週とかいう金額ではないでしょう。

母子二人の生活費として、月額二十万円を要求する咲子の金銭感覚は普通か、それ以下に思えます。

とは申しましても、月々の給料手取り四十三万円から十万円を、老後の貯えとして貯金している一郎です。先日のように一時金として三十万円を渡すのならともかく、毎月となると、どう考えても無理があります。

「二十万円じゃ足りないんじゃないかな」

咲子に反論します。もっと必要だろうという反論ではありません。婉曲に言い含め、そもそも子供を望むことが無理筋なのだと説得したいのです。

「今だって、私、月々五万円くらいで生活してます。お家賃が三万円のアパートなので何とかなっていますが、お風呂もないし、トイレは共同ですし、そんな環境で子供を育てたくはありません」

慥か一郎の記憶では『アゼリア』での咲子のバイト代は月に十五万円だったはずです。そのうちの十万円を父親がバクチと酒に浪費しているということなのでございましょうか。

「それで父ちゃんの食事も賄っていますし、子供と二人なら十分やっていける金額だと思います」

「お父さんはどうするの？」

「父ちゃんは捨てます。母ちゃんが私と父ちゃんを捨てたように、私も父ちゃんを捨てます」

きっぱりと申します。

「それじゃお父さんが黙っていないだろ。店に押し掛けるよ」

「妊娠したら店は辞めます」

「辞めてどうするの？」

「お腹の子を労りながら暮らします」

「アパートを借りるとしても初期費用とか掛かるし、第一月々の家賃だって莫迦にはできないだろうし」

咲子は妊娠しているだろうか？

昼間のことを反芻します。

勢いよく精を放ったのは一発目だけでございます。二発目は腰に電流が走ったような快感こそあったものの、男根がドクドクする感触はありませんでした。それが三発目、四発目、五発目ともなりますと、特に五発目は、腰が抜けるかと思えるほどの快感こそあったのですが、明らかに空砲でした。

妊娠していないのではないか？

その想いに縋り付きたい一郎です。

自分は六十四歳なのだから、精子もそう元気ではないだろう。

根拠のない理由付けをして自らを納得させようとします。ただその一方で、咲子とのセックスを思い出しますと、股間の物がムズムズと疼きます。

一郎の手がシマチョウの串に伸びます。無意識です。咲子とのセックスを思い出し精を付けなければと、体が勝手に反応したようでございます。

横から串を咥え、シマチョウを噛んで串を引き抜き奥歯で咀嚼し始めます。口中に脂が広がり、生臭い香りが鼻の奥から抜けます。ビールで脂を洗い流してほっと息を吐きます。

その動作をジッと見詰めていた咲子が口を開きます。

「今日妊娠してなくても、次の休み、次の次の休み、その次の休みも、何回でもしていたら必ず妊娠すると思います。だって一郎さん、今日だって五回も……」

ポッと頬を赤らめます。

普段無表情な咲子のそんな表情に、再び一郎の股間の物が疼きます。

(これはダメだ)

諦めに囚われます。

自分は我慢できずに次の休み、次の次、その次も、咲子を求めるに違いないという諦めです。それだけ回を重ねれば、いつかは妊娠するに違いありません。いくら元気がないとはいえ精子は精子なのです。

「そんなにたくさんするのかな」

惚けた口調で問い掛けながらシマチョウの串に齧《かじ》り付きます。咲子に手渡した金は三十万円です。それが何回分なのだろうかと改めて考えております。

「しますよ。私たち体の相性がすごくいいんだと思います。私……」

「ん？　何？　最後まで言いなさいよ」

「私、あんなに感じたの初めてです。イクって、失神してしまうことなんですね」

「いや、それは人それぞれだろうけど」

一郎が照れております。

「潮も吹いちゃいました」

あっけらかんと申します。

「私、失神とか潮吹きとか、知識では知っていましたけど、都市伝説みたいなものだろうと思っていたんですよね。それが一郎さんとセックスして本当なんだと驚きました。本当に自分がセックスで失神したり潮を吹いたりして驚きました。本当に失神とか潮吹きするセックスってあるんだって感動しました」

いつになく咲子が饒舌です。声のトーンも上がっています。それだけ感動したということなのでしょうが、「ちょっと声が大きいよ」と、思わず一郎が辺りを見回すほどの燥《はしや》ぎようです。

さいわい二階にいるのは一郎たちだけです。さすがに一階のカウンター席に座り、隣に人がいたら、ここまで咲子もおっぴろげな発言はしなかったでございましょうが、いずれにしても注意せずにはいられませんでした。

「わっ、ごめんなさい」

小さな手で口に蓋をする仕草も可愛らしく思えます。

食べてしまいそうだな。

そう思い、さっき食べたばかりじゃないかと卑猥なことを考える自分にワクワクします。

こんな娘を好きな時に好きなだけ食べてみたい。

衝動です。胸を衝く想いでございます。

「どうだろう、一緒に住まないか」

自分の言葉に驚きます。しかし止まりません。

「どうせ妊娠して家を出るんだったら、今からお父さんと別れてもいいだろう。そのほうがお父さんのためでもあると思うんだ。サキちゃんがいるから、お父さんは働かないでバクチばかりしているんじゃないかな」

下心を隠して尤《もつと》もらしいことを言います。

「サキちゃんの収入を当てにしているんだろ。お父さんだって、何も食べずにバクチばかりするわけにはいかないよ。お父さんいくつになるの？」

「四十八歳です」

「え、そんな若いの！」

「ええ、私は十六歳の時に産まれた子供なんで」

「お母さんも？」

「ええ、二人は幼馴染の同級生だったらしいですから」

要は中学を卒業したばかりのガキが、後先も考えずにセックスして産まれたのが咲子ということか。その結果、女は娘を捨て、男は娘に寄生して生きているのか。

憤慨しますが、還暦を四年も超え、三十以上も歳が離れた女性とのセックスに浮かれているのは、憤慨している本人でございます。

「だったら肉体労働でも何でもできる歳じゃない。浅草の隣は山谷だし、あそこに行けば、土木作業員の仕事がいくらでもあるよ」

山谷事情など知りもしない一郎ですが、勢いに任せて言い切ります。

「でもマスターが……」

「小川さんがどうかするの？」

「父ちゃんは古い馴染みです。マスターとも親しいんです。あの店に紹介してくれたのも父ちゃんです。私が一郎さんのマンションに転がり込んだら、いずれ父ちゃんの耳に入ってしまいます」

「古い馴染みって、今も小川さんとお父さんは付き合いがあるの？」

「ええ、毎日通っています。一郎さんも会ってます。たぶん何度も」

「え、会ってる？」

咲子の言葉にひとりの男の姿が浮かびます。

「まさか黒ジャンパーの……」

「そうです。よくお昼を食べにお店に来ています」

「わざわざ綾瀬から電車賃を使ってきているの？」

「競馬をやりに来ているんです」

「場外馬券場は土日だけじゃなかったっけ」

「地方競馬もありますから。馬券はノミ屋で買っています」

咲子の説明によれば、ネット配信の地方競馬の中継を流しながら、ノミ行為を行っている店が花やしき遊園地の裏にあるらしいのです。一郎の勤務先と自宅を結ぶ動線から離れた地域ですので土地勘はありません。

咲子の説明に耳を傾けます。

なんでもその店は、夜はスナックを営んでいるとか。老婆がひとりで営む店で、飲み代も安いので父親は朝から晩までそこに居座り、昼食だけを『アゼリア』に食べに来ているそうです。

「その店の飲み代も『アゼリア』の食事代も全部ツケです。私のお給料日に『アゼリア』の分は天引きされます。でも父ちゃんがスナックのほうの飲み代を溜め込んでしまって……」

結果、その店の老婆の紹介で、闇金から金を借りた父親は、それを期日までに返せず、咲子を裏ビデオ業者に売ったのでございます。

「いいアルバイトがあるからと、隅田川の向こう岸の倉庫に連れて行かれました。写真のモデルをするという話でした」

「でもそれが裏ビデオの撮影だったんだね」

咲子が小さく頷きます。

「見た目は普通のお婆ちゃんですが、裏でノミ屋をやっているくらいですから、当然その筋の人たちとも関係があると思います」

そう言って咲子が右の頬を人差し指で斜めに切ります。そんなことを聞いてしまっては、益々咲子を父親のもとに返すわけにはいかないと思えます。

「小川さんはこのことをどこまで知っているんだろ」

独白するように一郎が問い掛けます。

「さぁ、そこまでは。でも閉店後、後片付けやトイレ掃除で店を出るのが遅くなった時なんか、怪しげな人が来てマスターと何か密談したりしています」

「でもあの人、ボクがサキちゃんに三十万円渡したのを知っていたよ」

「あれは父ちゃんが喋ったんです。私は何も言っていません」

咲子が両手を拳に固め、ファイティングポーズをとって頬を膨らませ怒ります。その仕草が何とも言えず可愛いのです。思わず一郎は微笑んでしまうのですが、微笑んでばかりもいられません。

咲子の父親は一郎を見知っていますし、小川と通じてもいるのです。おまけにその筋の者とも関係があるのでございます。

さてさて、どうしたものでしょう。一郎ならずとも、咲子との関係を深めていいのか悩むところでございましょう。

考える時間が欲しい一郎は、卓上の『呼鈴』と書かれたボタンを押します。

「はーい」

階下から明るい声が応答し、トントントンと軽快な足音が階段を昇り、先ほどの女性店員が姿を現します。

「追加の飲み物を頼みたいんだが」

シマチョウ串は未だ半分ほど残っております。さすがに食欲はありません。腹に溜まらないものと考え黒霧島のロックを注文します。

「ほかのご注文はございませんか」

言われて咲子のジョッキに目を遣りますと、氷が解けたウーロン茶は嵩を増し、半分以上もあります。一郎の目線に気付いた咲子が小さく首を横に振ります。

「とりあえず、それだけでいいよ」

一郎が言って女性店員が踵を返します。

「クロキリ、ロックでお願いしまーす」

通る声で階下に伝えながら軽快に階段を駆け下ります。直ぐに焼酎と氷を入れたグラスが運ばれます。その間、二人は無言です。

運ばれた焼酎を一口含んで喉に流し込んだ一郎が口を開きます。

「ボクが引っ越すという手もあるな」

驚きの提案をします。どうやら咲子と距離を置くという選択肢はないようです。

「問題は勤務先だ」

小川は一郎の勤務先を知っています。

――田原町郵便局の江戸通りを挟んだ。一階が靴問屋の。

――ああ、あの茶色いビルね。

――そこの六階に勤めているんだ。

ピンポイントで知られています。

咲子の失踪を知った父親が職場に怒鳴り込んできたりしたら、かなり厄介なことになってしまいます。

もちろん咲子は成人しているのですから、児童誘拐でもなければ淫行でもないわけでして、毅然としていれば良いのですが、一般社団法人という職場の性格上、揉めごとは極力避けたいところでございます。このタイミングで騒動を起こされたのでは、馘首《かくしゅ》にならないまでも、定年の延長が難しくなるかも知れません。
できるだけ自然に、時間を掛けて、浅草から、『アゼリア』からフェードアウトしていくしかないだろうなと考えます。そのためには花川戸の分譲賃貸のマンションを出ることです。

勤務先を起点として、浅草の反対側は上野になります。どちらも勤務先までは徒歩の距離です。転居すれば『アゼリア』は通勤途上ではなくなります。それを理由に『アゼリア』への足が遠退いたとしても不自然ではないでしょう。

所詮昼飯を食べるためだけに寄っている店です。

「小川さんにボクたちが深い関係になったことを悟られないようにしないとな」

考えていることがつい言葉に出てしまいます。

「私から漏れることはありません」

咲子が強く申します。

「それは分かっている」

理解を示します。

「いずれはサキちゃんもあの店を辞めたほうがいいと思う。お父さんが入り浸っているんだからね。しかし突然辞めたら、当然ボクとの関係が疑われるだろう。だから一緒に住むのは、もう少し先にしないか。ボクもあの店には足を運ばないようにするよ」

「一郎さんに会えなくなるんですか」

切なそうに咲子が眉を寄せます。一郎も切なくなります。しかしいずれ咲子と生活を共にするためには、それも仕方ないことです。

「そんなには待たせないよ。それにまったく会えないわけじゃない。サキちゃんが休みの日にはボクの自宅に来てくれればいいから」

咲子を宥《なだ》めます。

不服そうですが一郎にしても気持ちは同じです。できるものなら咲子と一緒に暮らし、毎日でも、それが可能であれば、セックスをしたい一郎でございます。

可能であればというのは一郎の体が持てばという前提ですが、一日に五回もできたのだから、毎日でも可能だろうと安易なことを考えております。レビトラ効果だとは思っておりません。

いやはや、まことに男というものは、いくつになっても単純な生き物のようでございます。客観視できないのです。

翌日の木曜日は少し早めの昼食にします。カランコロンとドアベルを鳴らして『アゼリア』に入店しますと、嫌でも咲子と目線が合ってしまいます。自然にしなくてはいけないと分かっているのですが、気持ちを抑えることができません。

「いらっしゃいませ」

咲子も同じようです。

今まで聞いたことがないような、潑剌《はつらつ》とした声で一郎を迎えます。

カウンターの中の丸椅子に座って新聞を広げていた小川が、先ず目を向けたのはカランコロンとドアベルが鳴った出入り口ではなく、店の奥で銀のトレーを胸に抱えている咲子でございます。

(気付かれたか?)

ヒヤリとしますが、たとえ小川が余程勘の良い男だったとしても、前日一郎は小川と会っております。コーヒーを飲んだだけでナポリタンは食べませんでした。用事があるからと早々に退散しました。昨日の今日で、まさか二人が五回もセックスした仲だとは、夢にも思わないでしょう。

「いらっしゃい」

一郎の顔色を窺ったような気がします。気のせいだと自分を落ち着かせ、カウンター席に腰を下ろします。

「どうしたの、テーブル席でなくていいの?」

丸椅子から立ち上がり、新聞を畳みながら問い掛けてきます。

「うん、ちょっとマスターに話があってね」

その話は咲子が休みである次の土曜日にするつもりでした。カウンター席に座ったのは、咲子の視線から逃れる目的だったのですが、常とは違う行動をしてしまった自分に狼狽《うろた》えて、切り出してしまったのでございます。

「何よ？　話って」

「実は今度家を移ることになってね」

こうなったら仕方がありません。話を続けます。

「今の花川戸のマンション、分譲賃貸だって前に言ったよね」

「ああ、そんなこと聞いた気がする」

「持ち主がね、茨城の農家で資産家なんだけど、嫁さんに先立たれてしまってね。先立たれたと言っても、持ち主自身が八十五歳の高齢者なんだが、田舎の一人暮らしは何かと不便だって、それでマンションを明け渡してくれないかってね」

「そりゃまた急な話だね。でも、居住権とかいうのがあるんじゃないの」

そのあたりのことは、土曜日までに十分調べて、話の辻褄を合わせるつもりにしていたのでございますが、ここから先は口から出任せを言うしかありません。

「ま、法律を盾にとって拒否もできるんだろうが、その高齢者というのがこの辺りの生まれで、どうしても最期は浅草寺の観音様の近くで迎えたいって言ってね」

「なんだ、浅草っ子かよ。それなら俺も知っている人間かも知れないね。名前は何ていうんだ？」

やはり俄作《にわかづく》りの嘘は直ぐに行き詰ってしまいます。

「詳しいことは知らないよ。マンションの管理会社から聞かされた話だからね」

もうここから先は知らぬ存ぜぬで躱《かわ》すしかございません。言えば言うほど話が合わなくなってしまいます。

「そうか。で、話って何だい?」

「いや、転居先を会社が契約している不動産屋に探してもらっていてね、場合によっては浅草を離れることになるかも知れないんだ」

「何だよ水臭いね。マンションなら俺が探してやるよ」

「そりゃ、マスターは地主さんだし、この辺りのことは詳しいだろうが、会社が契約している不動産屋じゃないと住宅手当の対象にならないんだ」

苦しい言い訳をしながらのらりくらりしている内に、ナポリタンができ上がります。

無言でそれを平らげてハイライトも吸わず『アゼリア』を逃げるように後にします。もうここには来ないと決めています。

話すことは話したのです。このまま通わなくなれば、どこかに引っ越したのだろうと勝手に解釈してくれるでしょう。

幸いなことに、小川には携帯の番号を教えていません。その必要がなかったからです。そう考えてみれば、それほど深い付き合いでもありませんでした。後は野となれ山となれでございます。

咲子には敢えて視線を送らずに『アゼリア』を出ました。その理由は察してくれるでしょう。

食後のハイライトを吸っておりません。協会に帰れば禁煙です。無性に煙草が欲しくなります。ホッピー通りを抜け、お参り通りから浅草寺へと向かいます。さらに浅草寺を抜け、二天門の交差点を渡ると都立産業貿易センターです。

この時節、町中の喫煙所が次々に閉鎖される中、産業貿易センターの喫煙所だけは、従来からあった喫煙所を透明アクリル板で仮囲いし、喫煙者の拠り所となっております。ベンチも備えております。煙草税の約三割が区税であることを考えると、当然の措置だろうと思えるのですが、そんなことさえ、声高には言えないご時世でございます。食後のハイライトを二本吸い、産業貿易センターの喫煙所を出て国際通りへと向かいます。

その途中、見知った人間と出会います。黒ジャンパーの男です。咲子が風呂に沈められずに済んだのは、一郎が用立てた三十万円のお陰だと、知ってか知らずか、目が合ったのに、会釈もせずにすれ違います。

この男の血を受け継ぐ赤ん坊が産まれるのか。

立ち止まり、振り返ってそんなことを考えます。黒ジャンパーの男の背中を見送ります。咲子との間に子供を儲けることを、昨夜じっくりと考えた一郎でございます。不思議なことに負担に思う気持ちは湧いてきませんでした。むしろ心が躍ったくらいです。

既に齢六十四歳。父母を亡くし、親戚との付き合いも途絶えております。自分はこのまま老いて、やがて死を迎えるのだと、それは覚悟というほどのことではなく、ぼんやりと受け入れておりました。

もし咲子との間に子供を授かったとして、その子が産まれる頃に一郎は六十五歳から六十六歳になっておりましょう。せめてその子が成人するまではと考えますと、自分は八十半ば過ぎ。下手をすれば米寿を迎えるかも知れません。想像しますと余生が明るく感じられます。

黒ジャンパーの男が人混みに紛れて見えなくなります。歩きながら前夜に考えたことを引き継ぎます。

育児に掛かる費用がどれほどのものなのか、想像さえできません。教育費も、大学まで通わせたいと思うのであれば、生半可な金額では済まないでしょう。

当面の課題としてはマンションの転居がございます。

現在住んでいる花川戸のマンションの初期費用は、協会がすべて負担してくれました。家賃も八割が住宅手当として補助されています。しかし今回の転居はそうはいかないでしょう。かといって、咲子と新生活を始める住居です。新居として相応しい物件を選びたく思います。

入籍するか。

不意にそんな考えが浮かびます。

入籍すれば新居への転居も認められるでしょう。祝福されるに違いありません。初期費用の心配もなくなります。そのうえ家族手当も支給されます。定年の延長要求も承諾してもらえるでしょう。

その想いを直ぐに否定します。

入籍すれば二人の戸籍から咲子の父親に新居の場所が知れてしまいます。それが如何なる困難な事態を招き入れるか、想像するまでもございません。

（闘うか）

その選択が浮かびます。

一郎と咲子の入籍を知り、新居の所在を得た咲子の父親は、二人に寄生しようとするでしょう。それをすべて突っ撥ねるのです。もちろん父親が、そして父親と関係する良からぬ連中が、卑劣な手段に出ることも考えられます。しかし正式に入籍している成人男女なのです。疚《やま》しいことは何もありません。場合によっては協会の顧問弁護士に仲裁を依頼することもあり得るかも知れません。

虎ノ門に事務所を構える顧問弁護士は民事を専門としております。優秀な弁護士としてゴルフ業界では高い評価を得ております。刑事は扱わないので警察関係者との繋がりは未知数ですが、法に携わる者として、それなりの手段は知っているのではないでしょうか。

一郎は協会の専務理事としての付き合いもあります。協会に迷惑を掛けたくないということで相談すれば、協力してくれるのではないでしょうか。

理事長にも話を通しておいた方がいいな。

考えて協会の理事長を務める田端由紀夫《たばたゆきお》の顔を思い浮かべます。

田端は一郎と同い年です。理事長、専務理事という役職上の付き合いだけでなく、プライベートでも長い付き合いです。ゴルフ場の取締役支配人の任を解かれたとき、協会で拾ってくれたのも田端です。ゴルフ場グループ会社の二代目で、少々世間離れしたところもありますが、その分変に正義感の強い人物でもあります。やや的外れな正義感に振り回されることもありますが、今回のようなケースでは、心強い味方だと思えなくもない一郎でございます。

（闘おう）

次第に気持ちが高揚して参ります。

それはつい先ほど、咲子の父親を、父親として初めて目にし、闘うべき相手を認識したからだと一郎は思っております。実はそれだけではございません。一郎は自覚しておりませんが、むしろ一郎の闘争心を駆り立てているのは、オスの本能でございます。咲子と五回も致してしまい、オスとして覚醒したのでございます。思わぬところで効果を発揮しているレビトラです。

腕時計を確認します。

未だ十二時半を過ぎた時刻です。

咲子の退勤時刻は午後四時です。

レビトラの効果持続時間は五時間から八時間です。

財布にしまってあるシートから一錠を取り出します。路上の自販機でミネラルウォーターを求め、服用します。説明するまでもございませんが、一郎は今日も咲子と情事に及ぶつもりなのです。

闘う気持ちがあるのなら、ホテルに連れ込む必要などありません。花川戸の自宅マンションですればいいのです。お参り通りは万一にも父親と会う可能性があります。花やしきと『アゼリア』を結ぶ動線は避けたほうがいいでしょう。

携帯電話を取り出し、登録してある電話帳から協会理事長の田端の番号を選択します。直ぐに相手が応答します。

「お話があるのですが」

切り出します。

「本日は在京でいらっしゃいますでしょうか」

全国にゴルフ場を経営する田端は月の内半分以上は出張している身です。

「今日は一日本社だが、話って何よ」

「直接お話しさせて頂きとう存じます。お忙しいとは存じますが、今からご本社に参上してもよろしいでしょうか」

「そんな急ぐ話なの？」

「いえ、できるだけ早めにお耳に入れておきたいと思いまして。もしご都合がお悪いようでしたら、後日とさせて頂きます」

「どうしたの、そんな改まっちゃってさ。いいよ。今日は来客の予定もないから本社に来てくれたら会いますよ」

「ありがとうございます。それでは一時までに参上致します」

通話を終えてホッとします。

田端との面会のアポが取れたことの安堵です。

動き出したのです。

闘ってやると心に誓います。

協会が入居するビルはすぐ目の前です。立ち寄って帰り支度をしてと考えますが、特に支度することも思い付きません。電話を掛け、事務員の小金井真理子に、理事長からの呼び出しがあってこのまま飯田橋に行く、今日も直帰になる、それだけを伝えます。

銀座線田原町駅も目の前です。田端が経営する会社の本社ビルは飯田橋にあります。飯田橋までは乗り継ぎが順調にいって二十分程度、駅を出て坂道を十分程度歩く必要があります。電話で伝えた一時までには行けそうにありません。遅れたとしても数分ですし、それを気にする相手でもありませんが、一郎は迷わずタクシーを選択します。

一時五分前に到着しました。七階建ての自社ビルの最上階に社長の田端は執務室を構えております。エレベーターで七階に上がり社長室とプレートが貼られたドアをノックします。

「開いてるよ」

「失礼します」

声を掛けてドアを開けます。

「やあ、待ってたよ」

執務椅子に座った田端が左手を軽く挙げて応じます。右手には印鑑が握られています。

どうやら決裁関連の仕事をしていたようです。

「さあ、掛けてよ」

立ち上がってソファーを勧めてくれます。

「畏れ入ります」

一礼して座ります。

「で、話って」

「実はこの度、入籍することになりまして」

「えっ」

田端が息を呑んで目を剝きます。それはそうでしょう。自分と同い年の一郎からの結婚報告です。ちなみに田端には成人している孫が二人おります。

「この歳でお恥ずかしい限りです」

一郎が神妙に頭を下げると、田端が我に返ります。

「いやいや、年齢なんて関係ないよ。それにしても驚いたね、いや、おめでとう。いい報せだよ」

思った通り素直に祝福してくれます。問題はここからです。

「入籍する相手が未だ三十二歳でして」

徐々に咲子の身上を明かします。

浅草の行きつけの喫茶店でアルバイトをしながら、オルガンの弾き語りをしていること。月に一度ライブハウスで歌っていること。最近では九州方面にツアーで行ったこと。一郎の盛った話に田端が「ほうほう」と、目を輝かせて頷きます。ライブハウスではなく古書店二階の物置スペースです。車で寝泊まりする九州ツアーも三日間のギャラが一万円、アルバイトのほうが稼ぎになります。

「彼女も望んでいますので、子作りにも励もうと思っています」

微笑みながら耳を傾けていた田端が再び目を剝きます。同い年ですから当然でしょう。子作りできる精力が残っているのが驚きなのに違いありません。しかし直ぐに相好を崩して満面の笑みを浮かべます。子育てにいくら掛かるとか、成人まで寿命が持つのか、そんな心配事は考えもしないのです。

国内に二十コースに及ぶゴルフ場を経営する先代の長男として生まれ、何不自由なく育ち、その後、田端が高校生の折に先代が早世したのが、こう言っては何ですが、幸運だったと言えましょう。

経営を引き継いだのは田端の母親でございました。

折しも世間は高度成長期が終焉を迎え、母親は女性らしく慎重な経営者となりました。

その慎重さゆえに、バブル景気にも一切事業を展開しようとはせず、田端の会社よりも規模の大きいゴルフ場グループ会社の何社かが、国内での積極展開は無論のこと、海外のゴルフ場にまで手を広げたり、テーマパークに大金を注ぎ込んだりし、その結果として、バブル崩壊と同時に次々と経営が破綻したことを思えば、どう考えても幸運だったとしか言いようがございません。

「そりゃ、二重で目出度いじゃないか」

一郎に子供が授かったような喜びようです。

「ただ、ひとつ問題がありまして」

一郎が昏《くら》い顔で言葉を濁らせます。

それに合わせて田端が神妙な表情を浮かべます。単純な男でございます。

「問題というのは彼女の父親でして」

堰を切ったように一郎が父親批判を始めます。ギャンブルにのめり込んでいること、酒を手放せないこと、この辺りはよくある話でございましょう。田端の反応もいまひとつです。

「そのお陰で彼女は月に五万円で生活しているのです。ボロアパートの家賃三万円を支払いながらです」

このくだりが田端の胸に刺さったようです。クリティカルヒットでございます。たった二万円でどうやって食べていくのか、それは一郎も同じですが、田端には想像もできないことでありましょう。

「大隅さんは彼女に同情して籍を入れると決めたのかな」

「いいえ、同情から愛情は生まれません。私はそんな境遇にありながら、夢を捨てない彼女の健気さに惹かれたのです」

田端が大きく頷きます。

まさかセックスの相性が良くてとは言えません。

「そうか、そういう事情だったらボクも応援するよ」

立ち上がり田端が応接テーブル越しに握手を求めます。その手を両手で包んで一郎は深々と頭を下げます。

「ありがとうございます。社長にそう言って頂くと力強いです」

これで定年延長は決まったも同然です。もしかしたら昇給もあるかも知れません。

「来年は協会の定年だね」

案の定、話題がそれに及びます。

「どうだろ、うちに来てくれないか」

「は？　社長の会社にですか？」

「ああ、役員待遇の顧問として厚遇するよ」

「そんな私ごときが」

「いやいや、名門グループの取締役支配人を務め、さらに協会の専務理事まで経験した人だ。誰にも文句の言えないキャリアじゃないか」

「ありがとうございます」

一郎は田端の手を握ったまま最敬礼の位置まで頭を下げます。

顧問とはいえ役員待遇と言っているのですから、今の給料より下がるはずはないでしょう。むしろ倍増すると考えるのが普通です。

頭を下げたままの一郎の頭上から田端の声が降りてきます。

「前々から考えていたことなんだ。ボクはキミのキャリアと協会に移籍してからの専務理事としての働きを高く評価していたんだ」

情に流されての決定に違いありません。臍《へそ》が茶を沸かします。専務理事の仕事らしい仕事は年に一回の決算報告と、季節ごとに行われる全国地区代表理事を招集するゴルフコンペの幹事くらいです。昨年は神戸で開催されました。コンペの前日、福原のソープランドに、地区代表理事二十数人分の予約を入れるのに難儀した一郎でございます。さすがにその数になりますと、なかなか一店舗では消化できません。とはいえ、店舗を分散させると、料金やサービスの違いで必ず不満を口にする地区代表理事が現れます。

そんな仕事を評価するもないものですが、一郎は思ってもいなかった僥倖《ぎょうこう》に心底から感謝致します。

「なんとお礼を申し上げていいものか、言葉もございません」

「いいんだ、ボクが力になれることだったら、なんでも言ってくれ。助力は惜しまないよ」

　そう言われてもうひとつ願いごとがあったのを思い出します。

「お言葉に甘えるようですが、園田《そのだ》先生をご紹介頂けませんでしょうか」

　園田先生とは協会の顧問弁護士を務める園田正雄《まさお》のことでございます。園田は田端の会社の顧問弁護士も務めております。

「紹介しなくても先生とは顔見知りだろう」

「いえ、そういう意味ではなく、私の代理人をお願いしたいのです。先ほど申しましたように、結婚を予定している女性の父親がクズもクズでして、娘の僅かな収入に頼っているような男ですから、娘が家を出るとなると、どんな難癖を付けてこないとも限らないのです」

「そうか、そういうことなら口を利いてあげよう」

　簡単に話が纏まりましたが、これから虎ノ門の事務所に行くかと問われ逡巡します。今夜は咲子を自宅マンションに連れ込もうと考えているのです。レビトラの効果の持続時間が過ぎてしまっては意味がありません。

　一郎が返答する前に田端が弁護士の園田に携帯で連絡します。

「今から来てくれといってるよ。これも大隅さんの人徳だね」

　そうではないでしょう。園田にとって田端は上得意なのです。一郎としても、自分から願い出たことですから断るわけにも参りません。不承不承ではございましたが、田端のもとを辞し、園田の事務所へとタクシーに乗ります。

虎ノ門に至ります。時刻は既に午後四時前です。どうやら今夜の咲子とのことは諦めざるを得ないようです。

それは残念でなりませんが、事態は明らかに好転しています。一年後に協会の専務理事を退任した後は、田端の会社に顧問として迎えられるのです。それも役員待遇です。具体的な話はありませんでしたが、役員報酬は現在の報酬を遥かに上回るに違いありません。

転居の件に関しても、あれこれ思い悩む必要がなくなりました。自己都合で転居すれば、初期費用だけでも百万円から二百万円の資金が必要でしょう。田端の会社に移るとなれば、その費用の全額が会社負担になるに違いありません。

費用だけではありません。住む場所も、ほぼ自由に選べます。前に聞いた話では、田端の会社の役員のひとりは伊豆に在住しているそうです。そこから新幹線通勤しているということです。自宅でアボカドを栽培し、その収穫を田端からお裾分けしてもらったこともあります。

瀟洒《しょうしゃ》なインテリジェンスビルの三階、エレベーター横のカメラ付きインターフォンで来意を伝えます。IDカードを持たない者は、上階で解除してもらわないと、エレベーターが動作しないのです。

エレベーターのドアが開きます。行先ボタンを押す必要もなく、三階の行き先表示が点灯しています。

エレベーターを降りると園田弁護士事務所のエントランスです。そこそこ広いフロアを占有し七人の弁護士、それに加え税理士、会計士、弁理士がひとりずつ、女性事務員三人が園田弁護士事務所の陣容です。

黒のスカートスーツ姿の女性事務員に迎えられます。美人です。スタイルもモデル並みです。咲子を知った一郎の目には無機質な女としか映りません。

協会に寄せられた法律相談でこの事務所を訪れたことは何度かあります。それとは別に、園田には月刊の協会報に寄稿も依頼しています。そのゲラを確認してもらうこともあり、通い慣れた場所ではありますが、その日案内されたのは、いつもの打ち合わせコーナーではなく事務所の一番奥にある園田の執務室です。

重厚な執務室には、八人が対面で座れる黒いレザーの応接セットがありました。そこに着席を勧められ、園田が口火を切ります。

「大体のところは田端社長から電話で聞いたが、隠していると言っては失礼だが、社長に話し辛かった案件はないかね。着手後トラブルがあって、実はと言われたのでは、こちらとしても困るのでね」

やや高圧的とも思える口調で言います。目付きも鋭いです。修羅場を潜ってきた目付きです。民事が専門と言っても、主には金が絡むトラブルを処理してきた園田です。反社会勢力と渡り合う場面もあったのでしょう。

「実は」

園田の圧力に話し始めます。屈したのではありません。信頼したのです。

「私が籍を入れたいと考えている女性は、過去に父親の借金の形に裏ビデオの出演を強要されたことがあります」

「出たのかね」

「ええ、出たようです」

「ようですということは、キミは未だ観てはいないんだね」

「観たいとは思いませんし、今後も観ることはないでしょう」

「ま、キミとしてはそうだろうな。しかし代理人を務める以上、ボクが観ないというわけにはいかない。そこに犯罪性も当然あるだろうからな。そのビデオを入手しろとは言わない。それはこちらでやるが、まったくのノーヒントで探すのはさすがに無理だ。何かヒントを提供してもらえないだろうか」

何かヒントをと言われ、自分が知っていることを話そうとした一郎を園田が掌を広げて遮ります。

「ちょっと待ってくれ、人を呼ぶ」

ソファーから立ち上がり、執務机に座り受話器を手にします。

「待たせてあった彼に入ってもらってくれ」

ほどなくして男が執務室に姿を現します。濃緑のスーツ姿です。園田の事務所で雇われている弁護士には見えません。

「うちの調査員だ」

伊澤光利《いざわみつとし》と紹介された男と名刺交換し、一郎と伊澤はソファーに腰を下ろします。園田は自分の執務机に座ったまま告げます。

「この人の知り合いが出演した裏ビデオを入手してほしいんだ」

それだけ言って手元の書類に目を落とします。どうやらこの先は伊澤との話し合いになるようです。一郎は知っている限りの情報を伝えます。

ただ知っている限りといっても内容は貧弱です。

咲子の父親が、老婆がひとり営むスナックに入り浸っていること。そのスナックは昼間、ノミ屋を開帳していること。そこでツケを溜めてしまった父親が老婆の紹介で闇金から金を借りてツケを清算したこと。その金を返せず咲子が裏ビデオ業者に売られたこと。それに味を占めた父親が借金を繰り返し、その後も何度か咲子は裏ビデオの出演を強要されそうになったこと。

終には借金の形に風呂に沈めると脅かされ、それは一郎が工面した三十万円で回避したことは、弁護士の園田にも話しております。

「何とかなるでしょ」

一郎の話を聞き終わった伊澤が園田に言います。

「ん？　何の話だったっけ」

どうやら園田は一郎の話を聞いていなかったようです。分厚い書類から顔を上げて首を傾げます。

「クライアントのお知り合いが出演したビデオの入手です。狭いエリアでことが進んでいますので、それほど手間取る仕事でもなさそうです」

すくっと立ち上がり、一郎に会釈し伊澤が執務室を後にします。部屋を出るドアのところで「失礼します」と、頭を下げます。

代わりに園田がソファーに戻ります。

「で、費用の話なんだが」

切り出します。

「着手金として二百万円。後は状況に応じて請求させてもらう、ということでいいかな。田端社長の紹介だから、これでも格安な料金だと思ってくれ」

あくまで横柄な口調です。

しかし一郎としても納得せざるを得ません。すでに老後の資金として蓄えてあった五百万円を捻出する覚悟を決めています。それで咲子が父親から自由になり、二人の家庭を築き、子供を授かるのであれば、無駄な出費だとは思えません。もちろんその判断には、協会を定年退職した後、田端の会社に役員待遇の顧問として迎えられるという展望もございます。

それにしても大丈夫なのでしょうか。

咲子と関係を持ったのは昨日のことでございます。そこからの急展開です。田端との約束にしても、現在の時点では口約束にすぎません。

翌日、着手金二百万円の持参を約し、園田弁護士事務所を後にしたのは、残照に西の空が薄紅に染まる時刻でございました。


カランコロン。

ドアベルを鳴らして『アゼリア』の店内に一郎が姿を現します。

「おや、どうしたんだよ。珍しいじゃない」

ひとり店番をしていた小川が、カウンター内の丸椅子に座ったままの格好で迎えます。店内にいるのは小川だけ、咲子が休みの土曜日です。

小川が珍しいと言ったのは、久しぶりという意味ではございません。三日前、咲子が休みであった水曜日に訪れ、次の日の木曜日にも顔を出しています。小川は、平日しか店に寄らない一郎が土曜日に訪れたことを珍しがっているのです。

「食事、それともコーヒー?」

カウンターに座った一郎に問い掛けてきます。

「この後、人と会うからコーヒーでいいや」

「そう、休みの日にご苦労だね。昨日も忙しかったのかい?」

一日顔を見せなかっただけでこの質問です。それほど一郎が『アゼリア』に通っているということでもありましょう。

「虎ノ門で野暮用があってね」

「協会絡みの？」

「まあね、顧問弁護士の事務所が虎ノ門なんだ」

協会の仕事ではございません。一郎は弁護士の園田に二百万円の着手金を支払いに行ったのでございます。

その席で保護命令に基づく咲子の父親に対する接近禁止、退去命令、電話等禁止命令など、俄か仕込みの知識で説明を求めましたが、期待したほどの回答は得られませんでした。

むしろここでは、小川も珍しく感じた一郎の土曜日来店の目的をお話ししなくてはなりません。

さて、どう切り出したものかと一郎が思案しておりますと、コーヒーを淹れ終えた小川のほうから話の道筋をつけてくれます。

「ところで一昨日、花川戸のマンションから引っ越すって言ってたけど」

「いやそのことだけどね、来年に繰り延べになったんだよ」

「繰り延べになったのかい」

「ちょっと事情が変わってね」

「そりゃ良かった。うちとしても、数少ない常連さんがいなくなるのは寂しいと思っていたところなんだ」

「俺が落とす金なんて高が知れているだろう」

「そりゃそうだけど、やっぱり少しは客にも入ってもらいたいじゃない」

喫茶店の収入などまるで当てにしていない小川でございます。彼の言う少しの客も、自分以外では、咲子の父親である黒ジャンパーの男しか思い当たりません。

一郎がその日『アゼリア』を訪れた目的は、まさしくそれでございまして、咲子の父親の情報を得たかったのです。

その情報と申しますのは、父親が通う馬券、正確には勝馬投票券などと呼ぶようですが、この先も馬券でご勘弁願います、その馬券のノミ行為を行うスナックの情報を探りに来たのです。

「例のビデオの回収の件なんだが、少し時間が掛かりそうだと伊澤が言っている」

前日、弁護士の園田を訪れた際に言われました。

「浅草は今でこそ観光地だが、一時期は新宿歌舞伎町を凌ぐ歓楽街だった。そのせいで、未だに事務所を構える組が十指に余ってあるそうなんだ」

言われてみれば、毎年五月の第三週の金・土・日に行われる浅草神社三社祭《さんじゃまつり》の際には、普段どこに紛れていたのかと思うほど、刺青を入れた男たちが群れ集います。

浅草住まいも漸く八年、三社祭の来歴に明るくない一郎に代わってご説明申し上げますと、三社祭で神輿を担ぐ同好会三十数団体のうち、約七割で暴力団員が代表になっているど報じられたほどでございます。

それが平成十九年のことで、その後、東京都の暴力団排除条例が施行されたことを受け、主催者側は、組織名の入った袢纏《はんてん》を着用しないよう要請したり、刺青者を神輿の担ぎ手から排除したり致しましたが、そのような紆余曲折を経た現在でも、決して少なくはないその筋の者たちが、祭りに参集します。

「調査員の伊澤によると、父親が通うというスナックが分かれば、そこから付き合いのある組織を辿れるそうなんだ。店名くらい分からんかね」

園田に訊かれましたが、そもそも黒ジャンパーの男が、咲子の父親と知ったのでさえつい最近のことです。

「さあ、そこまでは……」

首を傾げた後でハッと思い付いたようでございます。

「でもあの男は『アゼリア』という浅草の喫茶店の常連です。私もその店を昼食に使っていまして、ほぼ毎日のように顔を合わせます。ですから、そこの店主から上手く訊き出すか」

尾行してみればと言い掛けて言葉を遮られます。

「止めておきなさい。プロの調査員に任せてあるんだ。素人のキミが下手に動くとジャマになるだけだ」

憮然とした表情で申し渡されます。

「それにその店主とやらの素性を知っているのかね」

その質問にも答えることができません。

小川の素性と申しましても、先代から受け継いだ喫茶店の店主であること、その喫茶店をまともに経営する気がないこと、主な収入は不動産賃貸料で得ていること、それくらいしか浮かびません。

加えるとすれば、腹を空かせて『アゼリア』を訪れた咲子の友人に五千円の金を渡し、店内でフェラチオをさせたこと、今の若い子はそんなものだと軽々しく口にしたこと、父親の借金で追い込まれた咲子を一郎に預けたこと、咲子に三十万円を渡したことを父親から聞き、その金額を一郎に確認し、あまつさえ咲子とヤッたのかと無遠慮な質問を投げ掛けてきたこと。

よくよく考えれば軽々しく信用していい輩ではないと、一郎はいまになって思います。

そしてその一郎の判断は、あながち間違いではございません。

「来年が協会の定年でね」

コーヒーを啜りながら人を待ちます。

「そう。大隅さんも引退するのか。里はどこだったっけ?」

「千葉の一宮だよ。言ってなかったっけ」

「いや初耳だね」

八年間通ってその程度の付き合いだったということでございます。

「あのあたり、今度の東京オリンピックでサーフィン会場になるんだろ」

一郎が生まれ在所に引退すると思い込んだ小川が会話を広げます。

一郎にとっては歓迎すべきことです。協会定年後はゴルフ場グループ会社に役員待遇の顧問として雇われ、安定した老後が約束されているのでございますが、咲子の父親と繋がりがある小川にそれを知られたくはございません。

ただの常連客以上の関係がある可能性も考えなくてはなりません。父親との繋がりだけではなく、その先の筋とも繋がっている可能性さえございます。そんな小川に、自分の老後が安泰であるなどと、迂闊なことは申せません。

ただし老後が安泰だと決め込んでいるのは一郎だけで、役員待遇での雇用の件は、田端社長との間の口約束に過ぎません。その口約束も、自分と同い年、六十四歳の一郎が三十以上も歳の離れた女性と入籍し、あまつさえ子を儲けようとしていることに興奮した田端社長が、その場で切り出した話なのでございます。

「ああ、あのあたりは、もともとサーフィンの聖地だからね。しかしどうなのかな。オリンピック自体が予定通り開催されるんだろうか」

「新型コロナのこと？」

「そうそうあれ。結構やばいんじゃないの」

「でも国も東京都もやる気満々じゃない」

「まあね、中国からの観光さんは今日も通りに溢れているしね」

小川がのんきな口調で申します。

「でも、どうなんだろう。タイとか韓国は日本への渡航を禁止したんだろ」

さほど興味がある話題ではございませんが、時間潰しに繋ぎます。

「禁止じゃないでしょ。自粛だったんじゃないかな」

小川が反論します。

正確には抑制でございます。自粛と抑制、どう違うのかは分かりませんが、報道は抑制という言葉で行われました。

いずれに致しましても、韓国をはじめとする九つの国が、感染拡大を鑑み、日本へは行かないほうが良いと表明したのです。それを外務大臣が記者会見で明らかにしたのは、二月二十一日金曜日のことでございました。

しかしそれよりも一か月ほど前に、総理が中国の春節祝辞を述べ「多くの中国の皆様が訪日されることを楽しみにしています」と発信し、大炎上したことを一郎は知りません。それは小川も同じで、情報弱者の二人は、その後もオリンピックがどうたらと気楽な話を続けております。

「東洋の魔女か。回転レシーブ懐かしいよなぁ」

「アベべ凄かったよね」

「裸足で金メダルだもんね」

どうやら二人の話は、昭和の時代の東京オリンピックに移っているようです。

どこまでもお気楽な老人二人です。

アベベが裸足で走り、金メダルを獲得したのは、東京オリンピックではなく、その四年前のローマオリンピックでした。ただし当時から裸足のランナーとして持て囃されておりましたので、二人の記憶違いも無理からぬことでしょう。

カランコロン。

ドアベルが鳴って来客を伝えます。

入り口に目を遣りますが「いらっしゃい」の一言も言わない小川です。

おずおずとした声で客が言います。小川は返答も致しません。

「いつものやつで」

客の声に一郎が腕時計に目を落として申します。

「おっと、ついつい長話してしまったな。約束の時間に遅れそうだ。それじゃ今日のところは失礼するよ」

軽く手を上げて席を立ちます。

「ああ、またいらっしゃいな」

後から入ってきた客は確認するまでもありません。声で判別できます。

一郎が待っていたのはその男です。黒ジャンパーを着た咲子の父親です。

弁護士の園田に忠告されたのに、一郎は男を尾行し、ノミ行為をやっているスナックとやらを突き止めるつもりです。

咲子に訊けば分かるかもと思わなかったわけではございません。しかし園田の目的は、そのスナックが関係している組織を辿り、咲子が出演を強要されたという裏ビデオを手に入れることです。一郎はもちろんのこと、一郎の関係者にも、そんなものを咲子は見られたくはないはずです。

『アゼリア』の出入り口が監視できる街灯の陰に身を隠し、黒ジャンパーの男が出てくるのをトレンチコートの襟を立てて待ち構えます。ちょっとした探偵気取りです。

ただ惜しむらくは、外れとはいえホッピー通りです。上下揃いのスーツ姿にトレンチコート、そんな服装をしている人間が目立たないはずがありません。そんな一郎が街灯に身を寄せて『アゼリア』を監視しているのですから、どこからどうみても不審人物です。

（マスクをしている人間が多いな）

行き交う通行人にそんな感想を抱く一郎です。ここでも情報弱者を露呈します。一郎が世の中の動きから取り残されているのは、勤務先が社団法人であるということも無関係ではございません。

事務所に常勤する同僚はわずかに二人、その内のひとりは、経産省から天下りした七十歳を超える事務長で、勤務時間のほぼすべてを居眠りで過ごす人物です。もうひとりの小金井真理子は、日がな一日、婦人雑誌で時間を潰しております。一応経済新聞が毎日配達されますが、ほとんど誰も開くことはなく、一か月配達された形状のまま積み上げていたものを、ゴミの日に出しております。

一郎はと申しますと、その年の公共放送の大河ドラマと朝ドラの、原作を読むのが事務所での時間の過ごし方です。テレビ放送と並行して読むことで、読解力ともいえない読書力を保っているのでございます。ま、身も蓋もない言い方をすれば、一郎なりに考え付いた暇潰しということです。

そのような次第ですので、協会事務所の浮世離れ度合い、あるいは世捨て人感は中々のもので、もちろんマスクをしている職員など誰一人としておりません。

「尾行する気ですか」

突然耳元で囁かれます。

人生で初めての尾行に、それなりに緊張していた一郎は、飛び上がらんばかりに驚きます。振り返ると、マスクをした男が立っております。顔面の半分を覆うマスクのせいで人相が判別できません。

「俺ですよ」

マスクを顎までずらした男に見覚えがあります。

「ああ、慥か」

名前が出てきません。

「調査員の伊澤光利です」

「そうそう、そういうお名前だった」

伊澤がマスクを戻します。

「黒ジャンパーの男を尾行するつもりなんですね」

図星を突かれます。

「いや、まあ、できるだけ早い方が良いと思って」

言い訳がましく申します。

「そんな目立つ格好でですか？」

返す言葉もありません。

伊澤は通りの景色に溶け込む白地に黒のペーズリー柄のダウンジャケットにジーパン姿です。

「園田先生の差し金かね」

「どういう意味でしょう。私は先生に雇われている調査員です。あえていえば命令です。餅は餅屋というではありませんか。ここはお任せ願えませんかね。ただ、今日も彼が例のスナックに行くかどうか――」

「毎日通っていると聞いたが」

「土日は中央競馬が開催されています。すぐそこに、場外馬券場があるじゃないですか」

「今日は行かない可能性もあるということかね」

「一応可能性としてはです。おそらく行くとは思いますがね。正規の馬券とノミ屋の馬券ではシステムが違いますから」

「どちらも勝ち馬を当てるかどうかだけだろ。違うって？」

「ノミ屋によっていろいろです。基本的にノミ屋は口張りを認めます」

「口張り？」

「馬券を買うときに金を支払う必要がないんですよ」

「それじゃあ、丸損じゃないか」

「後日纏めて当たり負けを相殺して精算するんです」

「支払わない客もいるかも知れんじゃないか」

「支払わせる自信があるから、そうしているんですよ」

言外に暴力的な臭いのする物言いです。

「大隅さんの仰りようでは、そのスナックの飲み代のツケが溜まって三十万円が必要になったからということでしたが、たぶんそれは違いますね。そんな店なら、安物の焼酎くらいロハで飲ませますよ。飲ませて気持ちを大きくさせる。ですから三十万円というのは、口張りした馬券の精算ができなかったということでしょう」

「咲子が嘘をついていたとでも言うのかね」

聞き捨てにできません。

「いや、嘘をついているとしたら父親のほうです。まさかハズレ馬券の精算を娘の体でしようなどと、口にはできなかったのでしょ」

それ以外にも、ノミ屋は負け金の一割を免除してくれたりすると説明は続きます。

「ずいぶん良心的なんだな」

「正規の馬券の売り上げは、二割五分が天引きされて、その残りが配当されます。天引き分は競馬協会の運営費や勝ち馬の賞金に充てられます。しかしノミ屋にはそんな経費は掛からない。だから一割を免除しても十分商売になるんですよ」

そのまま会話が途切れ、二人は『アゼリア』を監視します。伊澤と立ち位置を代わり、その背中に控えます。

カランコロン。

ドアベルが通りに響きます。

黒いジャンパーを着た人影が『アゼリア』から出てきます。

振り向いた伊澤に視線を向けられ一郎は頷きます。

無言のまま、一郎を残して伊澤が通りに進み出ます。その背中を見送りながら一郎はスーツのポケットを探ります。

(餅は餅屋、ここは伊澤に任せれば良い)

そう割り切りますと、せっかくの休日でございます。

咲子に会おうと決めたようです。携帯で咲子を呼び出します。

なかなか応答がありません。

「はい、咲子です」

漸く出たかと思えば寝起きの声です。

「あれ、眠ってたの？」

「朝までキーボードで新曲を作っていましたから」

「真夜中に？」

咲子は家賃三万円のアパート暮らしのはずです。いくら綾瀬とはいえ、その家賃では隣室との壁などペラペラでしょう。

「ご近所から苦情は来ないの？」

「持ち運びできるキーボードを持っています。リサイクルショップで買いました。ヘッドホンをすると音漏れもしません」

「そう、それなら大丈夫だね」

どんなものなのかも想像できないまま話を合わせます。

「でも中古だし、半分くらい音の出ない鍵盤もあって、そのあたりは頭の中で音を再生してカバーしています」

昭和のドラマを思い出します。

ピアニストを目指す薄幸の貧困少女が、蜜柑箱に鍵盤を書いた紙を貼って練習するというシーンが浮かびます。当時の蜜柑箱は、現代のようにダンボールではなく、しっかりとした木箱でした。

「持ち運びできるって、ツアーとかもそれで行ってるの？」

「音が出ない鍵盤がありますから無理です。ツアーのときは、誰かが伴奏してくれます。ギターとかで。私としては弾き語りをしたいのですけど」

中野でのライブの光景を思い出します。古書店の二階で、オルガンの弾き語りをする咲子の声が甦ります。小さな体から振り絞るように出される歌声に、一郎は昭和の哀切を感じました。

その歌声が三日前のホテルでのよがり声に繋がります。

もう我慢できません。

「今から浅草に来られないかな」

咲子を誘います。昨日電話で約束したのは夕方の五時でした。目立たないよう、産業貿易センター裏の駐車場を待ち合わせ場所に指定しました。

「あれ、一郎さんはお昼間、人と会う約束だったんじゃないですか」

「ごめん、ごめん。もう用事が終わってね」

「でも私、あれ以来お風呂にも入っていませんし」

あれ以来というのは、浅草寺裏のホテルでまぐわった時以来ということでございましょう。その記憶が生々しく思い出され、もう矢も盾も堪らない気持ちにさせられます。

「ボクのマンションで入ればいいじゃない」

入った後は当然の成り行きになるはずです。

「昨日作りかけた新曲も仕上げるつもりでしたし」

「それもボクのマンションでやればいい。持ち運びできるキーボードなんだろ」

「専用のキャリーバッグがダメになったので無理です」

「それならキーボードごと新しいのを買ってあげるよ」

「え、いいんですか？」

寝起きの声が張りのある声に変わります。

「どこで買えばいいんだ？」

「御茶ノ水の楽器街で見つかると思います」

「よし、それなら御茶ノ水に行こう。とりあえず産業貿易センターに着いたら電話してよ。すぐ近くのマンションだから」

「駐車場でいいんですね」

「いや、駐車場は裏手になる。御茶ノ水までタクシーで行こう。馬道《うまみち》で拾うことになるから、産業貿易センター前のバス停で待ち合わせしよう」

「ありがとうございます。それじゃ顔を洗ってすぐに行きます」

通話を終えた一郎は、花川戸の自宅マンションへと急ぎます。

咲子に見られて拙いものがあるわけではございませんが、そこはそこ、初めて若い女性を部屋に迎え入れるのですから、少しは片付けもしておかなければならないだろうと考えたのです。

（いや、待てよ）

二天門交差点の横断歩道を渡りながら考え直します。

（ただ付き合っているだけの関係じゃないんだよな）

自身に問い掛けます。

（結婚を決めている相手じゃないか。それなら部屋の片付けを任せてもいいだろう）

思考が転がります。

（ついでに晩飯も作ってもらうか）

齢六十四にして母親以外の手料理を食べた経験がございません。

スリードアの冷蔵庫の中身を思い出します。

碌《ろく》なものが入っておりません。

それもそのはず、平日の朝食は『富士そば』で、昼は『アゼリア』でナポリタンを、夜はホッピー通りの『うおや』で済ませ、休みの日はドン・キホーテ浅草店の斜め向かいにある『デリカぱくぱく』の二百五十円弁当で済ませている一郎でございます。冷蔵庫に貯えなどあろうはずがありません。

（肉とか野菜とか買っておくか）

何か違う気がします。

（買い物も女性の役目だろう）

そう考えてしまうのは、一郎が昭和生まれだからではございません。

昭和と申しましても戦後生まれの一郎でございます。同じ世代の男性が、同じように考えるわけではないでしょう。男尊女卑というのではなく、一郎は咲子に甘えたいだけなのでございます。

さてさて、そうなりますと咲子を待つ時間、これから顔を洗ってと申しておりましたので、一時間くらいは掛かるに違いありません。

(それまでどう時間を潰すかだな)

落ち着かないようでございます。考えるのは咲子のことばかりです。

猛烈に会いたくなります。

セックスのことだけではありません。むしろそれは二の次、一郎が咲子に会いたい理由は、入籍のことを具体的に相談したいからです。

たとえその切っ掛けがセックスであったにせよ、その時点での一郎は、咲子との入籍を真剣に考えております。

(浮き草みたいな人生だったな)

振り返って思います。

人並み以上の収入を得て、それを超える散財をし、遊び狂った人生でした。その時点では、それなりの充実感を覚えておりましたが、気付いてみれば手元に残っているものは何もありません。皆無です。つい先週までは老後を不安に思う日々を送っておりました。

それがどうでございましょう。

一夜にして境遇が変わったのです。

これからの人生を思うと胸が躍ります。

（ひとりでは子供が可哀そうだ）

一郎が思い付いたのは子供の数です。咲子の年齢を考えれば、ひとりと言わず二人でも三人でも産むことは可能でしょう。

咲子と子供たちに囲まれて、賑やかに過ごす老後を思い描きます。それだけで、だらしなく頬が緩んでしまう一郎です。

産業貿易センターの喫煙所に向かいます。

いつもの土曜日でしたら催事で人が集まる会館ですが、新型コロナウイルスの影響で、ほとんどの催事が中止か延期になっております。そのため喫煙所もガラガラです。アルミのベンチに腰掛けて、ゆったりと寛いでハイライトに火を点します。

深く吸いゆっくりと吐き、咲子と子供たちに囲まれた自身の姿に浸ります。

その裏で見え隠れしている感情がございます。

本人に認知されない潜在意識でございます。巣穴から用心深く頭を覗かせるアナゴのようなそれは、一郎にレビトラの服用を促しているのです。

顕在意識が咲子との未来であれば、潜在意識は咲子とのセックスです。

ただし今のところは、咲子に定年後のことをどう伝えよう、将来の心配はないと安心させよう、子供を作ることに一点の曇りもない、二人でも三人でもいいから、子供を産んで家族になろう、そんなことを考えることで、一郎の脳の容量は、一杯一杯でございます。多幸感にはち切れそうです。

三本目のハイライトに火を点けようとしたところで、スーツの胸ポケットの携帯が鳴動します。

取り出して確認すると咲子からです。

未だ吸っていないハイライトを備え付けの灰皿に放り込んで、慌ただしく一郎はベンチを立ちます。通話をオンにして語り掛けます。

「サキちゃん来た？」

「ええ、産業貿易センターの前にいます」

「ちょっと待って。直ぐに行くから」

言いながら表通りに出ますと、携帯を耳に押し当て、佇んでいる咲子が目に入ります。濃緑色の防寒着の裾から、赤い水玉模様のワンピースが覗いています。足元は白い運動靴に黒のハイソックスです。

「サキちゃん右、右」

携帯でなくとも少し張り上げれば声が届く距離です。しかし切れません。たとえ携帯の電波でも、咲子と繋がっているかと思うと切れないのです。

「あ、一郎さん」

咲子も携帯を耳に当てたまま声を出します。一郎と同じなのでしょうか。数メートルの距離なのに携帯を切ろうとしません。一郎が咲子に歩み寄り、小さな体を包み込むように抱き締めます。二人の携帯は繋がったままです。

昼の日中に、想い合う女性と路上で抱き合うなど、少し前の一郎では考えられないことでございました。そんな躊躇も消し飛んでいます。もし咲子が求めるなら、路上キスも厭わないでしょう。

しかしバス停でバスを待つ老婆には、そのように見えておりません。何かの事情で離れていた父親と娘の再会と思えているようです。その皺だらけの目尻を垂らして微笑んでおります。

産業貿易センター前で合流し、タクシーで御茶ノ水に向かった二人でございますが、車中ではずっと手を繋いでおりました。ただ普通に手を繋ぐだけでなく、指で互いの掌を愛撫しております。

時折、咲子が切なそうに鼻を鳴らします。

そうなりますと、必然、一郎の潜在意識が顕在化致します。アナゴが穴から出て参ります。咲子との未来のことは、もちろんそれはそれで重要なことなのですが、タクシーの車中で話せることでもありません。それは頭の片隅に押しやられ、目前のことに妄想が膨らみます。支配されます。

御茶ノ水に到着し、咲子に手を引かれるまま楽器店を訪れます。エスカレーターで上の階に昇ります。

「この階の奥にあります」

それはキーボード製品が並ぶ階でした。その奥に電子オルガンのコーナーがございます。迷わず足を運んだ咲子に感心します。

「詳しいんだね」

「時々ここで弾かせてもらっているんです」

「こんなところでライブしているの」

「まさか」

咲子が目を丸くしておかっぱ頭を横に振ります。

「デモ機を触らせてもらっているだけです。音量を下げて、新曲の仕上げをさせてもらうこともあります」

その言葉に胸が詰まります。どこまで健気な娘なのでしょう。

「そう、いろんなところで苦労しているんだね。でもこれからは、そんな苦労はしなくていいからね。好きなものを選びなさい。もちろん値段のことを気にすることはない」

太っ腹です。

未来が拓けているのですから、貯金が減ることなど気に致しません。

弁護士の園田に二百万円の着手金を支払ったことで、守りの姿勢から解き放たれたようです。戦闘モードに入っております。

実際に今の時間、浅草では伊澤が咲子の父親が通うスナックを突き止め、その先に動き始めているでしょう。ひとりではない、味方を得て闘っている、その想いが、元々老後を保証するわけでもない貯金を守ろうという気持ちを霧散させております。

しかしくどいようでございますが、田端社長との約束は口約束に過ぎません。そしてコロナ禍に見舞われている世間は、特に経済は、目に見えるほどではありませんが、下降線を辿り始めているのです。

「これでもいいですか」

遠慮がちに咲子が申します。

「こっちじゃダメなの？」

咲子が手を置いた電子オルガンは十八万円でした。

一郎が指さしたそれは四十九万円です。

「サイズがほとんど同じで値段が三倍近くするということは、機能が上だということだろう」

ほとんど同じではありません。一郎が選んだのは、ひとまわりどころではなく大きいサイズです。コンパクトで持ち運び可能だとポップに書かれておりますが、果たしてこんなものが持ち運びできるのかと訝ります。

「どうせ買うなら機能が上の方が良いんじゃないか」

咲子の返事を待たず店員を手招きします。

「これ、持ち運び可能なんだね」

念押しします。

「ええ、メインユニットとペダル、スタンドに分解し組み立て可能な構造になっております。椅子とスピーカーを一緒にして持ち運ぶのが容易で、どこでも楽しむことができるモデルです。スタンドにメインユニットをのせるだけで簡単に設置できますから、コンサートやライブなど外部での活用も柔軟に対応できます」

カタログをそのまま読んでいるようですが、それなりに流暢な返答です。

ライブにも柔軟に対応できるという説明に惹かれます。

「それじゃ、これをもらおうか」

即決します。

「少々お待ちください」

店員が腰にぶら下げていた端末で値札のバーコードを読み取ります。端末の液晶表示を確認して申します。

「在庫がございます。配達でしょうかお持ち帰りでしょうか」

「車だから持って帰るよ」

「専用のキャリーケースもお買い求めですね」

「当然だろ」

「アクセサリー関係はいかが致しましょう」

「アクセサリー?」

「本体機能をアップグレードするための付属の備品です。そちらの方はいかが致しましょう」

言葉に詰まります。

それはそうでしょう。一郎にそんな知識があるはずがございません。しかし返答を咲子に任せたのでは遠慮するかも知れません。

「必要なものだからあるんじゃないのか」

「それはお使いになる方次第ですが」

「構わん。全部付けてくれ」

「では、レジでお待ちください」

店員がその場を去って咲子が一郎のスーツの裾を引っ張ります。一郎が目を落としますと、俯き加減の咲子が上目遣いの鋭い視線で一郎を睨んでいます。怒りを隠さない視線です。

「どうして勝手に決めるんですかッ」

押し殺した声で申します。

そんな咲子を一郎は可愛いと感じます。怒っているのは分かるのですが、一郎にはまるでそれが感情として伝わっておりません。思わず笑いたくなるような咲子の可愛さです。

「いいじゃないか、どうせ買うなら良いものを買えばいいだろう」

「これ本格的なシンセサイザーですよ。私が弾けるのはオルガンだけです。こんなたくさんの機能を使いこなせるかどうか」

「練習すればいいだろう」

「置く場所がありません。今の小さなキーボードでやっとです」

それならそれで、一郎と店員の会話に割り込めば良かったのです。割り込まなかったということは、咲子もそのシンセサイザーが欲しかったのでしょう。

「ボクの部屋に置けばいい」

「え、一郎さんの部屋に？」

「そうだ。ボクの部屋ならいくら音を出しても構わないし、ま、深夜はどうか分からないけど、ボクが仕事に出ている時間、昼間なら文句も出ないだろう。毎日練習すれば、すぐにでも扱いに馴れるんじゃないか」

「一郎さんの部屋で毎日？　意味が分からないんですけど」

「そうか、サキちゃんは、未だ状況の変化を知らないんだ」

「状況が変化したんですか？」

「ああ、激変した」

「説明してください。いくら一郎さんがお金持ちでも、あんな高価な楽器を。どうしてなんですか。激変て……」

高揚している一郎とは逆に咲子の顔が曇ります。変化という言葉に凶事しか連想できない不幸にまみれて生きてきた咲子でございます。


「とりあえずレジに行こう」

咲子を促して、エレベーター近くにあったレジに向かいます。

「先ずは支払いを終わらせて、ボクの部屋に帰ってゆっくりしよう。話はそれからだ。ちょっと長い話になるんでね」

ますます咲子の顔が曇ります。小さい体が不安に膨れております。そんな咲子に一郎は、むしろ胸が躍ります。

(不安が大きければ大きいほど、状況の好転を知った時の喜びも大きくなるに違いない)

そんなことを思って悪戯好きな少年のようにワクワクするのです。

レジで待っておりますと、先ほどの店員がキャスター付きのキャリーケースを転がして現れます。思っていた以上に大きなケースです。売り場では、コンパクトで持ち運び可能だと謳っておりましたが、キャリーケースは、楽々咲子を収納できるほどのサイズです。

代金は総額で五十七万八千三百円でした。

それだけの現金は持ち歩いておりません。もちろんクレジットカードもありません。ゴルフ場を解雇された時点での債務残高を、弁護士の介入で整理したのですからブラックリストに登録されております。

出張や会合の手配用に協会名義のクレジットカードは持っておりますが、もちろんそれを使うわけには参りません。

一郎が取り出しましたのは、銀行残高でリアルタイムに精算されるカードです。残高は未だ三百万円くらいあります。

精算を終えてキャリーケースを受け取ります。

把手《とって》を握って持ち上げようとしますがビクともしません。

「ちょっと、これ、重さがどれくらいあるんだ?」

揉み手で軽く腰を折っている店員に問い掛けます。

「全部で五十キロは超えるでしょうからお持ちになるのは無理かと」

悪びれる風もなく微笑んで申します。

コンパクトで持ち運び可能だと書いてあったじゃないか。

喉まで出掛かった言葉を呑み込みます。

商品を選んだのは一郎自身なのです。文句など言えようはずがありません。

「どうぞ、エレベーターにご案内します」

店員に案内され、エレベーターで一階に降り、タクシーの乗下車では運転手の助けを借り、花川戸のマンションの部屋に到着します。

主には咲子が取説をみながら、重たいものは咲子の指示で一郎が手伝い、漸くセッティングが終わったのは、夕方の五時になろうかという時間でございました。


肝心なことを忘れておりませんでしょうか。

一郎がそれに気付いたのは御茶ノ水から自宅マンションに帰った時でございました。不覚にも一郎、レビトラを飲み忘れていたではございませんか。

当初はそんな予定ではございませんでした。

約束の時間を早めて咲子を浅草に呼び出そうと決めた時点では、連絡をした後で、直ぐに服用しようと考えていたのです。

綾瀬から咲子が来るのに一時間くらい掛かるとします。そこから軽く食事をし、部屋に連れ帰って風呂に入り、風呂で乳繰り合っているうち、レビトラの効果が表れると計算していたのです。

しかし話の流れで、御茶ノ水に買い物に行くことになり、産業貿易センターの喫煙所で咲子を待つうちに、二人の輝かしい未来を妄想し、その妄想が咲子とのセックスの段取りを意識下に押し込んでしまい、あれやこれやと気が付けば、大きな荷物を抱えてマンションに辿り着いてしまったという次第なのです。

部屋に戻るなり、トイレに駆け込みレビトラを服用致しました。

トイレを出ると咲子に訊かれました。

「さっき状況に変化があったと言っていたのは、どういうことなんですか？」

「ああ、それね」

レビトラが効果を発現するまでには一時間ほど掛かります。これ幸いにと一郎は、状況の変化を説明します。

「来年二月の誕生日で協会を定年退職することになるんだ」

咲子の顔がさらに不安げに歪みます。

「定年になれば、銀行預金と年金で暮らすしかなくなる」

「それでは不足なんですか？」

不安に声が震えております。

もっと苛《いじ》めたくなります。

「年金の受給年齢が上がるかも知れないだろう」

「ええ、そうみたいですね」

咲子は一郎から受け取る月々二十万円を当てにして、父親から離れ、ひとりで子育てをしようとしているのです。不安になって当然でしょう。

「定年の延長を申し出るために、協会の理事長を訪れたんだが、それがとんでもないことになってしまってね」

「とんでもないこと……」

消え入りそうな声です。膝が震え、立っているのさえ危うく見えるのが堪りません。その健気な姿が一郎には堪らなく愛おしく思えます。

「長い話になるから座らないか」

テレビを観る時に一郎が寝そべる大きなクッションに咲子を座らせます。咲子は正座で畏まります。その咲子を背中から優しく抱き締め、耳元で囁くように語り掛けます。

「理事長がね、協会を定年になったらうちに来ないかと言ってくれてね」

咲子が小さく頷きます。未だ不安そうです。

「顧問として誘われたよ」

「今は専務理事なんですよね」

専務理事から顧問。

どうやら咲子は、一郎が降格の憂き目にあうと思っているようでございます。

「顧問といっても、理事長の会社は多くのゴルフ場を抱えるグループ会社だ。その会社の顧問で、役員待遇という話なんだ」

「はぁ」

未だピンと来ないようでございます。社会経験はアルバイトだけの咲子なのですから、それも仕方がないことでしょう。

「収入は今より良くなる。それもかなりね。具体的な話は未だしていないが、倍増するかも知れない。そうなれば月々の収入は百万円くらいになるんじゃないかな」

「サキちゃんのことは理事長に話した。ずいぶん喜んでくれてね。子供の話もしたよ。それも喜んでくれた」

抱き締めた咲子の体が震え出します。

「それじゃあ、変化って悪いことじゃないんですね」

「悪い話であるはずがないだろう。月に百万円の収入だよ」

決定事項のように語ります。実際、一郎の中ではそれが決定事項だと思えているのでございます。

「だからサキちゃん、結婚しよう。未だサキちゃんは若いんだから、ひとりとは言わず、二人でも、三人でも子供を産んで、ボクたちで明るい家庭を作ろう」

プロポーズです。

再確認しておきますが、一郎は今月の初めに六十四歳になった高齢者です。中年でも、ましてや青年でもないのです。

「結婚、できるんですか？」

咲子が生唾を呑んで言います。

「ああ、籍を入れて正式な夫婦になろう。結婚しよう」

一郎の腕の中で咲子が体を反転させます。一郎を見つめる目が潤んでいます。見る見る涙が溢れ、溢れた涙が頬を伝い落ちます。

「本当なんですね」

震えながら確認します。一郎は微笑みながら力強く頷きます。

咲子が一郎に抱き付きます。しっかりと一郎に抱き付いて、号泣します。一郎はその背中をトントン叩いています。

「明日にでも綾瀬のアパートを出てここに移ってきなさい」

勢いです。前後のことも考えずに申します。後先などあったものではございません。さらに続けます。

「もし何なら、今夜からでもいいんだ。着替えはそこらの店にでも買いに行けばいい。体ひとつでここに来てくれればいい」

「でも、父ちゃんが」

しゃくり上げながら申します。

「大丈夫だ。お父さんのことは協会の顧問弁護士さんにお願いしてある。サキちゃんは何も心配しなくていいんだ」

慥かに依頼はしました。二百万円の着手金も支払い済みです。しかし現時点では、調査員の伊澤が動き始めたばかりだという段階です。

「それに『アゼリア』のこともありますし」

「辞めればいいじゃないか。どうせヒマな店なんだろ」

店主の小川正夫に聞かせてやりたい台詞です。

「でもいきなり辞めるだなんて」

咲子の方がまだ分別があるようです。

「誰か代わりはいないの」

「いないことはないですけど」

「何をしている人？」

「私と同じで歌を歌っています」

「友だちなんだ」

「去年の夏の北陸ツアーで知り合いました」

「その子は直ぐに勤めてくれるだろうか」

「ええ、以前はキャバクラに勤めていましたけど、この騒ぎで店がヒマになって」

「この騒ぎ？」

能天気な質問を致します。

「コロナです。それでお客さんが激減したらしいです」

「へぇ、そんなことで客が減るんだ」

その時点でコロナの感染爆発は起こっていません。ボランティアの募集とか東京五輪に向けた用意も着々と進んでいます。一郎の反応も無理からぬことですが、巷ではコロナに関する警戒感がじわじわと広がっているのです。

とことん情報弱者です。テレビのニュース番組もほとんど観ない、新聞も碌に読まない、夜早く床に就いて、早朝の散歩が日課の一郎です。

ゴルフ業界に長くいたので仕方がないと言えば仕方がないのですが、もちろんゴルフ業界にもちゃんとした人間はたくさんおります。

「それじゃその子は、今は無職なんだ」

「ええ、食べるのにも困っているみたいです。ただ普通のバイトとかはできない子みたいで」

「何か問題があるの？」

「人付き合いが苦手らしいです。人と喋るのは面倒臭いので、ヒマな店に勤めたいって言ってました。キャバクラを真っ先にクビになったのも、それがあるからじゃないでしょうか」

「なるほどね。人付き合いが苦手じゃキャバクラには向いていないだろうな」

コロナよりそちらに納得致します。

「でも、音楽活動だけでは食べていけないので、お腹が空いたら知り合いを訪ねて、お金を借りたりしているみたいです。借りると言っても少額ですけど」

不意にあることに思い当たります。

「その子、サキちゃんのところにも借りに来たの？」

「ええ何度かお店に来たみたいです」

「みたいというのは？」

「私のアルバイト終わりに来るんです。その都度、マスターが五千円だかあげているみたいです」

閉店間際の『アゼリア』を訪れ、五千円で小川の性欲を口で満足させた娘が思い出されます。

「マスターも彼女が気に入ったみたいで、困ったらいつでも来るよう伝えてくれって言われました」

ほぼ間違いないでしょう。

「でも変なんです」

「変？」

「ええ、来るんだったら閉店間際に来るように伝えてくれって」

「どうして？」

「営業時間中は忙しくて相手にできないこともあるらしいです」

確定です。あの『アゼリア』が忙しいはずがありません。

「その子、名前はなんていうの？」

「もももももちゃんです」

「ももももも？　それが名前なの？」

「一応アイドルなので、印象に残る名前にしているんでしょうね」

言われてみれば咲子も咲咲と印象に残る名前です。

「それにしても変わった名前だね」

「岡山出身なので、桃にこだわったみたいです」

「そうか、岡山は桃の産地だもんね」

「ええ、私は食べたことがありませんが、白い桃、白桃っていうのは、高いものになると一個三千円くらいするそうですね」

「最高級品だったら五千円くらいするんじゃないかな」

「桃一個がですか！」

「ああ、バブルの時期なら、一万円したのがあったとしても不思議には思わなかっただろうね」

往時を思い出しながら、その一方で、白桃一個の値段で、男の物をしゃぶって処理するという、桃の名を芸名にする娘の境遇を考えてしまいます。

「ももちゃんならバイトを代わってくれるかも知れません。最近ライブの仕事も減り始めているようですから」

「売れてないんだ」

「いえ、コロナの影響が出始めているみたいです」

ここでもコロナです。

「そうか、それなら連絡してみてよ。代わりがいるとサキちゃんも辞めやすいだろ」

コロナの話には喰い付きも致しません。

「そうと決まれば風呂を入れようか」

何がどう決まったのか理解に苦しみますが一郎が先を急ぎます。

「いえ、その前に新曲を完成させたいです」

咲子がシンセサイザーを指さします。

「言ったじゃないですか、新曲のイメージが出来上がっているので、完成させたいって。一郎さんも自分の部屋で完成させればいい、でも私のキーボードが持って行けない、だったら買ってあげる。そういう話だったでしょ」

言われてみればその通りです。

レビトラの効果時間は五時間から八時間です。服用してから一時間ほどでしょうか。そろそろ効果が発現するころですが、効果時間内にはことに及べるでしょう。諦めて待つことに致します。

窓の外はとっぷりと暮れておりますが、未だ効果時間内です。しかし咲子はこれから新曲を完成させると言うのです。それがどれだけの時間を要するのか、一郎には知りようもありません。

(昨日、土曜日がバイト休みの咲子と産業貿易センター前で会うのを約束した時間は、今くらいの時間だったな)

綾瀬からの移動時間を入れても、新曲の完成が、夕方に会える時間で終わると見込んでいたのなら、二時間くらいのことでしょう。

(今から二時間として)

計算します。なんとか効果持続時間に間に合います。

肘枕でクッションに横たわりシンセサイザーを操作する咲子を眺めます。未だプロといえるキャリアではないでしょうが、楽器に向かう姿は、さすがに様になっております。

やがてシンセサイザーがオルガンの音を発します。

「おや、サキちゃんがライブで弾いていたオルガンと変わらないじゃないの」

思ったままの感想を口にします。六十万円近くの金を払ったのだから、もう少し違う音色を期待していたのです。

「こんな音も出せるんですよ」

咲子がスイッチを操作すると、ピアノの音色に変わります。そしてまた操作します。今度はバイオリンの音色のようです。

「いろいろ試してみないと完全には分かりませんけど」

「いや、それはいいよ。ごめん、ごめん。今は新曲の仕上げに集中してよ。機能を試すのは今日でなくてもいいだろう」

「ありがとうございます」

音色がオルガンに戻って咲子が演奏を始めます。別に礼を言われる筋合いではございません。一郎は新曲の仕上げを急いでいるのです。急いでいる理由は言うまでもございません。

物悲しい旋律が一郎の部屋に流れます。その調べに一郎の股間が軽く反応します。クッションから立ち上がります。

「スーツが皺になるからスエットに着替えるね。サキちゃんは気にしないで続けなさい」

声を掛けてリビングからベッドルームに移動します。集中しているのでしょう、咲子は反応致しません。

スーツを脱いで、ベッドの上に脱ぎ捨てていたスエットに着替えます。その間も、隣室からは物悲しい調べが流れてきます。

スエットのズボンを穿く前に、パンツに手を入れ、股間のハリを確認します。たったそれだけの刺激で、一郎の男根はムクムクと、春先のタケノコよろしく成長します。堪らずに扱《しご》きたくなる衝動を抑えてスエットのズボンに足を入れます。

リビングに戻った一郎は、壁にもたれ、腕組みをして、演奏する咲子の背中を眺めます。

やがて曲が終わります。終わったようです。

「なんだ、出来上がっているじゃないの。それじゃ風呂に入ろうか」

「いえ未だです。これに私の歌を合わせなくてはいけません。声を張り上げて歌えるので助かります。うちのアパートでいっぱいの声では歌えないですから」

一郎を振り返りもせず咲子が演奏を再開します。前奏が終って歌い始めます。あの歌声です。一郎が中野の古書店の二階で聴いた切々とした、そして哀愁の滲む、昭和の匂いをまとった、あの歌声です。さらに申しますと、一郎にとっては、その絞り出す高音が、セックスの喘ぎ声とも重なる声です。

早く終わってくれと願います。

腰を引いて堪えるほど男根は膨張しております。いきり立っているのです。

曲の途中で咲子の歌声が止みます。同じ個所を、歌わずに何度か弾き直します。微妙にメロディーが変わりますので、どうやら咲子が微調整をしているのだと、音楽の素養がない一郎にも知れます。

微調整が終わり、再び咲子が弾き語ります。これはもう、放置プレーに等しい仕打ちでございます。怒張した一郎の男根は、ドクドクと波打ち始めております。爆発寸前です。

息を殺し、それは、浅ましいほど荒くなりそうな息を悟られないようにするためでございますが、とにかく堪えます。堪えながら、咲子の手直しが終わったあとの自分の行動を思います。

風呂で乳繰り合うつもりでした。しかし咲子の歌声を聴いている内に、別のアイデアが浮かんだのです。未だ咲子の体に触れてもいないのに、それどころか裸体さえ拝んでないのに、一郎の脳が蕩けるような、両耳から漏れ出るのではないかと思えるような、とんでもないことを一郎は思い付いたのです。

咲子の演奏と歌が止みます。丸椅子を回して振り返ります。

「一応、終わりました」

ニコリと微笑んで申します。

「お待たせしました」

一郎が何を待っていたのか知っているのでしょうか。

そんなことには構わず、一郎が咲子に歩み寄って、両肩に手を置き、咲子をシンセサイザーに向かわせます。

「立ち上がって」

その言葉に咲子が素直に従います。

咲子の赤い水玉模様のワンピースの裾を摑んで頭上へと引き抜きます。

「あっ」

咲子が体を丸めて胸を抱きかかえます。

背中のブラジャーのホックを外し、毟《むし》り取ります。

「いやっ、お風呂に」

構わずにパンツも剝ぎ取ります。

「鍵盤に手を突いて、尻を出しなさい」

咲子がその言葉に従います。一郎はあたふたとスエットのズボンをパンツごと脱ぎます。男根がピョコンと跳ね上がります。

「もう一度、さっきの歌を聴かせてくれ」

一郎の意図を察した咲子が鍵盤に指を広げます。尻を突き出したまま、背筋を反ります。曲が始まります。歌い始めます。

咲子の割れ目に亀頭を擦り付けます。

亀頭が咲子の汁でテカリます。

完全に勃起した男根に右手を添えて、ゆったりとしたリズムに合わせて咲子の大陰唇、小陰唇、クリトリス、その辺りを亀頭で愛撫します。左手は貧弱な乳を揉みしだいています。

挿入致しません。我慢しています。焦らせています。タイミングを待っているのです。

二人だけの部屋で、何度も同じ歌を聴かされ、秘かに企み、ここだと決めたタイミングです。

咲子の歌がサビに迫ります。

高音の声が裏返り、もちろんそんな格好で、一郎の亀頭で、敏感な部分を愛撫されているのでございますから、先ほどのような声ではありません。

震えております。

閊《つか》えます。

閊えます。

サビに入りました。喉を震わせて泣きます。

奥まで一気に挿入します。

「ギャッ」

激しくピストン致します。

「ギャッ、ギャッ、ギャッ」

「歌え！　歌を止めるなっ」

命令します。

息も絶え絶えに咲子が歌を続けます。

シンセサイザーから鳴り響く音は完全に乱れております。

不協和音が鳴り響くだけです。

さらに激しく撞き続けます。

膣の奥が開きます。

完全に勃起した一郎の男根を丸ごと呑み込みます。

咲子の叫ぶような歌声が、いや歌にはなっておりません、喘ぎ声が歌詞をなぞっているだけです。歌詞を喘いでいるだけです。

「うぉ、うぉ、うぉ。行くぞ。出すぞ。子宮の奥に射精するぞ」

「来て、来て、来て。中に出してぇぇぇ」

咲子が悲鳴を上げます。

「ぐぉぉぉぉぉぉぉぉぉぉ」

咆哮を放って一郎が咲子の膣奥に精を放ちます。

全身を痙攣させながら咲子がシンセサイザーの足元に崩れ落ちます。

水平を保つ一郎の男根が取り残されます。

亀頭の先端から糸を引いているのは精液でしょうか。それとも咲子の膣粘液でしょうか。

そのまま後方によろけた一郎は、クッションに尻から落ちます。

「ッハ、ッハ、ッハ」

短く息を刻むのは咲子です。

「ゼエェ、ハッ、ゼエェ、ハッ」

かたや一郎は、仰向けで股を開き、嗄《しゃが》れた声で腹を波打たせております。

少し間があって、動き出したのは咲子です。

クッションに倒れたままの一郎にいざり寄ります。

勃起が収まらない一郎の男根、操縦桿のようなそれを握ります。

首だけ起こした一郎と視線を合わせます。

ニコリと微笑んで申します。

「一郎さんのヘンタイ」

責めている口調ではございません。喜んでいる口調です。

ヘンタイと呼ばれて一郎も嬉しくなります。ヘンタイ上等です。六十四歳の自分が若返ったようにさえ感じられます。

「キレイにしてあげますね」

咲子が男根を咥えます。口の中で亀頭に舌を這わせます。敏感になっている亀頭への刺激です。思わず鼻奥を鳴らして仰《の》け反ります。

亀頭の残滓を舐め取った咲子が、男根を握った右手の親指と人差し指に力を入れます。ゆっくりと上下します。扱いているのではありません。あえて言えば、搾っているような手の動きです。それに合わせて強く吸引します。

違う快感が一郎を襲います。射精に似た快感ですが、似て非なるものです。射精が瞬時の爆発だとすれば、それはそう、何かを、あえて喩えるならば魂を、抜き取られているような快感です。

咲子が一郎の股間に埋めていた顔を上げます。おかっぱ頭、黒縁眼鏡、見慣れた顔で薄く微笑みます。ゆっくりと舌を突き出します。小さな花弁のような深紅の舌です。その舌上に白い塊が載っています。

一郎の精液です。

射精の感覚はありませんでした。咲子は一郎の男根に残存していた精液を搾り出し、吸い出したのです。

精液の塊を載せたまま咲子の舌が仕舞われます。唇を突き出し頬を窄めます。顎を上げて、喉ぼとけが上下します。口をいっぱいに開け舌を突き出して、飲み干したことを自慢げに誇示します。

「たくさん残っていましたね。これからは、ちゃんと全部出してくださいね。勿体ないですから」

微笑みながら言って立ち上がります。

「お風呂を入れてきます」

全裸のままバスルームに向かう咲子を横目で見送ります。小さな尻に蒙古斑がうっすらと残っています。内腿に垂れ流れる精液を気にする風でもありません。

バスタブに湯が満たされる音を聞きながら思い出します。陰茎に残った精液を、咲子に搾り取られた感触を、思い出しているのでございます。

(尻子玉を抜かれるとは、あのことだろうな)

それほどの快感を覚えたということでございます。

そもそも尻子玉とは、人の肛門近くにあると考えられている架空の臓器です。一郎にそこまでの知識はございません。ただ尻子玉と言えば河童が抜くもの、おかっぱ頭で、栄養の足りていない児童を思わせるほど、痩せて小柄な咲子の後ろ姿に河童を連想し、さらにそこから尻子玉を連想したのでございましょう。

ともかく快感を覚えたのは間違いございません。

快感と申せば、歌う咲子を責めるというのも、なかなかどうして、不意の思い付きとしては、堪らない快感でした。

（女の歌い手というものは、それは演歌に限らず、サビで身を捩《よ》じらすものだ。あれは性的な高揚と連動しているもので、その高揚を目の当たりにして、男は男なりに、また女も女なりに、聴き入ってしまうのだな）

おやおや、ずいぶんと飛躍した理論に納得している一郎でございます。すべての女性歌手が、サビで身を捩じらせるわけではないでしょう。慥かに、感情移入しているということはあるかも知れませんが、それを性的な高揚と結び付けるのはいかがなものでしょうか。

（サキちゃんの声の艶を磨くために、これからも時々レッスンしてやるか）

とんでもない結論に至ったようでございます。

しかし一郎、自信を深めております。その自信は咲子が放った「ヘンタイ」の一言を拠り所にするものです。

それを言われた刹那、自分が若返ったように感じておりましたが、それから尻子玉を抜かれ、昇天のその先にまで至り、自分はまだまだ若いのだという自信が漲っております。

そんな自信とは裏腹に、陰茎の残留精子まで抜き取られた一郎の股間の物は、完全に萎んでおります。フニャフニャです。それでも前回のことがありますので、未だ大丈夫だと安心しております。

咲子に声を掛けられ、風呂に入り、乳繰り合って、風呂を出て、体を拭かせて、前回同様睾丸を刺激され、ベッドに移り、後ろから前から、思う存分、一郎は咲子を堪能したのでございます。

遅い夕食はマンションの近く、言問《こととい》通りにある深夜営業の『うりえもん』で食べました。豚骨濃厚博多ラーメンで有名なお店です。インターネットのグルメサイトとやらで、台東区で二番目に美味しいラーメン屋と評価されている店らしいです。

「野菜も摂らなくちゃね」

一郎が咲子と自分のために注文したのは、浅葱が山のように盛られた『ネギまみれラーメン』でございました。


一夜明けまして日曜日、協会は休みですが咲子は『アゼリア』のアルバイトです。さすがに昨日の今日で休むわけにはいかないと咲子は出勤致しました。昨夜遅くには咲子の父親から携帯に電話があり、その電話には「友だちのところでライブの音合わせをするから」と誤魔化しましたものの、それは一時の言い逃れ、『アゼリア』のこと、父親のこと、どちらもちゃんとしなくてはいけません。

「サキちゃんの友だちは未だ無職なのかな」

「そうじゃないでしょうか。しばらく勤める気はないって言ってましたから」

「だったら彼女を『アゼリア』に呼ぼう」

「呼んでどうするんですか?」

「マスターに話をつけるよ。サキちゃんと代わってもらうって」

「そんな簡単にいくでしょうか？」

「どうせ趣味半分でやっているんだから、否も応もないだろ」

「突然過ぎませんか」

「ボクたちが結婚するって言ってやるよ。そうすりゃ反対はしないだろう」

「えっ、言っちゃうんですか？」

「サキちゃんもボクもその方向で合意したんじゃないのか」

その方向で合意したとは、ずいぶんと堅苦しい物言いではございませんか。確認だけではなく、一郎の不安、そしていまさら何を躊躇しているのだと、咲子に対する微かな憤りが言外に感じられます。

「それはそうですけど……」

「ですけど何？　サキちゃんは、ボクと結婚して家庭を持つことに不安があるの？」

「いえ、そんなことはないですけど」

「だったら問題ないじゃない」

「怒らないでください。そんなつもりで言ったんじゃ……」

言葉を先細りさせて咲子が俯きます。さすがに強く言い過ぎたかと一郎も反省します。

「いいかい、サキちゃん」

宥める口調で語り掛けます。

「あの田端社長でさえ祝福してくれたんだ」

「はぁ」

咲子が曖昧に頷きます。それはそうでございましょう。あの田端社長と強調されましても、咲子はその御仁に関する情報をほとんど持ち合わせていないのでございます。

「田端社長が支援してくれるんだから、必ずボクたちの結婚生活はうまくいくよ。順風満帆なんだよ」

咲子の肩に手を置いて励ますように言います。

「さ、その桃なんとかさんに電話してよ。『アゼリア』の仕事を代わってもらわなくちゃいけないだろう」

一郎に急かされた咲子が不承不承の体《てい》で桃なんとかに電話しましたところ、今はどこにも勤めてなくて『アゼリア』なら是非勤めてみたいとのことでございます。

「ずいぶん簡単に引き受けてくれたね」

「ももちゃん、今も食べるのがやっとだって言ってました」

「一応食べてはいけているんだ」

「ライブの仕事は完全になくなったと言ってましたから、グラビアの仕事で何とか繋いでいるんじゃないでしょうか」

「グラビアって？」

「スタジオでオタクさんに写真を撮ってもらう仕事です」

「お金になるの？」

「詳しくは知りませんが、そんな頻繁にあるわけではないみたいですし、かなり苦しいんじゃないでしょうか」

「とにかく『アゼリア』でアルバイトすることは了解してくれたんだね」

「ええ、マスターのことも気に入っているみたいでしたし」

咲子に確認できることではありませんが、小川の精を口で抜く関係は今も続いているのでしょう。

人付き合いが苦手だという咲子の友だちです。『アゼリア』であれば、ほとんど客は入りません。それに加えてアルバイト代だけでなく、小川の股間の物を咥える一時金も期待できる職場であれば、勧めてみたいと思うのも当然でしょう。

「父ちゃんはどうしましょう」

「それもボクから話さなくちゃいけないだろうな」

「結婚するって、ですか」

「それを話さないと納得しないだろ」

「話しても納得しないと思いますけど」

「金を出せば？」

「出すんですか？」

「ある程度の金は必要だろう。だって今までは、サキちゃんの収入だけを当てにして、競馬をしたり飲み食いしたりしていたんだろ」

「ほとんどお馬さんにつぎ込んでいます。食事も一日一食だけです」

「あの店のナポリタンだけなの？」

「あれはもともと私のまかないだったんです。それを父ちゃんが食べているんです」

「お父さんの代金はアルバイト代から天引きじゃなかったっけ」

「水曜日と土曜日、私が休みの日の食事代が天引きなんです」

「酷い話だな」

「私が『アゼリア』に勤める前に父ちゃんとマスターでそう決めていたんです」

「二人はサキちゃんが勤める前からの知り合いだったの？」

咲子が『アゼリア』に勤め始めたのは一年くらい前でございます。それ以前から、『アゼリア』の店主である小川と、咲子の父親は知り合いだったということでしょうか。考えてみれば、一郎が黒ジャンパーの男を見掛けるようになったのも、咲子が勤務してからのことだったように思えます。あの男が「いつもの」と頼むのは咲子のまかないだったのです。さも常連のように振舞っていたので、一郎もまったくそのことに気付かなかったのでございます。

「馬券が買えるスナックを父ちゃんに紹介してくれたのもマスターです」

驚きです。「その店主とやらの素性を知っているのかね」と言われた、弁護士の園田の言葉が思い出されます。何も知らなかったことに暫時唖然とします。

ここまで聞いていますと、小川が、咲子に裏ビデオへの出演を強要した組織とも繋がっているのかも知れないと疑いたくもなります。そんな邪悪なところに、咲子を通わせるわけにはいかないでしょう。

「サキちゃんがお父さんに渡している金と、一日一食のナポリタン代、六百円の三十日分で一万八千円か、合わせて十二万円として、その一年分、百四十四万円、いや百五十万円提示しよう。それを一括で払うと言えば、お父さんだって納得してくれるだろう」

「そんな大金をまとめて父ちゃんに払うんですか！　直ぐにお馬さんで無くなってしまいます」

それを考えないわけではありません。月々支払うという方法も、無くは無いとも思いました。しかしそうなりますと、咲子の父親との関係が続くことになってしまいます。例えば、覚書なり念書なり、父親に書かせるためには、大きなエサを目の前に放り出してやった方が効果的ではないかと考えたのです。

覚書にしろ念書にしろ、それがどれだけ有効なのか一郎も疑問です。そんな疑問は弁護士の園田に相談するのが良いのでしょうが、あいにくの日曜日です。一日も早く、咲子の住む世界から、『アゼリア』と父親を排除したい一心でございます。

銀行残高は二百万円以上残っているはずです。

首を傾げる咲子を宥め『アゼリア』へと送り出したのでございます。

駅ビルのＡＴＭで二百万円を引き出しました。それは口座開設時、一郎の見栄から設定した金額でございましたが、ここに至ってその見栄が活きました。ＡＴＭ横の現金封筒二枚に分けて書類鞄に収め、新仲見世商店街を『アゼリア』へと向かいます。預金残高は四十万円を切ってしまいました。

咲子には百五十万円を渡すと申しましたが、一郎は二百万円を渡すつもりです。土壇場になって、金の力で相手を屈服させようと考えたのです。根っからの世間知らず、小心者、思慮のない男でございます。

無理もございません。学校を卒業後に名門ゴルフ場に勤務しました。

寄り集う連中は、慥かに社会的地位の高い人物ばかりでございました。しかしひと皮剝けば、どいつもこいつも中々に鼻持ちならない連中でございまして、ただそんな連中でございますから、紳士ぶるのには長《た》けております。

さらにゴルフ場を解雇になって拾われた協会も、経産省の天下り役人の事務長が、余生の暇潰しに昼寝をしに来ているような協会でございまして、そんなこんなで、社会の荒波、下積みの苦労などとは無縁に齢を重ねてしまったのです。

そんな一郎が、咲子の父親と相対するに際し、先ずは相手を金で屈服させようと考えたのも無理からぬことです。社会経験の貧弱さから、他に方法が思い付かないのです。娘の入籍を喜んでくれて、案外すんなりと認めてもらえるのではないだろうか、そんな甘いことまで考えているのです。

田端社長が自分の結婚をたいそう喜んでくれて、協会定年後の未来まで拓けてしまったという成功体験に、浮かれているというか、それを拠り所として逃避していると申しますか、すっかり脳内お花畑になっているのでございます。

考えてみるまでもなく分かりそうなものです。

自分の娘の収入を競馬につぎ込み、あまつさえ、その負け金のツケの支払いに窮して娘を差し出した父親なのです。細かいことを申せば、娘のまかないとして供されるナポリタンを、平気で喰い奪っている父親なのです。

あり得ないです！

金蔓である娘の結婚を、手放しで喜んでくれることなど、あり得ないことだと分かるはずです！

咲子と約束した午前十一時に『アゼリア』に到着します。

カランコロン。

ドアベルを鳴らして店内に足を踏み入れます。

「あ、大隅さん」

店主の小川正夫がカウンター席、それも客席のほうに座り、その直ぐ隣に咲子が畏まっております。小川が振り向く動作の流れで煙草を揉み消します。灰皿は、吸い殻の山になっております。

「どういうことなんだよ。サキちゃんが急に辞めるって言ってよ、理由を聞いてもだんまりだ。昼前には大隅さんが来るから話を聞いてくれの一点張りでよ。ったく、どうなっているんだよ」

そう言いながら新しい煙草に火を点けます。銘柄はショートホープです。小川が店で煙草を吸うのを初めて見ました。

「実はその件なんだが」

カランコロン。

一郎が切り出したタイミングでドアベルが他の客の入店を知らせます。一郎、小川、そして咲子が一斉に顔を向けます。

「こんにちは！」

咲子と同じくらい、小柄な少女が満面の作り笑顔で挨拶します。

「ももちゃん、早いよ」

咲子です。

「うん、ヒマだから。遅刻よりいいでしょ」

小首を傾げてはにかみます。一郎に目を遣ります。

「大隅さん？」

「そう、大隅さん」

少女の問いに、一郎の背中で咲子が答えます。

「ほう」

思わず感嘆の息を漏らした一郎でございます。

咲子の友人が、予想をはるかに超えて可愛らしいのです。男から小銭をせしめて口で精を抜くなど、そのあたりのあばずれ女と勝手に思い込んでいたのですが、とんでもないことでございます。

ふっくらとした頰は薄紅色に輝いております。ショートカットの額は狭くなく広くなく、アーモンドを思わせる形の整った目は、やや青みを帯びた灰色の、それでいて深淵を思わせる瞳です。細い鼻筋は完璧とも思えるラインで流れ、そして何より、それに続く唇が堪りません。グロスの効果もあるのでしょうが、プルプルとした質感で、もちろんグロス効果など知る由もない一郎でございますが、それはそれと致しまして、別の想いが脳内を突き走ります。

（こんな唇で男根を咥えるのか）

そんな想いに呆然としているのでございます。

少女が微笑んで一郎に歩み寄ります。

天使のような笑顔です。

紺のブレザーとプリーツスカートは、学生服を模したもののようです。ブレザーの下は白いカッターシャツで、ブレザーやズボンと同じ色の紐ネクタイを蝶々結びにしております。全体的に抑えた服装でございますが、それがいっそう、少女の輝きを引き立てているとも申せましょう。

(この唇で男根を……)

おやおや一郎、未だその想いに囚われております。

「もももももと申します」

少女が胸元まで持ち上げた手提げ鞄から何かを取り出します。念入りと申しますか、その手提げ鞄も通学鞄を思わせる黒の薄い鞄でございます。

「私の名刺です」

「あ、どうも」

間の抜けた返答で一郎が受け取ったのは、小さなポラロイド写真でございました。受け取ったそれに目を遣りますと、白いメタリックな文字が書かれています。

『桃々もも《もももももも》』

写真を眺めながら頭の中で呟きます。

(こんな可愛い子が男根を……)

その想いから、どうにも逃れられない一郎でございます。

カランコロン。

再び『アゼリア』のドアベルが鳴ります。

「父ちゃん」

驚いた声を上げたのは咲子です。

「俺が呼んだんだよ」

小川が低い声で申します。

「いろいろ大人の話もあるんでな」

それから桃々に微笑み掛けます。

「ももちゃん、悪いけど、ちょっとサキちゃんと『コロラド』にでも行っててくれないかな。二時間もすれば終わる話だからよ」

少し先の喫茶店の名前を口にします。

「え、いいですけど……」

桃々が口籠ります。

「金か？」

「ええ」

「しょうがねえなぁ」

舌打ちをした小川がズボンの尻ポケットから二つ折りの財布を抜き出します。

「いくらいるんだ？」

「二人だと千五百円くらいかな」

「飲みもんだけだぞ」

「それでもそれくらいは掛かりますよ」

上目遣いで桃々が申します。女が男に甘える目です。

渋々の体で小川が財布を開きます。

舌打ちして申します。

「細かいのがねえや」

「ボクが立て替えておきましょうか」

一郎がスーツの内ポケットに手を伸ばします。

「立て替える？」

小川が鋭い目で一郎を睨みます。

「大隅さんよ。勘違いしてもらっちゃ困るね。何がどうなっているのか分かんねえけど、元はといえば、アンタとサキちゃんが起こした騒動でこんなことになってんじゃねえのかよ、弁《わきま》えてもらいたいもんだね」

「だからボクが立て替えると」

おやおや騒動と言われそれを追認している格好です。場慣れしていない一郎でございます。

「いいよ」

突き放すように言う小川は場慣れしております。

「ほらよ」

一万円札を桃々に差し出します。

「ありがとうございます」

一郎の脇をすり抜けちょこちょこと小川に駆け寄り、金を受け取る桃々に躊躇はありません。それどころか試すように申します。

「これって、あれも含めてですか？」

あれがフェラチオのことだと、それくらいの察しは一郎にも付きます。

「ああ、俺の気分次第だがな」

「ごめんなさい。コンドーム切らしているんですよね」

間違いありません。あれとはあれです。

（こんな可愛い子が男根を……。一応コンドームは付けているとはいえ、男根を咥えて……）

この期に及んで未だそんなことを考えている一郎です。

「だったら生でもいいじゃねえか」

「生はダメでしょ。コロナ怖いもん」

桃々が肩を竦《すく》めます。

一郎からは桃々の背中しか見えません。その向こうはカウンター席に座って不貞腐れている小川、そしてその傍らに身を固くしている咲子がおります。

当然一郎の視界には咲子も入っているはずです。それなのに一郎は、桃々の背中に股間を疼かせているのです。学生服がどうというのではありません。この小柄で可愛い娘が、小川の男根を咥える様を想像しているのです。

身を固くしている咲子に目が届かないくらいですから、自分の背後にいる咲子の父親の存在も忘れているのは当然でしょう。

「それじゃ行ってきまーす」

一万円札をブレザーのポケットに入れた桃々が、一郎の脇をすり抜けます。いい匂いがします。その匂いを鼻で追い駆ける一郎です。犬の所業です。

「釣銭はきっちり貰うからな。レシートも忘れるなよ」

小川が横柄に申します。

「ハーイ」

一郎の隣で立ち止まった桃々が応え、咲子に手招きします。

「サキちゃん、行こう」

それでようやく咲子の存在を思い出した一郎です。

同時に咲子の父親の存在も思い出します。自分が小川と咲子の父親に挟まれていることに妙な緊張感を覚えます。

咲子が一郎の判断を乞う眼差しを向けています。

「行ってきなさい」

鷹揚に頷いて咲子に申します。

(二人を相手にするんだよ。サキちゃん、残ってくれよ)

言葉とは裏腹な本心を目で訴えます。

　自分ひとりで対応するのが不安なのです。

　しかし一郎とて見栄はあります。矜持とまでは申しませんが、咲子に、そして桃々に、気弱なところを見せたくはありません。大人ぶって付け加えます。

「ここはボクがちゃんと話をつけるから」

　気弱さを隠せない声です。

　一郎が頼りにしているのは、現金封筒二枚に分けて書類鞄に収めた二百万円です。

（ほんとうは五百万円あったのに……）

　未練がましいことを思います。

　二百万円が五百万円だったとしても、大きな違いはないでしょう。

　いずれにしましても、預金残高は四十万円を切っております。手持ちの二百万円で、何としてでも決着を付けなければなりません。それがずいぶんな重圧になっております。

　気付いていないようですが、そもそも金で決着を付けようとしたのが一郎の間違いです。間違いも間違い、大間違いです。

　結局のところ一郎は、小川にしろ、咲子の父親にしろ、正面から向き合う覚悟など端《はな》からなかったのです。その場の衝動、それも股間から突き上げる衝動のままに、田端社長との口約束に浮かれ、園田弁護士に二百万円の着手金を支払ったことを拠り所とし、半ば勢いで咲子との結婚を約束し、その勢いのままこの場に臨んでいるのでございます。

「サキちゃん、行こうよ」

桃々が再び脳天気に催促します。

咲子が不安げな視線を一郎に送ります。

一郎はガクガクと小刻みに首を縦に振ります。

咲子が仕事着のエプロンを外し、それを畳んでカウンターに置きます。

「閉店の札を上げといてくれよ」

小川が咲子に命じます。

「はい」

小川と目を合わさずに小声で応えた咲子がカウンターの中に入ります。直ぐに出てきた手には、閉店の札が握られております。

(話し合うだけなのに、わざわざ店を閉めるのか)

ますます不安になります。

小川の本気を知らされた気になります。それどころか、狭い『アゼリア』の店内に、監禁されたような強迫観念に襲われます。

桃々に手を引かれ、咲子が『アゼリア』を後にします。

店内にしばしの沈黙が流れます。一郎にとってはこの上なく息苦しい沈黙です。口を開いたのは小川でした。

「立ってちゃ話になんねぇ、大隅さんも座りなよ」

促されます。

しかし小川と同じカウンター席にも座れず、いつも昼食のナポリタンを食べる四人掛けのテーブル席にコートを着たまま腰を下ろします。

「お前も座れよ」

咲子の父親に小川が指示します。

へいこらと頭を下げて、一郎とは別のテーブル、入り口近くの席に着きます。それだけで、小川と咲子の父親の力関係が分かろうというものです。

「さて、先ずは大隅さんから話を聞かなくちゃな。サキちゃんが店を辞めるってどういうことなんだよ」

サンダルを脱ぎ、カウンターの小さな丸椅子に、器用に胡坐《あぐら》を搔いた小川が一郎に迫ります。

どすの利いた声です。

それでなくても小川は、テーブル席より一段高いカウンター席に腰掛けているのです。裁判官から尋問されている被告の気持ちになる一郎です。

「家政婦代わりに大隅さんが雇うつもりかよ。まさか、専用の愛人にしようなんて思ってんじゃねえだろうな。たった三十万円ぽっちでよぉ。それに愛人だったら、もっとそれなりの女を紹介するぜ」

「さっきのももちゃんみたいな？」

何という間の抜けた質問でしょう。

つい本心が口を衝いて出たのだとしても、これから何を話すのか果たして一郎は弁えているのでしょうか。

「あれもまあまあ上玉だがな、残念ながら中の上というところだ。アンタが望むんだったらとびきりの上玉を紹介してやろうじゃないか。もちろんそれなりの金は掛かるぜ」

幾らくらい？

思わず問い掛けようとした言葉を生唾とともに呑み込みます。

「いや、そんなんじゃないんだ。サキちゃんは結婚するんだ」

「はぁ？」

小川があんぐりと口を開けます。

「結婚て、サキちゃんが？」

「そうだ」

「どこの誰と？」

「ボ、ボクとだ」

また、しばしの沈黙が流れます。

沈黙と申しますより、誰もが言葉を失っているという状態です。小川は呆気にとられ、咲子の父親は他人事の顔です。

「大隅さんがサキちゃんと結婚するんですか？」

余程の衝撃だったのでしょう、確認する小川の言葉が改まります。胡坐に組んでいた足を解きます。サンダルを履き直します。姿勢を正します。その様子に一郎は力を得ます。勢いに任せて言葉が口を衝いて迸ります。

「結婚したら家のことをやって貰わなくちゃいけなくなる。そのうえ、サキちゃんとは、子作りに励むということで合意している。ひとりじゃない。二人でも三人でも、サキちゃんの身体に無理がない限り子供を産んで貰うつもりだ。ボクたちは家庭を築くんだ」

鼻を膨らませて続けます。

「それだけじゃない。サキちゃんにはシンガーソングライターとしての夢もある。ボクはそれも応援したい。それが証拠に、昨日の休みの日、サキちゃんを御茶ノ水に伴って、百万円からするシンセサイザーを買ってあげた。さっそくサキちゃんは、ボクの部屋で、新曲を一曲仕上げたんだ」

金額を盛って言い放ちます。

その言葉に、それまで無感情だった咲子の父親が目を剝いて反応します。気負いの絶頂にある一郎は気付いていないようですが、咲子の父親が反応したのは、娘のことではなく、百万円という金の響きのようでございます。

「家事と音楽活動。サキちゃんが勤めを辞めざるを得ない理由が理解できるだろう。もともとまかない飯も喰わせて貰えない店に義理立てする必要はないのに、それでも気を遣うあの子は、自分の代わりとして勤めてくれるよう、友人にまで声をかけているんだ。

さっきの桃々とか名乗った女の子が、サキちゃんの代わりに勤めてくれることを了解してくれているんだ」

そう言って腕を組み、足まで組んだ一郎は勝ち誇っております。

小川がショートホープを咥えて火を点けます。

深く吸い込んで大量の煙を吐き出します。

「咲村さんよ、アンタ今の話聞いてどう思うんだ」

小川が黒ジャンパーの男に問い掛けます。

「俺は別に……」

「別にって何だよ。アンタの娘の話だろ」

「俺は月々の金さえ貰えたら……」

思った通りだと一郎の手が書類鞄に伸びます。

「それだけじゃねえだろ」

小川の怒声です。

びくッとしたのは怒声を浴びた本人ではなく、書類鞄に手を伸ばした一郎です。咲子の父親は亀のように首を伸ばし、上目遣いで小川を見遣っています。

「ノミのツメはどうするんだよ。もうだいぶん溜め込んでんじゃねえか」

指摘された咲子の父親が薄ら笑いで頭を掻きます。

「ノミのツメって何ですか?」

一郎が咲子の父親に問い掛けます。

咲子との結婚に少なくとも反対はしなかった、金さえ貰えたらと言った、そんな父親のほうが相手にし易いと思えたようです。しかしこの場の主導権を握っているのは小川です。

案の定、一郎の質問に答えたのは小川でした。

「この野郎が口張りで買った馬券の精算だよ」

「それはこの前の三十万円で清算したはずだが」

おずおずと反論します。

「ああ、いったんは清算したね。俺が言っているのはその後のことだよ。こいつ懲りもせずに、また口張りで馬券を買いやがってな」

「いくらくらいでしょうか？」

「五十万円はいっていないんじゃないか。前の三十万円を即金でツメたもんで、限度額を五十万円に引き上げてやったんだよ」

鼻を鳴らして咲子の父親を問い詰めます。

「おい、いくら溜め込んでいるんだよ」

「さあ、十万円か、二十万円か」

何とも頼りなく答えます。

「適当なこと言ってんじゃねえよ。五十万円いっぱいまで、ツケているんじゃないのかよ」

小川の言葉に咲子の父親がヘラヘラと笑います。

その言葉に一郎は、慌ただしく計算します。

(鞄の中には二百万円入っている。ヨシッ。一年分の生活費として百五十万円渡したとしても、五十万円に届いていないのなら精算できる。ヨシッ。やっぱり二百万円引き出してきて正解だった。ヨシッ、ヨシッ、ヨシッ)

何がヨシッ、ヨシッ、ヨシッなのでしょう。

大事なことを聞き逃しているではありませんか。小川は言ったのです。三十万円をツメたから、限度額を五十万円に上げてやった。それは即ち、小川が自分の裁量で上限額を決めていると白状したのも同然のことです。

頓珍漢な一郎に、よく考えなさいと言ってやりたくなります。

頭の中がとっ散らかっている一郎の代わりに整理してみましょう。

ノミ行為を行っているスナックとやらを、咲子の父親に紹介したのは小川です。その小川は、一郎が咲子に渡した三十万円で、父親が口張りした馬券のツケを払ったことを知っていました。さらにその結果として、口張りの上限額を五十万円に引き上げてやったと申しました。「やった」と申したのでございます。

あれこれと考えるまでもないことです。

小川がノミ行為の胴元である、そうでなくともそれに近い存在であることは明々白々ではありませんか。

「それでは今からノミのツケをツメにいきましょう」

馴れない単語を並べて一郎が咲子の父親に語り掛けます。

小川を交えずに話した方が得策だと思い至ったようです。

ノミ屋の借り入れを清算し、幾ばくかの金を与え、二度と咲子に関わらぬよう、念を押せば良い。場合によっては園田弁護士の名前を出して、脅せば良いと考えたのでございましょう。

「そんな面倒なことしなくていいよ」

言って小川が携帯を取り出します。

スマートフォンです。画面を二度タッチしただけで耳に押し当てます。

「おう、俺だ。帳面見てくれ。咲村の野郎、どんだけ溜まってんだ」

それだけ言ってカウンターに携帯を置きます。

やがてその携帯から相手の声が漏れ聞こえます。

「三十二万円ですね」

嗄れ声です。

どうやら小川は設定をスピーカーに変えているようです。

「今日、それをツメるかも知れないからな、ツメたら限度額を百万円に上げてやれ」

とんでもないことを申します。

「大丈夫なの？」

嗄れ声も不安そうです。

「大丈夫だよ。いいスポンサーが付きそうなんだ」

それだけ言って通話を終了させます。

「ちょっと待ってくれよ。スポンサーってボクなのか」

さすがの一郎も抗議します。

「こんな男の面倒を見る人間なんて、他に誰もいないだろう。オマエさんにとって、この野郎は義理の父親になるんだろ」

「義理の父親だなんて」

どう考えても自分より咲子の父親のほうが年下です。たとえ義理が付いても父親という言葉に納得できません。

「サキちゃんと結婚するんだったら、父親に違いないじゃないか」

「結婚したらサキちゃんとは縁を切って貰うつもりだ」

「そんなことができるはずがないだろう。血は水より濃いって知らねえのかよ」

「こちらは弁護士に依頼している。その弁護士の助手が本件の周辺のことも調査している。叩けばいくらでもホコリが出るんじゃないのか」

思い切って踏み込みます。

怯えてばかりいたのでは、咲子の父親まで押し付けられそうな雲行きです。しかもその父親はギャンブル中毒で、たった今、こともあろうか百万円まで自由に張れるお墨付きを貰ったのです。一郎が父親のギャンブルのツケの清算をしたのはつい先日のことです。一週間も経たないうちにそれを超える金額を借りている父親の面倒など見られるはずがありません。

小川が席を立ちます。

カウンターの奥でゴソゴソして、席に戻った小川の手には、半分ほど残ったウィスキーのボトルが握られています。再び丸椅子に胡坐を搔き、ボトルのキャップを開けてウィスキーをラッパ飲みします。

「教えといてやるよ、大隅さん。あんたは素人だから分からないだろうが、金のことは金で解決するのがいちばん波風を立てないんだ」

キャップを戻したウィスキーのボトルをカウンターに置いた小川が、一郎に向かって丸く突き出した口で息を吐きます。二メートル以上も離れているのに、酒臭い息を掛けられた一郎は、小川を睨んでいた顔を背けます。

「俺たちのとせいではな、絶対に許されない掟破りがある」

一瞬「とせい」を都政と文字に直した一郎です。

半年後に迫った東京都知事選がそれを連想させました。

東京都内だけに限ってもゴルフ場は二十近くあります。そこに勤務する従業員は三百人を超えるでしょう。東京都知事選に投票権を持つ従業員、そしてその家族は数千人の規模になります。決して大きな集票組織ではありませんが、都知事選に限らず、国政選挙などがあれば、与野党から声が掛かり、名代としてパーティーに参加する一郎です。とは言え、さすがにこの場合、それはないでしょう。

渡世という文字を当て直します。

自分の勘違いに少し愉快になります。もちろん顔には出しません。

「身内の金に手を着けること、身内の女にちょっかいを出すこと、そして親を裏切ることの三つだ。事と次第によっちゃ、命のやり取りにもなりかねない三つの大罪だ」

小川は脅しているのかも知れませんが、その大仰な言い様が、一郎には滑稽にさえ聞こえます。

「ボクは渡世とやらとは無関係だから」

「そんなこと関係ねぇんだよ」

「だから無関係だって言っているだろう」

余裕が出てきたようです。

「ボクが本件をお任せしている弁護士さんは、中々優秀な弁護士さんでね、慥か東京弁護士会の理事も務めていらしたと思うよ」

ブラフではありません。

園田弁護士が弁護士会の理事かどうかは定かではありませんが、何らかの役職には就いていたはずです。

「そのうえ本件を調査している先生の助手は、警視庁の出身者だ」

これはブラフです。

伊澤の経歴は聞かされておりません。

「キミたちは、バクチの清算をするため、サキちゃんを裏ビデオに売った。本人から聞いたわけではないが、それくらいの調べは付いているんだよ」

調子が出てきました。

そのぶん、小川に動揺が見られます。

（動揺するのも無理はないだろ）

相手の様子に憶測を巡らせます。

（ノミ行為だけで立派な犯罪じゃないか。そのうえに裏ビデオ出演の強要があったとしたら、懲役も免れないに違いないだろう。浅草の小金持ちの小川がどのような人生を歩んできたか知りようもないが、すでに古希を超えている年齢なんだ。いまさら刑務所暮らしはしたくないだろう）

あくまでこれは一郎の憶測です。

しかしそうに違いないと思い込んだ一郎は、追い打ちを掛けます。

「小川さんとは短い付き合いじゃない。その人も、サキちゃんのお父さんだ。そんな二人を、ボクは警察に売るような真似はしたくないんだよ。しかしこのうえ、彼に百万円までの枠を与え、そのツケを、ボクやサキちゃんに押し付けると言うんだったら、こちらにも考えがある」

小川が顔を歪ませて考え込みます。

（警察に売りたくないという言葉が利いているな）

もはや憶測ではございません。

確信を持ってそう考え、小川の次の言葉を待つ一郎です。

カウンターに置いたままのスマホの画面を小川がタップします。

スピーカーにしたままなのでしょう。呼び出し音がスマホから零れます。

「はい」

先ほどの嗄れ声です。

「俺だ。小川だ」

「はい」

「さっきの咲村の件だが、限度額の引き上げは中止だ」

「それじゃ、五十万円のままで」

「いや、それも止めにする」

「それじゃいくらにしましょう」

「口張りはもう止めにしろ」

「え、それじゃ、今の三十二万円は？」

「そっちは俺の方で回収する。以後、咲村の野郎は出禁だ」

「ずいぶん急な話なんですね」

「ああ、担保が無くなったんでな」

通話を終えます。

「小川さん……」

消え入るような声は咲子の父親です。

それはそうでしょう。唯一の居場所であるノミ行為を営むスナックを出禁になってしまったのです。

「俺、この先どうしたらいいんですか」

震える声で抗議します。

「知るかよ」

軽蔑を露わに吐き捨てて一郎に向き直ります。

「大隅さん、そういうことだ。これで納得して貰えるだろ」

一転諂《へつら》う声で申します。

「あぁ、まぁ」

「おや不満そうな口ぶりだね。これ以上、俺にどうしろって言うんだい」

「その人は、どうなるんだね」

項垂《うなだ》れている咲子の父親に目配せします。

「今言った通りですよ。こっちの知ったこっちゃありませんよ。働いて稼げばいいんですよ。それができないんだったら、野垂れ死ぬしかないでしょ」

その意見に同意することはできません。

どんなクズであろうとも咲子の父親なのです。そうそう簡単に見捨てるのは後味が悪過ぎます。

「そんなことより、こいつのツケを清算して貰えますよね」

抜け目なく小川が申します。

それこそ、そんな義理はないのでしょうが、行き掛かり上、否とは言えない一郎です。

「三十二万円とか言ってたよね」

書類鞄に手を入れて二枚ある封筒の一枚を取り出します。

封筒から金を抜き出し、一万円札を三十二枚数えて小川に渡します。受け取った小川はペロリと右手の親指を舐め、左手の指に挟んだ札を数えます。二回数えてにこりとします。

「慥かに頂きました。領収証を切れる金でないことは了解して貰えますよね」

それはそうでしょう。但し書きに『ノミ代として』とは書けないでしょう。

「で、サキちゃんが店を辞めることについてだが」

「それも承知です。もともとあの娘は、店員というより担保として預かっていたようなもんですから、こいつを出禁にしたら用無しですよ」

聞きようによってはずいぶん酷いことをさらりと申します。

「桃々ちゃんは雇って貰えないのかな」

「おや、大隅さん、あの娘のことも気になるのかね」

「いや、サキちゃんの友だちだし、こちらから勤めを代わってくれないかと、頼んだという経緯もあるからね」

「いいでしょ。雇いましょ。ひとりで店番をするのも退屈だし、あの子がいれば、暇潰しくらいにはなるだろうしね」

（フェラチオで暇潰しか？）

モヤモヤした気持ちになりますが、それに口を挟める立場ではありません。

そんなことより未だ懸案は残っています。

咲子の父親をどうするかという問題です。

横目で窺うと、項垂れた父親は、上目遣いに一郎の手元に目線を向けております。三十二万円を小川に渡し、その残金を握っている手元にです。

（欲しがっているのか？）

折しも日曜日です。

ロック座の向かいの場外馬券場は開いています。

（これを渡しても何の解決にもならないな）

咲子も言っておりました。

父親に金を渡すとお馬さんに使ってしまうと。

ですから残金を父親に渡すことは、ドブに金を捨てるも同然でしょう。さすがにそれくらいのことは一郎にも判断できますが、ではどうしたらいいものか、皆目見当もつきません。

「で、大隅さん。そっちのオヤジのことはどうするんだね」

自分で稼げ、できないのであれば野垂れ死ね、ついさっき、そう言ったのは小川です。

「サキちゃんとは縁を切って貰いたい」

「なるほどね。そりゃそうだ。ただし実の親子だ。縁を切ると言っても、はい分かりましたじゃ済まねぇだろう」

「金か」

もともと二百万円を渡すつもりだったのですから、そのことに躊躇はありません。ただし微妙に咲子の父親に対する一郎の印象が変化しておりました。娘を売るくらいの男ですから、もっと凶悪な性格だと思い込んでいたのです。しかし先程来の様子を観察しておりますと、小川ほど厄介な人間ではなさそうです。ぐうたらであることに間違いはございませんが、根は気弱な自己主張のない男のようです。

「まぁ、金がいちばん簡単な解決策だろうな。世間の奴らは金よりも大事なものがあると言うが、そんなのは金を持っていない奴の戯言でさ、結局のところ、世の中金だよ。金より大事なものがないと言うわけじゃない。さっきも言ったが、一番簡単な解決方法が金なんだよ。大隅さんもそう考えるから、封筒に入れた金を持ってきたんだろ。金を惜しむ人間は、もっと大事なもので支払うことになるんだ。そこのところは、さすがに大隅さんだ。心得ているね」

一郎が仕舞い損ね手にしている金を指差して申します。

「いくら用意してきたんだよ」

「百万円くらいだ。家にあった金を適当に持って来たから正確には分からんがね」

鞄の中にはもう一枚、金を詰めた封筒があります。

それを出す気は失せております。未だ自分の方が優勢に立っていると認識している一郎です。園田弁護士の助手が警視庁のOBだというブラフに手応えを感じております。

「家にあった金を適当に持って来て百万円かよ。金に余裕のある人は違うね」

小川が感心したような、そして莫迦にしているようにも申します。

「どうだい、大隅さん。その金を手切れ金として咲子のオヤジに渡してやっちゃあくれないだろうか」

「手切れ金として渡すのは構わん。ただしそれでほんとうに縁が切れるのかね。サキちゃんに付き纏わないと確約できるのかね」

「まぁな。この男が信用できないことは無理もない。だったら俺が責任を持とうじゃないか。金は俺が預かる。そのうえで、日々の生活費や家賃を俺が管理するよ。どっちみち、ウチのナポリタンがこの男の唯一の食事だ。毎日食いに来るんだから、俺が管理したら大隅さんも安心だろ」

小川が当然のことのように手を差し出します。

困惑と逡巡に脳内を混乱させながら、判断力を失ったまま、一郎はその手に金を渡してしまいます。

小川が一万円札を一枚ずつカウンターに置いていきます。山を作っています。どうやら十万円ずつに分けているようです。分け終わり、今度はそれを数え始めます。十枚確認して、一枚を帯にして束ねます。全部で五つになります。半端は七枚。ノミ屋のツケが三十二万円でしたから八十九万円を渡したことになります。

（鞄の中の封筒に入っているのは百十一万円か）

二百万円全額を渡さずに話を着けられたのです。

紆余曲折はありましたが、これで決着なのであれば、満足と言えるでしょう。ところがここで、小川から驚くようなことを言われます。

「二か月分というところだな」

「二か月？」

「この五十七万円で二か月はこいつの面倒を見てやるということだよ」

「意味が分からんのだが」

「おいおい、大隅さんよ。まさかこれっぽちの金で生涯こいつの面倒を、俺に見させる気だったのかよ」

呆れたもんだと言わんばかりに目を丸くします。

「たったの五十七万円じゃ二か月がいいところだろう」

「でも……」

「でも、何だね」

一郎は咲子と父親の手切れ金を百五十万円と計算しておりました。

それは一年分の生活費のつもりでした。

一年後には田原町の協会を離れ、飯田橋のゴルフ場グループ会社に移り、遥か浅草を離れた場所で暮らす算段でした。その金を引き出しに行って、相手を屈服させるつもりで二百万円を下したのです。

五十七万円が二か月分という小川の計算では、一年分はその六倍、三百万円を軽く超えてしまいます。いくら何でも、それを簡単に承服することはできません。

「サキちゃんのアルバイト代は月に十五万円だった。そのほとんどは馬に使われたみたいだが、そのノミ屋も出禁になったんだ。今そこに五十七万円の金がある。切り詰めた生活をすれば、七か月は持つだろう。いや、生活保護の受給額が月に八万円だと聞いたことがある。健康で文化的な最低限度の生活を保障するのが生活保護の理念だ。その計算で言えば、五十七万円あれば七か月でもお釣りがくる」

熱弁を奮います。

小川が呆けた顔をしています。

(ボクの論理に畏れ入ったか)

仮にもゴルフ場の取締役支配人を務めた身です。

バブルに踊らされた愚か者だとはいえ、それなりの社会的地位もあり、素養もある人間と交流してきた一郎なのです。

浅草のホッピー通りの片隅で、親の遺産の喫茶店を趣味で経営している小川などに負けるはずがございません。そんな自信が沸々と体内に滾《たぎ》っております。

しかし実際のところを申しますと、生活保護費の算出はケースワーカーでさえ間違うことがあるほど複雑です。東京都の場合、家賃補助などを加算しますと、そのような金額にはなりません。一郎が申しました金額は、単身六十歳以上の生活扶助のようなものです。

かつてゴルフ場を追い出され、協会に拾われるまでの期間、一郎は失業保険で暮らしておりました。それが切れたらどうなるのか、不安になって区役所の窓口で相談した時の記憶を曖昧に覚えているだけなのです。

「大隅さん」

小川が後頭部を掻きながら申します。

「難しいことは分からないんだが、俺はこいつみたいな、社会の落ちこぼれを嫌というほど見てきた。だからこいつに月々八万円も渡す気はない。そもそも月々という考え方もしない。まとまった金を渡しちゃダメなんだよ」

なるほどそうだろうなと胸の内で頷いて次の言葉を待ちます。

「こいつには日払いが妥当だ。家賃や電気代、水道代、ガス代は都度、俺が振り込んでやるとして、一日に渡していい金は千円がいいところだろう」

「それなら月に八万円も掛からないじゃないか」

「そりゃそうだ。こんな野郎に、健康で文化的な生活をさせる必要はないからな」

「だったら五十七万円あれば……」

日払い千円として月に三万円です。

五十七万円を三万円で割る前に小川が呆れた声で申します。

「介護料を忘れて貰っちゃ困るな」

「介護料？」

確かに顔色は良くない咲子の父親ですが、介護が必要なほど悪いところがあるようにも見えません。

「俺がこいつの面倒を見るんだよ。タダっていうわけにもいかんだろう。一日五千円は貰わんとな」

小川が鷹揚に申します。

（桃々のフェラチオ代か）

一郎が邪推します。

「それとも何ですか。大隅さんがこいつの面倒を見ますか？　毎日、大隅さんの花川戸の賃貸に行かせますよ。飯を一食食わしてやって、千円の駄賃をくれてやりますか？」

一郎の反応を愉しんでおります。

絶対に一郎が了解しないと踏んでいるのでしょう。もちろん了解できるはずがありません。

「一日千円としても月に三万円だ。家賃や光熱費を入れて七万円の掛かりとして、二か月で十四万円。俺の守り代が月に十五万円だから三十万円で四十四万円だ。余った分は繰り越しにしとくよ」

恩着せがましく申します。

納得できるはずがありません。しかしだからといって、ここで反論して、だったら父親の面倒は見ないと言われても困ってしまいます。渋々ですが、納得せざるを得ない一郎です。

「これは二月分と三月分ということで」

「二月分？」

もうすぐ二月は終わりです。

一郎の言葉を無視して小川が話を進めます。

「四月からは前月の月ずえに二十二万円を入金してくれればいいから。四月分だけは繰り越し分があるから、九万円だな」

これも恩着せがましく聞こえます。

「いつまでそれが続くんだ」

不安を口に致します。

「そうだな、この男が職を得て自立するまでだな」

あっさりと申しますが、それは半永久的にと同じ意味ではないでしょうか。

(来年になれば月収百万円だ。二十二万円払ったとしても八十万円近くが残るじゃないか。サキちゃんと暮らしていくのに不自由はしない)

現実逃避しております。

腰を据えて交渉するだけの根性がありません。頭の中を支配しているのは、一刻も早くこの状況から逃れたいという思いだけです。

(来年になれば月収百万円)

その思いに縋ります。

来年までの一年間の生活のことは考えないようにしているのです。協会からの収入で、月に二十二万円の出費は決して楽なものではありません。

(今までだって毎月十万円貯金してきたじゃないか)

そんな風に自分を励まします。

カランコロン。

ドアベルを鳴らして戻ってきたのは咲子と桃々もです。

「おう、お帰り。ちょうど話が終わったところだ」

カウンターに置いてあった金が、小川のエプロンのポケットに仕舞い込まれます。

「閉店の札どうしましょう？」

「そのままでいいよ。サキちゃんも仕事上がっていいから。それからももちゃん、明日から来てくれるんだって？」

「雇って貰えるんですか」

「ああ、週五でいいのか」

「週七でもいいです。その代わり、撮影会のある日は休ませて貰います」

「よし、それで決まりだ」

その一言で何もかもが決まってしまいました。

一郎としては、あれこれと割り切れないものがございましたが、もう流れは止められません。すっかり小川のペースに乗せられてしまった一郎です。

肩を落とし、咲子、桃々と連れ立って『アゼリア』を後にしたのでございます。

『アゼリア』を出て五分と歩かないところで、桃々のスマホが鳴ります。

「やベッ、小川さんからだ」

画面を見た桃々が呟いて電話に出ます。

「ももでーす」

朗らかに応答します。

「あ、はい。いいえ、そんなつもりじゃなくて。ええ、すぐに戻ります」

声のトーンが落ちています。

「ももちゃん、どうしたの？」

心配顔の咲子が訊ねます。

「小川が釣銭返せって」

不貞腐れた桃々が来た道を戻ります。その背中を見ながら、一郎はこの後『アゼリア』の店内で起こるかも知れない事態を妄想します。

（あんな可愛い子が男根を……）

再び甦る妄想です。

（ひょっとしたら二人を相手に……）

そんなことまで考えてしまいます。

冷静に考えればそんなことがあろうはずがありません。

咲子の父親、黒ジャンパーの咲村は、この先、一日千円で小川に飼われる身の上なのです。一回五千円の処理代を負担できるはずもありません。

「どうしたんですか」

咲子の言葉に我に返ります。

「あ、いや、これからどうしようかと思って。サキちゃんはどうするの？」

晴れて自由の身になった咲子です。しかしそのためには、毎月二十二万円の守り賃を小川に支払わなければならない一郎です。

「私は新曲を練習したいです」

まともな言葉が返ってきます。

一郎の部屋に戻って卑猥な行為に及びたいなどと言うはずもありません。しかしその点に関しましては、実は一郎も同様でございます。

小川と咲村の呪縛から解かれたら、咲子との子作りに励めるとばかり思っておりましたが、その気持ちが薄れております。

もちろん子作りに飽いたわけではございません。それはこれからの一郎の人生の主たるテーマでもあります。ただ現在だけは違うのです。小川のものをしゃぶる桃々の姿が脳裏に貼り付いているのです。

「そんなことより、マスターと父ちゃんとの話はどうなったんですか？」

「そっちの方はうまく収めたよ」

小川にいい様にされただけですが、虚勢を張って申します。

「うまく収めたって、具体的に説明してください」

「話せば長くなる。家に帰って落ち着いてから話をしようよ」

「今からですか？」

「そんな急ぐこともないだろう。とにかく丸く収まったんだから安心しなさい。サキちゃんは新曲のことだけを考えればいいんだから」

はぐらかします。

咲子が不在であった時間、どのようなやり取りがあって、どのような結論に落ち着いたのか、うまく説明するには時間を要します。説明そのものを考える時間が必要な一郎です。

「ボクは協会に行って雑用を片付けておくから、帰って練習していなさい」

適当なことを申します。

休日出勤などしたことがない一郎です。しかし未だ一緒に住み始めたばかりの咲子はそのことを知りません。仕事があると言われたら反論はできないようです。

納得しない体でホッピー通りを後にする咲子の背中を見送ります。

雑踏に咲子が紛れたのを確認し、振り返って咲子とは反対の方向『アゼリア』に向けてホッピー通りを足早に歩み始めます。あろうことか一郎は、桃々と何とかならないかと思案しているのでございます。

このまま咲子と帰宅したのでは鬱々とした気持ちが晴れないばかりか、苦しい言い訳をしなくてはなりません。

(少しは気持ちを明るくしたい)

その思いが桃々へと足を向けさせているのです。

とは申しましても、ことに及ぶというほどのことまでは考えておりません。

咲子という者がありながら、自分の気持ちにそこまで正直にはなり切れません。ただ二人で話をしてみたい。できれば食事などとも夢想しております。

話通りだとすれば、桃々は釣銭を返しに行っただけです。『アゼリア』の近くで待ち伏せしていれば、偶然を装って会うことも可能でしょう。よしんば小川がフェラチオを強要したとしても、三十分もあればことは終わるに違いありません。そもそもその日桃々は、コンドームがないという理由で小川の要求を断っているのです。コロナを警戒してとのことでした。コロナとやらがインフルエンザ程度のものだという認識しかない一郎には、それが不思議に思えます。

(あれは口実だな)

歩を進めながらそう納得します。

性病が蔓延しているわけでもないのに、コンドームに拘るのは、桃々の衛生観念、ひいては貞操観念が言わせる言葉だと勝手な解釈をしております。

カランコロン。

離れていても耳に届く『アゼリア』のドアベルの音がします。

慌てて街灯に身を隠します。

出てきたのはお目当ての桃々です。そのまま彼女は新仲見世商店街へと足を向けます。

一郎は速足で追い駆けます。

「ももちゃん」

追い縋って声を掛けます。

「あっ、サキちゃんの……」

言葉が続きません。

そう言えば未だちゃんと自己紹介もしておりません。

「改めまして、大隅一郎です。サキちゃんには一郎さんと呼ばれています」

畏まって挨拶をします。

「大隅さんですね。初めまして、と言うのも変ですね」

桃々が照れたように申します。

その姿に一郎の胸がときめきます。

およそ年齢に相応しからぬ表現ですが、胸キュンと言われる現象でございます。

「帰るの？」

「ええ、銀座線で神田まで出てＪＲに乗り換えて新宿に行きます」

帰るというのではなく行くという表現です。

「お仕事？」

「いいえ、歌舞伎町の相席居酒屋で誰かを探します。そうでもしないと今夜のご飯がありませんから」

「そう、ちょっと歩きながら話そうか」

いくら何でも『アゼリア』の近所で立ち話をするのは憚られます。

咲子とのことをはっきりさせているだけに、他の女性と二人でいるところを見られたくはありません。

「店内に黒ジャンパーの人いなかった?」

歩きながら桃々に訊ねます。

「いました。ナポリタンを食べていました」

それを聞いて安堵します。

この先、小川に飼い殺しにされる咲村ですが、一日一食のエサだけは与えられるようです。最低限、生きてはいけるでしょう。喉が渇けば、浅草寺境内のトイレの横に水飲み場があります。一郎も何度か、生活困窮者と思しき老人たちが、汚れたペットボトルに水を入れているのを見たことがあります。

新仲見世商店街を左に折れます。

「さっき言ってた相席居酒屋って?」

「出会い系居酒屋です。女は無料で飲食できます。ツマミとドリンクだけですけど。一人か女だけのグループに男が声を掛けて、気分が乗ったら一緒に外に出ます」

「出た後は?」

ついつい鼻息が荒くなってしまいます。

初対面の男女が夜の街、ましてや歌舞伎町に出てそのままということはないでしょう。アルコールも入っているに違いありません。

「いやだ、おじさん」

桃々が笑顔で一郎の肩を叩きます。

叩くというより甘えて肩に手を置いたという程度です。

それだけで一郎の胸がキュンキュン致します。

「何かイヤらしいこと考えていませんか。もちろんプチをしたりホンバンをしたりして稼ぐ子もいますよ。でもだいたいは、ご飯とお酒を奢って貰って、交通費名目で、チップ程度のデート代を受け取るだけですよ」

「プチって？」

「ホンバンしないで手かお口でいかせてあげるんです。アキバのJKリフレの店と大して変わらないですよ。リフレは表向きじゃ添い寝とハグくらいですけどね」

「JKリフレ？」

話についていけません。

「女子高生が相手をしてくれるプチ風俗ですよ」

「女、女子高生！」

思わず声が裏返りそうになります。

「という設定ですよ。本物もいますけどね。ナンチャッテも一応セーラー服で接客しています」

「勤めたことがあるの？」

「ええ、何度か。今でも困ったら行きますけど、もう私の時代じゃないですね。可愛い子がいっぱいいますもの」

十分過ぎるほど可愛い桃々がさらりと申すではありませんか。

「どこに住んでるの？」

話を変えます。

「すぐ近くです。上野のシェアハウスです。駅としては稲荷町の近くなので、歩ける距離です。だから『アゼリア』のバイトが決まったのは助かります。一応銀座線で通うということで交通費は頂きますけどね」

ちゃっかりしたことを申します。

「シェアハウスって個室？」

「一応はそうですけど、仕切りがベニヤ板一枚なんで、ほとんどプライバシーはないですね」

「自炊とかは？」

「一応キッチンはありますけど、食器や炊事用具も個人の物なのか共有物なのか分からないので、私は使っていません」

「トイレとかお風呂も共有？」

「そうです。お風呂は入り口のホワイトボードに予定表があって、一時間単位で名前を書くようになっているんです。使ったあとは、キレイにする決まりなんですけど、キレイの基準が人によって違うじゃないですか。だから私は利用していません。ネットカフェのシャワーで済ませています」

「何人くらいで暮らしているんだろう」

「少し前まで十人くらいいましたけど、半分くらいは中国に帰りました。学生さんですね。残っているのは日本で働いている人ばかりです」

「みんな中国の人なの？」

軽い驚きを覚えます。

「ええ、オーナーが中国系の人ですから」

キレイの基準が人によって違うと言った言葉に納得します。別に中国人が不潔だというわけではないでしょうが、文化や生活習慣の違いがあるに違いありません。

「でも、よくそんなところに入居できたね」

「私、以前キャバに勤めていて」

そのことは咲子から聞かされた記憶があります。

「オーナーがそこのお客さんだったんです。アイドルの仕事が減って、先々の家賃の支払いも不安だと言ったら、中国に帰る人が多くて空き部屋ができるから、そこをタダで貸してくれるって」

「どうして中国に帰るんだろう」

「え、知らないんですか？　そうかそんなこと、ニュースでも言っていませんよね」

「ニュースにもならない事情があるの？」

「追い出しです」

「ええ、中国からの留学生を学校が追い出したみたいです」

「どうして？」

理不尽な臭いがする話に驚きます。

「コロナですよ。中国で感染が始まったでしょ」

「ああ、そうみたいだね」

二月も終わろうという段階で未だ他人事のように考えている一郎です。

「日本に観光旅行に来た感染者と接触しているかもしれない、そんなことを心配して学校が追い出しを始めたんです」

社会問題になってもおかしくないような話ですが、それを耳にしたことはありません。現実に二人が歩いている新仲見世商店街も、多くの中国人観光客で賑わっております。

「私だってコロナに感染していたかも知れません」

驚くようなことを桃々が言います。

「一月の終わりごろですけど、熱が出て、三日ほどだるくて動けなかったんですから」

「病院で検査して貰ったの？」

「そんなの無理ですよ。37・5度以上の熱が四日間続いて、直近の海外渡航歴がないと検査して貰えないんですから」

自分の平熱は35度くらいで、熱が出たと言っても37度を超えていなかったのではないかと桃々が推測を述べます。

「でもおかげで回復しましたし、ということは、私はコロナの抗体を獲得したということですよね」

「ああ、まあ」

詳しくない分野なので曖昧に頷きます。

そんなことより一郎にとって気掛かりなのは、新仲見世商店街の終点が近付いているということです。上野経由で歌舞伎町に出るという桃々と別れなければなりません。ここで別れれば、次にいつ会えるか知れません。それが惜しくて仕方ないのです。

ふと桃々が歌舞伎町に行く目的を思い出します。出会い系居酒屋とかで、食事を奢って貰える男を探しに行くのです。

「今はお腹空いていないの?」

試しに訊いてみます。

実のところ、まだまだ訊きたい話はあれこれあります。

これだけ可愛い桃々が、自分の時代ではないと言うJKリフレとやらの詳細をもっと知りたいのですが、知らない言葉を連発されそうですし、自分に邪心があると気取られたくもありません。

「もうペコペコです。小川さんが何か食わしてくれると期待していたんですけど」

「どんなものが好きなのかな？」

「食えたら何でもいいです」

素直に答える桃々が微笑ましく思えます。

「この先に行きつけの天婦羅屋があるんだが」

偉そうに言うではありませんか。

行きつけと言えるほどの店ではありません。一年ほど前に開店したその店は、田端社長行きつけの赤坂の天婦羅屋の従業員が、暖簾分けで独立した店で、何度か連れて行って貰ったことがあります。

「よかったら寄ってみないか。慥かランチタイムの営業もやっているはずだから」

「天婦羅屋さんですか？」

桃々が小首を傾げます。

「老舗とは言えないが老舗から暖簾分けした店だ。そこそこ高級な店だがね」

「行きますッ」

勢いよく応えます。

「天婦羅のお店なんて言ったことないです」

満面の笑みで悦びます。

終点ぎりぎりで、新仲見世商店街を離れ、路地裏にある『天恵』に桃々を伴います。

暖簾を潜る前から、胡麻油の香ばしい香りが鼻腔を擽《くすぐ》ります。

「いらっしゃいませ」

割烹着姿の女性店員が二人を出迎えます。静かな声です。所作にも無駄はありません。『アゼリア』の耳に障るカランコロンとは大違いです。

カウンター席に横並びに座ります。おしぼりが渡されます。

「揚げ二秒と言ってね、天婦羅は揚げたてを食べるのが作法なんだ。鮨屋以上にカウンター席の意味があるんだよ」

いつぞや同じ店で田端社長から聞かされた蘊蓄《うんちく》を披露します。

「揚げ物だからといってネタの鮮度を大事にしない店は失格だね。その点この店は、旬のものを手際よく揚げてくれるから信頼できるんだ。浅草にも天婦羅屋は多いけど、ボクのお勧めはこの店だね」

まるで浅草界隈の天婦羅屋を食べ尽くしているような口ぶりです。

もちろんそんなことはございません。一郎が知っているのは、富士そばの天ぷらそばくらいです。それも知っているだけで、食べたことはございません。富士そばの名誉のために申しておきますが、注文を受けてから揚げる天婦羅は中々の味でございます。

二人がおしぼりを使い終えるタイミングで女性店員が訊ねます。

「お飲み物は如何致しましょう」

「せっかくの天婦羅なんだから、お茶じゃ味気ないよね。ももちゃんはイケる口なのかな？」

「アルコールですか？」

「そう、ボクとしては軽く日本酒といきたいところだがね」

「だったら私もお付き合いします」

「甘口の酒は何があるのかな」

女性店員に問い掛けます。

「いくつかございますが、珍しいところですと、会津の飛露喜が入っておりますが」

「え、飛露喜が」

これには素直に驚きます。

何日か前、咲子と初めてキスをした夜に飲んだ酒がその飛露喜です。

けっして安い酒ではありませんでした。しかし考えてみれば、一郎は小川と咲村を黙らせる目的でATMから引き出した二百万円の半分を未だ持っているのです。若くて可愛い桃々と天婦羅屋のカウンターに並んで座っているという高揚感に気持ちも大きくなります。

「それじゃそれを、冷やで二杯貰いましょうか」

余裕をもって応えます。

女性店員がカウンターの中の店員に注文を通し、先ずはお通しが置かれます。

「石巻産の牡蠣とほうれん草のクリーム煮です」

言葉を添えられて置かれた小鉢からは、幽《かす》かに湯気が立ち上っております。そこはかとなく、手元で牡蠣の香りが揺れて漂います。小ぶりの牡蠣がひと粒、ほうれん草も彩を添える程度です。

口が広めのグラスが置かれ、トクトクと四合瓶から飛露喜が注がれます。

軽くグラスを合わせ口に含みます。

純米酒の芳醇な香りが口中から鼻腔へと広がります。

「美味しい」

控えめな歓声を上げたのは桃々です。

「私、日本酒はあまり飲まないんですけど、こんな美味しい日本酒を飲むのは生まれて初めてです」

これも囁くように申します。

無理もありません。カウンターの向こうでは、難しい顔をした料理人、若いのと年嵩の二人が、おそらくそれは天婦羅の下拵えなのでしょう、一心に手を動かしております。張り詰めた空気に、さすがの桃々も緊張を隠せないようです。

「松を貰おうか」

一郎が料理人に語り掛けます。

松竹梅と並ぶ一番高いコースを選んだのです。それが二人前ですから、酒代、席料と合わせてひとり二万円は軽く超えてしまうでしょう。

「へい、松二丁」

若い方の料理人が答えて、俄かに二人の料理人の動きが変わります。

真っ平らで長方形の皿を二人の前に置いたのは若い方の料理人です。年嵩の料理人は衣を作り始めます。手にしているのはやや太めの先端が丸い木製の丸箸です。

「あれは衣に箸と書いて、バチと呼ばれる箸でね、無駄な粘りを出さないために使われる箸なんだ。衣に粘りが出ると、天婦羅のサクサク感が損なわれるからね」

小声で桃々に教えます。

一郎が小声なのは、桃々のように、場の雰囲気に呑まれているからではありません。受け売りの俄か知識を、料理人に聞き咎められるのを用心しているのです。仮に間違った知識を披露したところで、それを指摘するような、無粋な店ではございませんが、一郎の小狡さの表れと申せましょう。

いずれにしましても、それよりもっと大切なことを忘れている一郎です。

一郎が小川に渡した金は、咲村の世話代と申しますか、監視代と申しますか、どちらに致しましても一郎と咲子の新生活に咲村が介入しないことを担保する金員でございます。

しかしそれは三月末までの期限付きで、期限到来後は、毎月二十二万円の負担が必要になります。その二十二万円は現在一郎が協会から得ている報酬では、けっして楽だと言える負担ではありません。

(来年になれば月収百万円だ。二十二万円払ったとしても八十万円近くが残るじゃない

か。サキちゃんと暮らしていくのに不自由はしない）

そう自分を納得させた一郎です。

しかしそれは決定事ではありません。

来年になれば協会を定年退職し、田端社長の会社に役員待遇の顧問として雇用されるというのは、その場の勢いで交わされた口約束です。その月収が百万円になるというのは、一郎の勝手な思い込みに過ぎません。

それより何より、一郎が定年退職を迎えるのは来年の二月です。未だ一年あるのです。田端社長との口約束が実行されたとしても十二か月あるのです。

その内の二か月分はすでに支払い済みです。しかし残りの十か月の期間は月々の二十二万円に汲々とするでしょう。

その日、小川に召し上げられたのは八十九万円です。従ってもう一枚の銀行の袋には百十一万円が残っている勘定になります。汲々とするであろう十か月間、二百二十万円の半分以上を一郎は持っているのです。それだけではございません。慥か銀行預金は未だ四十万円足らず残っていたはずです。それを合わせて考えれば、ほんの二、三か月、我慢すればいいだけなのです。

そんな計算もどこへやら、一郎は桃々との会食に浮かれております。

年嵩の料理人が混ぜ合わせた衣に、若い料理人が、下拵えしてあったネタを指で摘まんで丁寧に潜らせます。その傍らで、年嵩の料理人が衣箸から衣の雫を垂らします。衣の踊り様で油の温度を確認しているのです。

年嵩の料理人が頷いて、若い料理人が衣を纏った天婦羅ネタを静かに油に沈めます。

そして二人は下拵えの作業に戻ります。

「見てなくて大丈夫なんですかね」

いっそう声を潜めて桃々が一郎に訊ねます。

それは田端社長に伴われた時、一郎が発した疑問でもありました。焦げてしまうのではないかと心配したのです。

「あの人たちは天婦羅油の爆《は》ぜる音で、出来上がりを確認するんだ」

田端社長が答えたのと同じ言葉で桃々の疑問に答えます。

「へぇ、職人ですねぇ」

桃々が感心する声を漏らします。

そんなことを知っている一郎に尊敬の目を向けます。

やがて若い職人が手を止めて金属製の揚げ箸で天婦羅を取り上げ、ステンレス製の天台に移します。

「あれは天台と言ってね、油を切る台なんだ。よく見てごらん。傾斜しているだろう。重力で油を切るんだね。ちゃんとした天婦羅屋はキッチンペーパーで油を吸わせたりしないんだな」

知っている知識をフル動員します。

桃々が自分に向ける尊敬の眼差しが堪らなく気持ちいいのです。

(若さはないが人生経験は積んでいる。これが真の男というものなんだ)

悦に入るとはこのことです。

「菜の花です」

若い職人が言って揚げ箸で二人の平皿に天婦羅を載せます。

「塩でどうぞ」

言われて二人は菜の花の天婦羅を箸で摘まみ、塩を付けて頬張ります。

「うめぇ」

感嘆の声を上げたのは桃々です。

およそ店の雰囲気とは不似合いと思える乱暴な言葉ですが、桃々のあどけない可愛さゆえでしょう、カウンターの料理人二人が、視線を手元に落としたまま、好まし気に微笑みます。

「白魚です」

かき揚げが載せられます。

「こちらは天つゆでどうぞ」

桃々が、生姜をトッピングした大根おろしを箸で掬《すく》って天つゆに入れようとします。

なかなか手慣れた箸使いです。

「ちょっと違うな」

一郎が注意します。

「見ててね」

桃々に囁き掛けて、箸の先で摘まんだ大根おろしを白魚のかき揚げにちょこんと置きます。そのままかき揚げの半分を天つゆに浸けます。大根おろしは置かれたままで天つゆには触れません。

一口大のかき揚げを頬張り、ゆっくりと嚙み締めます。余裕があるように見えなくもありませんが、もちろん隣の席に座り、箸を宙に浮かせたまま一郎を見上げている桃々を多分に意識しております。

口の中のものを呑み込んで、桃々に申します。語り掛ける口調です。

「いいかい。ちゃんとした天婦羅屋は旬の物しか出さないんだ。旬は分かるよね」

「ええ、何となく」

「何となくか」

露骨ではありませんが、やれやれといったニュアンスを含ませています。

「簡単に言えばその食べ物が一番美味しい季節が旬だね。もちろん白魚は春先の魚で、今が旬だ。だからできるだけそのままで味わった方が良い。ただそれでは芸がないので、天つゆを勧めてくれたわけだね」

桃々が神妙に頷きます。

一郎の口説《くぜつ》がますます冴えます。

『飛露喜』を含んでふうと息を吐きます。

「さすがだ。天婦羅に合うね。キミも吞みなさい」

桃々に水を向けます。

「はい、頂きます」

素直に言ってグラスを傾けます。

グラスの半分ほどを吞み干した桃々が、再び驚いた視線を一郎に向けます。

「すごく飲みやすいです。全然ベトベトしていないし、喉にスッと入って、後味もいいし、こんな日本酒初めて吞みます」

「春に合う酒なんだね。これは会津の酒だけど、青森の酒で、田酒という酒があるんだ。それも春の酒だよ」

「田酒なら、先週一本入りましたよ」

女性店員が抜け目なく申します。

「それなら二杯目はそっちを貰おうか」

「私もッ」

元気な声で言ったのは桃々です。

右手に持ったグラスには、未だ半分以上飛露喜が残っています。

「おいおい、未だ――」

半分も残っているじゃないか、と一郎は言い掛けたのですが、それを言う間もなく、桃々は鶴のように首を伸ばして、あっさりとグラスを空にしてしまいます。

「あら、まッ。でも無理をしてはダメですよ。昼酒は効きますからね」

そう言いながらも、田酒用のグラスを用意する女性店員の顔は笑顔です。桃々の天真爛漫な可愛さに好感を持っているのでしょう。

「ワカサギと蕗《ふき》の薹《とう》です」

若い職人の顔にも笑顔が感じられます。

「こちらも塩でお召し上がりください」

言い添えます。

「ちゃんと食べないと悪酔いしますよ」

それが桃々に向けられた言葉だと確認するまでもありません。

ワカサギは小振りなものが二尾、蕗の薹は一口サイズに切られております。

「はい、ちゃんと食べます」

素直に応えた桃々の目の縁がほんのり赤くなっています。

それを見た一郎が席を立ちます。背中の壁に掛けていたコートのポケットをガサゴソします。

「お煙草ですか?」

女性店員が申します。

「ああ、天婦羅屋のカウンターで、ちょっと無粋だけどな」

「申し訳ございませんが、お煙草は店外でお願いしております。出たところに灰皿もご用意しておりますので」

「禁煙五輪というやつか」

苦笑交じりに申します。

「いえ、以前からお願いしておりまして」

禁煙五輪の掛け声のもと、店内での喫煙が大幅に制限されるようになるのは四月一日からです。図らずも一郎は『天恵』の常連客ではないことを露呈してしまいます。それでも繕って申します。

「そう言えばそうだったな。ちょっと失礼しますよ」

ハイライトとライターを手にして店外へと向かいます。桃々の背後を抜ける時、肩に軽く手を置き「一服してくるから」と声を掛けます。

桃々の肩に置いた手は右手です。左手にハイライトとライターが、いえ、それだけではございません。ハイライトの箱に隠すようにして、レビトラのシートが握られているではありませんか。

(もしかの事態に備えてだ)

そのように自分を納得させております。

(たとえもしかがなくとも、サキちゃんが家で待っているし)

無駄にはならないという計算が働いております。

店の外に出ますと、慥かに細長いスタンド式の灰皿が目立たぬように置いてあります。伊勢海老の体色を思わせる海老茶色のスタンドです。灰皿には未だ一本の吸い殻もございません。

先ずはハイライトに火を点け、最初の煙を燻らせながら、シートからレビトラを一錠押し出します。素早くそれを口に含みますが、もちろん水などございません。舌の裏に収めます。

それからハイライトを半分も吸わず、残りを惜しみながら灰皿に揉み消します。

（効果の発現まで一時間）

すっかり手慣れた計算を始めます。

腕時計を確認すると未だ昼の二時前です。

『天恵』の入り口に営業時間の案内がございます。昼営業は十二時から十五時、夜は十九時から二十二時です。店には一郎と桃々以外の客はおりませんでしたので、昼のピークは終わっているのでしょう。

店内に戻りますと、一郎の席に酒が注がれた新しいグラスが置いてあります。桃々は何かを無心に食べております。

「カリフラワーと飯蛸ですって」

一郎に気付いた桃々が解説してくれます。

「天つゆで食べるんですよ」

何やら得意げに申します。

「私、カリフラワーの天婦羅なんて初めて食べるけど、こんな美味しいものだと知りませんでした。今までの人生、損をした気分です」

「おいおい、未だ人生を語る歳じゃないだろう」

桃々の隣の席に戻り、頭を撫でてやります。

手にサラサラと気持ちの良い髪の毛の感触です。ずっと撫でていたいですが、そんなわけにも参りません。わずかに残っていた『飛露喜』のグラスを手に取って、舌の裏で溶け掛けているレビトラを喉に流し込みます。

（昼の閉店時間まで一時間、それから浅草寺の鐘撞き堂裏のラブホテルまで、普通に歩いて二十分足らず、風呂に入って……）

カリフラワーを齧りながらシミュレーションしているではありませんか。

図に乗っていると申しますか、間抜けと申しますか、まことに呆れ果てた男です。

考えてもみてください。一郎と桃々はその日が初対面なのです。しかも年齢が四十歳以上も離れているのです。幼く見える桃々ですので、孫と紹介しても『天恵』従業員は納得するでしょう。

咲子との成功体験、さらにはレビトラに対する絶対の信頼が一郎を勘違いさせているのだということは想像に難くありません。

酒が『田酒』に替わり、それからも次々に天婦羅は供され、また『飛露喜』に戻り、締めは半熟卵の天婦羅でございました。スプーンで掬い食べ、昼下がりの宴は終了の時間になったのでございます。

その間二人は、それぞれ五合ほどの日本酒を呑み干しております。足元が覚束ないほど酔ってしまっているのです。

二人前、合計で四万六千円の勘定を払って『天恵』を後にしました。

「ごちそうさまでした。本当に美味しかったです」

呂律の怪しくなった桃々は上機嫌です。

「こんな贅沢なお昼なんて生まれて初めてです」

そうも申します。

そのまま新仲見世商店街を歩けば、五分と掛からず銀座線浅草駅なのですが、このまま帰すのが惜しくなります。

「酔い覚ましに浅草寺をブラブラしないか」

一郎が誘います。

「そうですね、ちょっと呑み過ぎてしまいました」

甘えるように言う桃々が、しな垂れ掛かるように腕を絡ませてきます。肘に胸の膨らみを感じます。一郎の股間の物の収まりが悪くなります。

「ずいぶん呑んだもんな。これから歌舞伎町はきついだろう」

「もうお腹いっぱいですから、相席屋に行く必要もありません。この辺りのマンガ喫茶かカラオケボックスにでも入ってひと休みします」

「すぐそこにホテルがあるんだが」

さり気なく申します。とはいえ内容が内容ですので、桃々の身体が固くなったように感じます。

「それってあれってことですか？」

桃々が微妙な訊ね方をしてきます。

「いや、ボクはどうでもいいんだ。でも、たまにはゆっくりお風呂に浸かって、広いベッドで寝たいんじゃないかと思ってね」

どうでもいいはずがございません。

ホテルに入って何もないはずがないではありませんか。

「そうか、キミはコンドームを切らしているんだね」

ずいぶんと大胆な質問を致します。

酒に酔っていなければ言えないセリフです。

「さっき言ったじゃないですか」

「何だっけ？」

「私、コロナの抗体を持っているんですよ。感染なんて心配する必要がないんです」

「ああ、そうか」

（小川にはゴムが必要だと言っていたのに、俺にはなくてもいいのか）

詳細が分からないまま納得します。この時点で、桃々が抗体を持っていても再び感染する可能性があることなど知らない一郎です。

しかし桃々が、それがフェラチオであれ、性行為であれ、納得したのは理解できます。咲子との最初の日のように、一郎は鐘撞き堂裏のホテルを目指して歩みを進めたのでございます。

さてさて、首尾よく桃々をホテルに連れ込んだ一郎でございますが、どうにも勝手がわかりません。前回は咲子と一緒でした。お互いにセックスを前提に入ったわけですから、些《いささ》かの戸惑いはあったものの、それなりにことは運びました。

しかし桃々が、どこまで了解してホテルに伴ったのか、それをまだ確認しておりません。一郎の予備知識としては、桃々が五千円の対価で小川にフェラチオをサービスしていたことくらいです。

思い付いたのは携帯の電源を切ることくらいです。咲子からの着信を恐れたのです。その時はその時で、適当に誤魔化せる気もしますが、応対の気配でばれてしまうかも知れません。日曜日で仕事の電話は掛からないから切っていたとか何とか、後で誤魔化せばいいと考えたのでございます。

そんなことよりホテルの一室でこれからどうするかというのが、一郎にとっての喫緊の課題です。

もちろん見た目の可愛い桃々が、小川同様にフェラチオで抜いてくれるというなら、それはそれで十分に満足できることなのですが、小川の場合は営業の終わった『アゼリア』の店内というロケーションです。片や一郎らはホテルに入っているのです。フェラチオ以上のものを期待するのも当然でございましょう。

「お風呂に入ってもいいですか?」

桃々から問い掛けてきます。

シェアハウスにおいては風呂を使わず、ネットカフェのシャワーで済ませていると言っていた桃々です。ゆったりと浴槽に入りたいのも理解できます。そのように理解して、自分の期待が暴走するのを制御します。

「あ、ああ、ゆっくり入ってくればいい。ボクはテレビでも観ているから」

ここでも大人の余裕を見せます。

「どうします?」

一郎と向かい合って立つ桃々が見上げて訊きます。

「どうするって?」

「おじさんさえ良ければ、一緒に入ってもいいですよ」

「え、いいの?」

「背中を流してあげます。それからここも」

ズボン越しに一郎の股間に手を当てます。

「キレイにしてあげます。後でしゃぶって欲しいでしょ」

「ああ、お願いするつもりだったけど」

フェラチオは既定路線として考えておりました。

すんなりと言葉が出ました。混浴するというのは望外の申し出です。

「それじゃ一万円お願いします。お口で抜くのとは別料金になります」

桃々が手を差し出します。

（なるほどオプションというわけか）

半ば思考停止に陥ったまま、書類鞄の現金封筒から一万円札を出して桃々の手に乗せます。

「ありがとうございます」

礼を言って受け取った桃々が、一万円札を四つに折り畳み、通学鞄みたいな鞄から出したポシェットに仕舞い込みます。花柄模様、ビニール製の小さなポシェットです。

「それじゃ、服を脱ぐのでおじさんはあっちを向いていてくださいね」

指差したのは壁の方です。

（これから混浴しようというのに、恥ずかしいのか？）

そんな恥じらいも可愛く思え、言われたとおりに壁に向きます。

背中で脱衣する音が聞こえます。否が応でも期待が高まります。しばらくして声が掛かります。

「はい、お待たせしました」

桃々に言われて振り返ります。

バスタオルを巻いた姿で微笑んでおります。かたやバスタオルの上辺から胸の谷間が零れております。かたやバスタオルきつく巻かれたバスタオルの下辺は、ギリギリ股間を隠す程度で、超が付くミニスカートを思わせます。スラリと伸びた脚が眩いばかりです。


(この布一枚を剝ぎ取れば生まれたままの姿になるのか)

全裸と申しますより、生まれたままの姿という言葉がしっくりします。

「先にお風呂を使わせてもらいますね。準備ができたら呼びますから、少し待っていて下さい」

言い残して桃々がバスルームに消えます。

ちゃっかりビニール製のポシェットを抱えたままです。そんな用心深さに、桃々のこれまでを思い、些かの切なさを覚えてしまう一郎です。

(この子も苦労しているんだ)

直ぐに浴槽にお湯を張る音が聞こえてきます。一郎が佇む部屋と浴室を仕切るドアは厚いデザインガラスです。浴室内の桃々の姿はぼんやりとしたシルエットでしか見えません。水音に包まれた桃々のシルエットはバスタオルを着用したままです。水音が止まないうちに、そのバスタオルが取り去られます。桃々のシルエットが肌色一色になります。浴室の床に片膝をつき、肩に掛湯をしているようです。

備え付けのスポンジタオルに、ボディソープを含ませて身体を洗い始めます。シルエットからそれを察します。桃々のシルエットが泡の色に滲みます。丹念に洗い、全身の泡をシャワーで流して浴槽に沈みます。

そうなりますと一郎にはすることがありません。

チャプチャプと聞こえる湯音に妄想するしかありません。

（もう少しの我慢だ）

スーツのズボンとトランクスを膝まで下ろし、尻を剝き出しにした一郎は、怒張した男根をニギニギしながら己が股間に言い聞かせます。

コートは着たままなのですから、その時点の一郎の格好だけを切り取れば、露出魔以外の何物でもございません。

桃々のシルエットが浴槽から上がります。

「おじさん、どうぞ」

張りのある声が一郎を招きます。

慌ててコートを脱いでソファーに放り投げます。ズボンとパンツも脱ぎます。上着やシャツもそそくさと脱ぎ捨てます。すべて団子にしたままソファーに放り投げます。最後に靴下を脱ぐとき、気付けば亀頭の先端から我慢汁が長く糸を引いて垂れているではありませんか。

(これはいかん。うん、これは見苦しい)

脱ぎ捨てた綿シャツを団子にした脱衣から抜き出し、亀頭を丁寧に拭きます。

さていよいよでございます。

勢いよく浴室のドアを開け放ちます。

「えッ」

思わず声が出てしまいます。

桃々が生まれたままの姿ではないのです。浴室に入る前にしていたように、しっかりとバスタオルを身体に巻いております。

注意していれば、デザインガラス越しにでも、バスタオルを巻く桃々のシルエットは確認できたでしょうが、一郎にそんな余裕などあろうはずがございません。

「どうぞ、ここに座ってください」

桃々がアクリル製の風呂椅子を示します。

その椅子には一郎も見覚えがございます。前に咲子と来た折りには気付きませんでしたが、何年か前にソープランドで目にしたことがあります。スケベ椅子とか、潜り椅子と呼ばれる椅子です。

泡立てたボディータオルを左手に、シャワーノズルを右手に構えて微笑んでいる桃々です。

(背中を流すだけで一万円は高くないか?)

クレームではありません。

（いやいやフェラチオが五千円なんだ。その倍の一万円で、背中を流すだけではないだろう）

ことここに至っても、それ以上のサービスを期待している一郎でございます。

相手がバスタオルで身を包んでいるのに、自分が全裸というのは些か恥ずかしくもありますが、意を決したと申しますか、オプションに対する大いなる期待の表れと申しますか、一郎は、お大尽よろしく、スケベ椅子に大股を開いてどっかりと腰を下ろしたのでございます。

「それでは失礼します」

シャワーレバーを操作する気配があって、一郎の肩口からお湯が掛けられます。

「熱くないですか」

「ああ、ちょうどいいくらいだ」

実はかなり熱めでした。

バスルームにもうもうと湯気が充ちます。

湯温の調整に無駄な時間を使いたくないと思う一郎は我慢します。早く次の段階に移ってほしいのです。逆上せるほどシャワーを掛けられ漸く湯が止まります。

「背中を流しますね」

桃々の手が一郎の左肩に置かれます。

それだけです。

期待した体の密着はありません。

そもそもその時点においても、桃々はバスタオルを巻いたままの姿なのですから、体の密着などあろうはずはございません。

一郎の背中を、ボディタオルでゴシゴシし始めます。どうやら左肩に置かれた手は、桃々の身体を支えるためだったようです。背中全体を洗ったボディタオルが一郎の右肩に移ります。

「脇を上げてください」

言われた通りにします。

脇と脇の下の肋骨辺りがゴシゴシされます。

「次は左脇を」

同じようにゴシゴシされます。

手抜きとまでは申しませんが大雑把な感じを受けます。

「はい結構です」

言われて両手を自分の膝の上に置きます。

「それじゃこっちも綺麗にしますね」

一郎の背後に桃々がしゃがみます。

背後から股間に両手が延びてきます。桃々の両肘が軽く体重を掛けて、一郎の太腿の付け根に固定されます。

（いよいよスケベ椅子の本領発揮か）

期待します。

しかしここでも背中への密着はありません。桃々はバスタオルのまま股間を洗うようでございます。

最初は睾丸の付け根を洗ってくれます。それから睾丸を包むように洗ってくれます。そこが男の急所であると心得ているのでございましょう、乱暴には洗いません。優しく労わるように包み込んだ桃々の十指が揉み洗いしてくれます。それから男根です。睾丸に比べるとやや乱暴とも思える洗い方です。左右の手で交互に扱き洗い致します。最後の亀頭は再びの揉み洗いです。左手で男根を固定し右手でモミモミ致します。

「うッ」

気持ちよさに思わず声を上げてしまいます。

（これでも十分至福じゃないか）

自分自身に言い聞かせます。

背中への密着がないのは些か期待外れでしたが、睾丸から亀頭に至る揉みと扱き洗いで満足しようと自身に言い聞かせる一郎です。

脳裏に浮かべているのは、桃々の少女のような愛くるしさです。

その少女が、白魚の指で自分の男性器の隅々まで洗ってくれているという情景に浸ろうと致します。

「ここも綺麗にしますね」と言ってくれた桃々です。

その言葉に嘘偽りはありませんでした。実際キレイにしてくれています。ただそれだけというのが解せなくもありません。

(果たしてこれは一万円という価格に見合うオプションなのだろうか。いやいや、ももちゃんみたいな娘にここまでさせて、何を考えているんだ)

首を傾げたくなる気持ちを何とか抑えようと致します。それに致しましてもフェラチオが五千円なのですから、その倍額のサービスとしては、やや物足りないようにも思えます。

(そうじゃないだろう)

自身を叱る声が内心に響きます。

桃々と致しましても、男性とホテルの浴室に入り、自分はバスタオル一枚だけの防御ということは、それなりのリスクを覚悟しなくてはなりません。着衣のままでフェラチオをすることに比べれば、遥かにリスキーな立場に自分を置くことになります。そのあたりを加味し、一万円というオプション料金を提案したとしても不思議ではありません。

(そう思えば納得もできるな)

無理やり納得致します。

仕上げに髪を洗ってくれます。再び熱い湯を掛けられ、シャンプーを直接絞られ、泡立ちを愉しむように洗ってくれます。

洗い終わり、自分の身体に巻いたバスタオルとは別のバスタオルで一郎の髪の毛の水気を丹念に拭き取ってくれます。そのバスタオルを浴室の外の籐椅子に丁寧に広げながら桃々が申します。

「シャワーで流しますね」

返事を待たずシャワーで一郎の体の泡を流し始めます。

もう熱さはさほど気になりませんが、さすがに陰毛が泡立っている股間に、肩越しのシャワーが掛けられてビクッとします。デリケートゾーンなのです。ただ痛みとも感じられるシャワーの熱さが、微妙に気持ち良くあったりも致します。

「おじさんも、お風呂に浸かりますよね」

シャワーを掛けながら桃々が背後から訊ねます。

（漸く混浴か）

ホッと息を小さく吐きます。

（あの時は、咲子を股の間に収めて、背中からオッパイを揉んで……）

前回のことを回想します。

イメージトレーニングです。しかしこの度はフェラチオが約束されております。先程からの手洗いで、浴槽で腰を浮かせば、一郎の陰茎は水面にそそり立つほどの硬度がございます。いわゆる潜望鏡もあるかも知れないと期待します。

「それじゃ、軽く入ろうかな」

言ってスケベ椅子を立ち上がります。桃々がシャワーノズルを所定の位置に戻しております。未だバスタオルは巻いたままです。背後から襲い掛かりたい気持ちを抑え、浴槽に身体を沈めます。

「ゆっくり入ってくださいね。私は服を着て待っていますので」

桃々が浴室を出ようとします。

「いや、ちょっと」

慌てて呼び止めます。

「ん？　何か？」

「混浴じゃないの？」

「混浴？」

「だってさっき、ボクさえ良ければ、一緒に入りましょうかって言ってくれたじゃないの」

「あれはバスルームに、という意味だったんですけど」

惚けているのではありません。

自分の何気ない一言が、一郎に誤解を与えてしまったことに狼狽えている桃々です。

目が泳いでいます。

（これ以上追及するのは苛めに思えるな）

反省して、おずおずと問い掛けます。

「フェラチオが未だなんだけど……」

「それは部屋でしてあげますから」

「いやいや、ちょっと……」

段取りが狂って狼狽えます。

「何でしょ？」

真っ直ぐな目で見返され言葉に詰まります。

「いや、せっかく、こういう状況でさ……」

どういう状況だと言いたいのでしょう。

「ひょっとして私の裸が見たいとか、そういうことですか？」

桃々の言葉に救われます。

「ああ、できれば」

「それ私、嫌なんですよね」

きっぱりと断られます。

「どうして？」

「裸になったら、絶対その次を求めるでしょ」

それはないと否定できません。

何しろ一郎は、つい最前まで、潜望鏡がどうたらと考えていたのです。

「絶対求めない。見るだけでいいんだ」

浴槽に浸かったまま、手を合わさんばかりに願い込みます。

「そこまで言うんだったらオプションで考えてもいいですけど」

「いくらだい」

「胸を見せるだけなら二万円でいいです」

「もっと微妙なところは？」

二万円という金額の妥当性など考える余裕がないようです。

「微妙なところって、ここですか？」

バスタオル越しに、自らの股間に手をやって桃々が申します。

「そう、そこ」

「見せるだけなら五万円でいいです」

どんどん値上がりしております。

「そ、それじゃオッパイから見せてくれるかな」

さすがに五万円には臆します。

一郎の求めに応じて桃々がバスタオルの胸元を緩めます。上半身を覆っていたバスタオルが外され、それが改めて腰に巻かれます。眩しいほどのオッパイが露わになります。

ただし一郎は湯船に浸かったままで、桃々は湯船の外に立ったままです。その距離感が何とも歯痒いのですが、その距離にあっても、桃々のオッパイは絶品です。決して大きいとは言えないそれですが、むしろそのことが桃々の少女らしさを引き立てております。ツンと上向きで垂れていないことは当然として、一郎の目を釘付けにするのは透き通るような肌の白さです。加えて乳輪の色が違います。

（まるで別物だな）

そう、一郎は咲子のそれと比べているのです。

比べてはいけないと自制するのですが、どうしても真っ黒で大きい咲子の乳輪と比べてしまいます。ピンクというのではありません。薄い桜色なのです。乳輪も乳首も桜貝を思わせる色彩です。実際、一郎は桜貝の現物など見たことはありませんが、これこそ桜貝の色だと思い込みます。

「下はどうします」

桃々が企む目で訊ねます。

さすがに五万円という提案は、口にした本人にも抵抗があるようです。

しかし金銭の軽重は人それぞれです。ひょっとして桃々は、一郎が小川に百万円近い金を支払ったことを聞かされたのかも知れません。いえいえ、小悪党の小川のことです。一郎から金を毟り取れると桃々に入れ知恵をした可能性さえあります。しかし桃々のオッパイに舞い上がっている一郎にその知恵は働きません。

「下は」と訊かれ、阿呆面で頷いております。

そそり立った男根を、水面近くでチャプチャプと扱いております。それは男根の硬度を保つための行いではなく、そうせざるを得ない、男性本能に任せた行為でございます。

一郎が頷いたのを確認して、桃々が腰に巻いていたバスタオルを取ります。バスルームの床で濡れぬよう、ドアノブに引っ掛けるあたりは冷静です。

「パ、パ、パ、パ、パ」

一郎が口をパクパクさせます。

「パイ、パイ、パイ、パイ」

どうやら一郎、桃々が無毛、すなわちパイパンであることに驚いているようです。

また比べてしまいます。

(サキちゃんはボウボウの叢《くさむら》だったな)

慌ててそのイメージを打ち消します。

咲子のボウボウを思い出したくないのではありません。比べてしまった自分を恥じているのです。咲子に申し訳ないことをしたと悔いているのです。しかしこれだけの違いを見せられたら無理からぬことでしょう。

「純正じゃないですよ。処理したんです」

一郎の驚愕の理由を察した桃々が解説を加えます。

「だって、グラビア撮影で、もちろん私は水着以上の格好はしませんけど、それだって、ハミ毛があったらガッカリじゃないですか」

少しはにかんで申します。

一郎の驚愕に付け込まないあたり、それほど悪党ではない桃々なのかも知れません。

さて、その陰部でございますが、筋マンと申すのでございましょうか、大陰唇の内部が露わになるのではなく、微妙に盛り上がった土手饅頭に縦の線が入っているだけでございます。幼児のそれです。いえいえ、もちろんロリコン趣味のない一郎でございますから、現物であれ写真であれ、幼児のそれをしげしげと見たことなどございません。新婚の知人の家に招かれ、おむつ替えなどの場面に立ち会った時も、目線を逸すくらいの配慮は致しました。

微かな記憶として思い出されるのは、これも現物ではございませんが、北欧物の無修正ビデオで観た彼の地の年若い女優のアソコでございます。もちろん北欧とて、ロリータ物には厳しい制限が設けられているに違いありませんし、また北欧物と謳っているだけで、実際の配信元は他国かも知れませんし、そんなことをあれこれ考えている余裕も一郎にはございません。まさにその筋マンが、一郎の目の前に、些かもどかしい距離ではありますが、出現しているのです。そして桃々は成人女性ですので、犯罪性を心配する必要もありません。

「も、も、もう少し」

「もう少し？」

桃々が意地悪く問い返します。

はっきり見せて貰いたい、近くで見せて貰いたい、一郎の言葉がそう続くことを分かっているはずなのに、問い返すのは意地悪でしょう。恥じらっているのかもしれません。むしろここまでの言動を考えると、そう考えるのが適当かも知れません。

「中を見せてくれないか」

おや、少し予測より大胆な要求です。

はっきりでもなく、近くでもなく、一郎は筋マンの中がどうなっているのか見たいと申したのでございます。ずいぶんと遠慮のない申し出でございますが、そんな遠慮をする余裕さえ失っているようでございます。

了解した桃々がタイルの床に尻を落として膝を立てたまま股を開きます。サーモンピンクのヒダヒダが見え隠れします。

右手で男根を扱きながら、左手の二の腕を湯船の縁に預け、身を乗り出して凝視する一郎です。残念ながらいまひとつ、内部の構造が詳《つまび》らかに把握できません。

「もっと近くで見せて貰えないか」

きっぱりと要求します。

「例えばだ、例えばだよ。湯船の縁に片足を掛けて、指で開いて見せてくれるとか」

「えー、そんな近くでですかー」

桃々が難色を示します。

「腕を摑まれてお風呂に引き摺り込まれたら、私どうしようもないじゃないですか」

「そんなことしないよ。大丈夫だからこっちで開いて見せてよ」

「そんなことをしないって、さっきからずっとおちんちんをシコシコしているじゃないですか、とても信用できないですよ」

自分の恥ずかしい姿を小娘に指摘された一郎ですが、それは無意識の行為であり、一郎の意識はただ一点、桃々の筋マンの内部を目に焼き付けたい、それだけに集中しております。

「そ、そうだ。オプション代を払うよ。それなら文句はないだろう」

自ら申し出てしまいます。

「お金の問題じゃなくて……」

一郎の必死さが却って桃々を警戒させています。

「二、二十万円でどうだ」

とんでもない金額を口にします。

「料金は前払いが原則なんですけど……」

桃々の言葉に手応えを感じます。

「オッパイの二万円も、下を見せた五万円も頂いていませんし。股を開いたオプション代なんか決めてもなかったし……」

「七万円プラスご開帳オプションだな。それと近くで見せて貰う代金を加えて、総額四十万円でどうだ」

完全に常軌を逸しております。

この機会を逃せば、自分は生涯これだけの逸品を拝むことはできないだろう。その焦燥感に駆られているだけではありません。所詮書類鞄に入れた金は咲子の父親に全額支払うものだった、そんな金を惜しむ理由などないと、割り切った気持ちになっているようでございます。

いかな一郎とはいえ、手持ちの金銭が大事なものだという認識はちゃんとあります。今月、来月はともかくとして、四月からは二十二万円を小川に支払わなければならないのです。それがすっぽり頭から抜け落ちているわけではございません。それでも、桃々の秘貝の奥の神秘をこの目で見たい、一方にはその誘惑がございます。そして他方には、小川への支払いが本格化する四月の末までには、二か月もあるじゃないか。そんな甘い考えも芽生えているのでございましょう。

「四十万円頂けるんですね」

桃々が生唾を呑む気配がします。

当然でございましょう。

「渡そう。今すぐ向こうの部屋で渡そう」

浴槽から飛び出さんばかりの勢いで立ち上がろうとします。

「待ってください！」

鋭い言葉で桃々が制止します。

「ここがいいです、部屋は怖いです。だってそのままベッドに押し倒されたら、私は抵抗することができません」

なるほど浴室はことに及ぶには十分な広さとは言えません。

もちろん両者の合意があれば性交も可能でしょうが、一方が激しく抵抗するような状況下では難しいでしょう。さらに一郎は浴槽に身を沈めているのです。ゆったりと体を伸ばしている姿勢です。

「料金は後払いでいいのか？」

「いいえ、それは困ります」

「だったらどうしろと言うんだね」

小々苛立って申します。

桃々の心配も分からないではありません。慥かにベッドのある部屋に移ったら、一郎自身も自分を制御できるかどうか分かりません。何しろレビトラの効果は絶頂を迎え、男根は釘でも打てるほどに硬直しているのです。ドクドクと息巻いております。正直爆発を制御するのに苦労しているくらいなのです。

「私を信じて貰えますか？」

思い詰めた顔で桃々が申します。

「私を信じて貰えるのでしたら、私もおじさんのことを信じます」

「どういうことだろう？」

「さっき一万円を頂いたときに、おじさん、鞄からお金を出しましたよね」

「ああ、そうしたが」

「鞄の中にお財布が入っているのですか」

「いや、金は銀行の封筒に入っている」

「だったら私がその封筒から四十万円を頂いてもよろしいですか」

なるほど信じろと言うのはそういうことなのかと納得します。

今の状況で、桃々が封筒ごと持ち逃げする可能性も考えなくてはならないのです。

「ボクのことを信じてくれるってどういうことかな？」

桃々の真意を測る質問です。

「おじさんが良く見えるよう、バスタブに跨って見せてあげます。顔のすぐ近くでお見せします。でも触るのは止めてください。禁止です。それを約束してください。恥ずかしくて言いにくいんですけど……」

桃々の頬が赤くなります。桃が林檎に変わります。

「私、処女なんです」

「え、処女？」

予想だにしなかった告白に狼狽えてしまいます。

「未だ男の人と経験したことはありません。裸を見せたのもおじさんが初めてです。お口で抜くときも服を着たままです。抜くのはお金を貰うためです。抜いた後は『噴火ラーメン』で、口の中や喉奥に残っている臭いというか味というか、それをリセットします。大々噴火を食べて汁まで飲みます」

噴火ラーメンとは、一郎も利用したことがある豚骨ラーメンのチェーン店です。都内のあちこちでその看板を見掛けたことはありますが、一郎が利用したのは慥か神田だったと思いだします。

ぶらりと入ったその店で、それほど辛い物が好きというのでもない一郎は、中噴火を注文しました。

「ひょっとしてお客さん、ウチの店のご利用は初めてじゃないですか」

店主に訊かれました。

そうだと答えると店主は小々噴火を勧めました。「初めての人はそこから始めたほうが無難です」とも言われたのです。

店のメニューには小々噴火、小噴火、中噴火、大噴火、そして大々噴火がありました。大々噴火だけ、ほかの噴火ラーメンより百円安く価格設定されていました。

「大々噴火は安いんだね」

理屈に合わない気がして訊ねました。

「ええ、ほとんどのお客さんが完食はおろか、一口食べて放り出してしまうほど辛いですからね」

それが申し訳なくて値段を安く設定しているのだと答えた店主に好感を抱き、一郎は、店主の勧めに従って小々噴火を注文しました。そしてその小々噴火でさえ、咽せるほど辛かった記憶があります。

「大々噴火を食べると口の中が完全にマヒしてしまいますし、食べた後二日くらいは食欲がなくなってしまいます。飴と水以外は欲しくなくなります。食費も浮くので助かります」

　何という健気さでしょう。

　桃々の打ち明け話に感じ入ってしまう一郎です。

（臭いや味だけでなく、男の物の形の記憶も消し去るんだろうな）

　そんなことまで考えてしまいます。

　そうまでする桃々が処女だという言葉を疑う気持ちは、もはや微塵もありません。処女だからというわけではありませんが、桃々が金を持ち逃げするなどという心配も霧散しています。

　実はこの時点において、一郎自身も気付いていないことでしょうが、一郎は、健気さという点で、桃々に、咲子に対するのと同じ感情を抱き始めたようでございます。咲子も健気な少女です。いえ、少女と言える年齢ではありませんが、一郎から見ればやはり少女です。不遇な環境に育ち、それを受け入れ、拗《す》ねるわけでもなく、捻《ひねくれ》るわけでもなく、シンガーソングライターという自分の夢だけに一途になっている咲子でございます。

　一郎が惹かれたのはその一途さでした。

「分かった。キミを信じよう」

潔く申します。

状況と理由が違えば、これほど男らしくも頼もしい言葉はないと思わせる一郎の言い様です。ただ要求している内容とはうらはらに、その間もいきり立つ男根を扱いているのですから、潔さもあったものではございません。

「さっき言った通り、金は書類鞄の銀行封筒の中にある。そこから四十万円、キミが抜き取ればいい」

桃々がドアノブに掛けてあったバスタオルを腰に巻き直します。ドアを開け放したまま外に出て、浴室の出入り口に再び現れます。抱えるように両手に一郎の書類鞄を持っています。

「これですね」

鞄に手を入れ銀行の封筒を取り出します。

一郎が頷くと、鞄を浴室の外の床に置き、封筒から現金を抜き出します。

「おじさんからも見えるように数えます」

左手に持った封筒から現金の束を半分抜き出して「一枚、二枚、三枚」と右手に一万円札を移動させます。十枚数えたところで、確かめてと言わんばかりに一郎に手渡し、一郎が確かめて頷くと、その動作を一郎の視界の中で繰り返します。それを四回繰り返し確認します。

「四十万円で間違いないですね」

「ああ、間違いない」

「それじゃ」

差し出した手に四十万円の束を握らせます。

桃々が浴槽の隅に置いた花柄のビニールポシェットに仕舞い込みます。

四十万円を移し終えた桃々が、薄くなった封筒を浴室出入り口の床に置いた一郎の鞄に戻します。すべて一郎の視界を意識して行われます。

その作業が終わり、二人の間に微妙な緊張感が生まれます。

無言でことが進みます。

バスタオルを取り除いた桃々がいよいよ浴室に右足を入れます。壁に手を突き、左足を浴槽の縁に上げます。そのまま右足も縁に上げて、M字開脚の格好になります。全開になった桃々の股間は一郎の目と鼻の先です。香《かぐわ》しい香りさえ漂わんばかりの距離です。

それだけで桃々の小陰唇は露わになっているのですが、さらに右手を壁に突いたまま、左手の人差し指と中指で陰部を開いて見せてくれます。陰核包皮を摘まみ、クリトリスまで露わにしてくれます。縁に両足を乗せたかなり不安定な体勢でございますが、それだけ桃々の体が柔らかく、身体能力も高いのでございましょう。

地下アイドルとはいえ、アイドルには違いありません。ただ立って歌うだけでなく、ましてや咲子のようにオルガンの前に座ったまま歌うのではなく、歌いながら踊るとい

う パフォーマンス能力も求められるに違いありません。

桃々は桃々なりに、見せるだけで四十万円という高額に、どこまで見せなくてはいけないのか戸惑っているようです。見せるという行為の範囲で、精一杯のことをしようという健気さが窺えます。

その一方で一郎は、遠慮なく男根を扱きます。

どうやらそのまま果ててしまうつもりのようです。

(彼女の口でいってはいけない)

おや、一郎どうしたことでございましょう。

先ほど聞かされた桃々の打ち明け話、フェラチオの後は『噴火ラーメン』で大々噴火を食べるという彼女に同情しているようです。

(自分の陰茎の痕跡を、桃々の口内に残してはいけない)

義俠心とでも申せばよろしいのでしょうか、そんな思いに囚われているのです。

そもそも一万円から始まって、終には四十万円も支払ってしまったのです。金額の多寡を思えば、たった五千円のフェラチオなど如何ばかりの物でございましょうか。

(それ以上の恩恵に与《あずか》っているんだ)

心からそう思っている一郎です。

筋マンの奥はと申しますと、それはもう神秘です。

知識として一郎にあるのは大陰唇と小陰唇だけです。それも言葉だけの曖昧な知識で、その他の構造物の名称まで詳しくはありません。

ただただ神々しさに啞然とするばかりです。そしてその神々しさは、一郎の中枢神経を痛く刺激し、勃起硬度は最高潮を突き抜けてしまいます。

同じです。咲子とまぐわった時と同じです。

ただ違うのは咲子の場合、一郎の中枢神経を最高潮までに昂らせたのは、その喘ぎ声でございました。絞り出すように唄う喉から発せられる切々としながら、なお響き渡る絶叫が、一郎を快楽の果てへと誘ったのでございます。それが桃々の場合は、神々しいばかりの奇跡の女陰が一郎を誘っているのです。

「ウッ」

終にその時が訪れました。

射精です。

桃々とホテルの一室に入室して以来、一郎が自ら瀆《けが》してきた男根が精子を放ったのです。湯の中でそれは拡散せず、塊になってゆらゆらと漂います。

「あれッ」

桃々も一郎の変化に気付いたようです。

「いっちゃったんですか」

戸惑う声で質します。

それはそうでございましょう。この後でフェラチオを覚悟していたはずの桃々なのです。むしろ触らないという約束を守り、四十万円という代償を支払ってくれた一郎を、自分でいかせてしまったことに後ろめたさを覚えているのかも知れません。

「ごめんなさい、早くフェラチオに切り替えれば良かったですね」

やはりそうです。

桃々は自分がすべきことをしなかったことに戸惑っているのです。

「いいんだよ」

疲れた声で一郎が言います。

この場合の「いいんだよ」は、純粋に気にしなくていいんだという意味です。何しろ一郎はレビトラの力を借りているわけですから、この後、フェラチオをして貰えれば、忽ち勃起復帰になるに違いありません。最初の咲子のときもそうでした。最後の最後は射精した感覚はございませんでしたが、五回も挑むことができたのです。その気になれば、やってやれないことはないのです。

しかし一郎の心理に変化が生じております。

殊勝にも、こんな純粋な少女に、金銭を介在した、性的な奉仕を強要してはいけないという仏心が湧き上がっているのです。さらに言えば、桃々の裸体を鑑賞する中で、咲子のそれと比べてしまった自分への嫌悪の気持ちさえ心の中でシコリになっております。

今さらと言えば今さらですが、咲子と桃々、どちらも大切にしなくてはならない存在に思えます。幼気な二人を汚すまいと考えているのです。

（セックスの相手はサキちゃんだけだ）

固く誓っております。

（子供を作るという目的以外にセックスはしない）

そうも誓います。

ここまで来ると余人には踏み込めない、あるいは踏み込ませたくない一郎個人の論理です。風呂から上がり、お互いに背を向けたまま着衣を整え、ホテルを後にした一郎と桃々でございました。


ホテルを出て直ぐ近くの浅草寺鐘撞き堂横の喫煙所で桃々と立ち話をしました。

「私、明日から『アゼリア』で働くって言っちゃったんですけど」

一郎がハイライトを吸い付けたタイミングで桃々が申します。

「気が進まないの？」

桃々の気配を読み取って申します。

「ええ、できれば行きたくないんです」

行けば行ったで、さすがに毎日ということはないでしょうが、フェラチオを強要されるに違いありません。そのことがイヤなのは聞かなくても分かります。

「あの人、勃起しないんです」

ちょっと驚くようなことを桃々が申します。

考えてみれば小川は一郎よりひと回り上の年長者です。正確な年齢は知りませんが、昭和二十年の東京大空襲を幼児のときに経験していると以前聞いたことがありますから、少なく見積もっても喜寿は超えているのではないでしょうか。

「それでも射精だけはするんですよね」

うんざりした声で申します。

そんなものかと興味深く耳を傾けます。

「フニャフニャのおちんちんが少しだけ固くなって、量もそんなに多くはないんですけど、精子が出るんです」

「ほう、出るものは出るんだ」

妙なことに感心します。

「でも射精までにすごく時間が掛かります。それだけじゃありません。三度に一度は出ないこともあるんです。そんな時はお小遣いもくれません。オマエが下手なんだって逆に叱られます」

ポツリポツリと打ち明ける桃々の愚痴が止まりません。

「そんなんだから『アゼリア』に勤めたら毎日だって、やってくれって言われるかも知れないんです。射精がなくてもそれなりに気持ちいいみたいですから」

さらに桃々が恐ろしいことを申します。

「あの店って暇じゃないですか。ひょっとして私、カウンターの中で、一日中しゃぶっていろと言われるかも知れません」

その光景が浮かびます。

カウンターの内側の椅子に座り、萎びた陰茎を放り出す小川、足元の薄暗い床に跪き、いつ終わるとも知れない奉仕をさせられている桃々。

ぞっとするような光景です。

(そこまで考えているのなら、何故咲子の後釜を承知したんだろう?)

問い質すまでもないことです。

それだけ生活に困窮しているということでしょう。それがコロナの影響だと考えるに至らない残念な一郎ですが、夜の商売や、ライブハウスは、かなり厳しい状況に追い込まれつつあるのです。

そして何故、この期に及んで『アゼリア』の勤務を取り止めたいのか。

同じく問い質すまでもないことです。

一郎が与えた金銭です。四十一万円は『アゼリア』の三か月分近くのアルバイト代に匹敵する金なのです。

(三か月もすれば暖かくなるし、事態は変わっているだろう)

コロナの蔓延を、インフルエンザみたいなものと軽々しく考えている一郎は、そんな風にしか思えません。それも仕方ないことかも知れません。そもそもその時点では、東京都知事にしても、総理大臣にしても、二〇二〇年の夏季東京オリンピック・パラリンピックについてやる気満々の発言をしているのです。一郎に限らず、気温の上昇とともにコロナが終息するという巷の観測もありました。

呑気に煙草の煙を吐き出す一郎です。

桃々が『アゼリア』のアルバイトを断ると言うのなら、後の憂いはありません。桃々のことは忘れようと思います。眼福に恵まれたと思うだけです。それ以上のことはなく、指一本触れずに済ませた自分が誇らしくさえ思えます。

「私がアルバイトを断ることでサキちゃんに迷惑が掛からないでしょうか」

心配顔で桃々が申します。

「そんなことは気にすることないよ。小川さんとのことは、ボクの方でうまく対処しておいてあげるから」

安請合いをしてハイライトを灰皿に揉み消します。

「キミも疲れただろう。今日のところは早めに横になって休みなさい」

とは言うものの、まだ西日の時間です。

「そうだ、これで美味しいものでも食べるといい」

鞄の封筒ではなく、財布から三千円を出して桃々に握らせます。

ほんとうは五千円を渡したかったのですが、財布に残っていた札がそれですべてでした。とは言え鞄の封筒から一万円札を出すのは違うと思います。

（それは桃々を貶めることになる、汚すことだ）

そんなことを考えているのです。

さっきまで桃々のアソコを間近で凝視し、自瀆とはいえ射精までしておきながら、貶めるもあったものではありませんが、本人がそう考えているのでございますから、如何ともしようがありません。

「ありがとうございました」

深々と一礼して桃々がその場を去ります。

真摯な態度です。心からの感謝の気持ちを感じます。金銭の多寡が桃々の頭を下げさせているのではないようです。女陰を指で開陳までし、それでも約束通り、指一本触れなかった一郎に信頼の念を寄せている様子が窺えます。

桃々はホテルに入った段階から、ある程度のことを覚悟していたのではないでしょうか。そこまで桃々に覚悟させたものは、住む家もないシェアハウスでの暮らし、日々の空腹を満たすすべといえば出会い系居酒屋で男から声が掛かるのを待つしかない、そんな自分が、小川の要求に逆らうことはできない、と思っていた矢先、一郎から声を掛けられたからでございます。

その一郎は、ダメもとで桃々が要求した法外とも思える金を出したにも拘らず、桃々が嫌がることは一切しませんでした。桃々が大人の男として信頼し、心から感謝の礼を述べたのも無理からぬことでございましょう。

長々と憶測話をお聞かせしてしまいましたが、それほど的外れとは思えません。何故ならその裏返しと思える感情が、一郎の中にも芽生えているからです。

（あの娘に指一本触れなくて良かった）

四十一万円も支払ったのに惜しいことをしたという悔恨は微塵もありません。桃々が純潔と呼ぶに相応しい存在かどうか、それは別に致しまして、慥かに自分は桃々の純潔を守ったという満足感に浸っております。また咲子に対する罪悪感を抱くこともございません。

あれこれと咲子と桃々の身体を比べてしまったという罪悪感こそあれ、ことには及ばなかったのです。

（あんないい娘に大々噴火ラーメンなどを食べさせてはいかん）

鼻息荒く思います。

そして思い出すのは咲子のことです。

（サキちゃんも、ボクが守ってやらなくてはならないんだ）

浅草寺を後にして咲子が待つマンションへと向かいます。

エレベーターを降りて、我が家のドアへと急ぎます。ポケットから鍵を取り出しますが、思い直してドアのチャイムを押します。もうひとりではないのです。待つ者がいる身の上なのです。

「――はい」

ドア横のスピーカーからどこか戸惑うような声が応えます。

「ただいま」

元気よく話し掛けます。

「一郎さん、お帰りなさい。直ぐ開けます。少しだけ待っていてください」

廊下を走る足音が玄関ドアに近付いてきます。それに続いて、ガチャガチャと音がします。どうやらドアチェーンを解除しているようです。

ドアが開いて咲子がおかっぱ頭を覗かせます。

「遅くなってごめ……」

言い終わらぬうちに、咲子が一郎の胸に飛び込んできます。

しがみ付いた身体が震えています。

「おいおい、どうしたんだよ。ついさっきまで一緒だったじゃないか」

「だって、ひとりで怖かったんですもん。全然物音がしないんですよ。綾瀬のアパートだったら、隣の人の歩く音も聞こえるし、上の階の人が喧嘩している声も聞こえるのに、ここ、何も聞こえないんですよ。誰も住んでいないんですか」

怒った声で申します。

「ほとんど満室だよ。下の郵便受けに名前が書いてあるだろう」

「でも、物音ひとつしないし……」

「日曜日だから出かけている人もいるだろうけど、それだけ防音がしっかりしているということじゃないかな」

一郎が咲子を抱き抱えます。

子供のように軽い咲子は右腕一本でも持ち上げられます。咲子は咲子で一郎の首に腕を回します。柔らかい頰を一郎の頰にスリスリします。

「あれ？」

一郎の耳元で咲子が疑問の声を上げます。

「一郎さん、お風呂入ってきました？」

ウッと言葉に詰まります。

まさか正直なことは言えません。

それほど疚しいことはないのですが、全くないわけではないのです。

「スーパー銭湯に寄ってきたから」

とっさの嘘が口を衝きます。

一郎の言うスーパー銭湯とは浅草ＲＯＸの六階、七階にあるそれです。

多種多様の風呂があり、中でも露天風呂からは、スカイツリーが展望できるというのがウリですが、一郎がその知識を得たのは浅草ＲＯＸの一階にある大看板からで、実際のところ入場したことはありません。

何しろ老後を思い、月に十万円の貯金を目標に節約生活を送ってきた一郎です。土日ともなれば三千円を超える入湯料など、気軽に払えるわけがありません。

「お風呂に行ったんですか」

咲子が確認します。

ただ単なる確認です。疑っている口調ではありません。

「ああ、ちょっと疲れていたんでね」

それでも一郎は言い訳がましいことを口にします。

しかしこれは、あながち嘘というのではありません。慥かに小川との交渉には疲弊しました。その後の桃々とのこともあり、それはむしろ疲れを癒された時間でしたが、結果として百三十万円ほどの金を失ったのです。

それだけではありません。この先も小川に咲子の父親の守り賃として月々の支払いを約束させられてしまいました。今後のことを考えると、今さらながら疲労感が押し寄せてきます。

「疲れたって、それは父ちゃんのことがあったからですか」

敏感に咲子が察します。

「ああ、それも少しはあるかな」

曖昧に答えてリビングで咲子を腕から降ろします。

「後で詳しく聞かせてくれるって言ってましたけど、結局どういう話になったんですか」

カーペットに正座した咲子が不安そうな目で見上げます。

咲子の目線の高さに合わせて、一郎も胡坐を組みます。

「先ずノミ屋の件だが、お父さんは出入り禁止になったよ」

当たり障りのないところから話し始めます。

「出入り禁止って、そんな簡単に決まってしまうんですか?」

咲子の疑問も当然でしょう。

「ああ、咲子のお父さん、またノミ屋に多額の借金を作っていてね」

「えぇ、この前返したばかりなのに」

「ギャンブル中毒なんだろう。借金を返せば、またその分、ノミ屋も口張りで張らせてくれる、それどころか借金を返したことで、限度額まで増やしてくれる。そういう仕組みらしいよ。怖いもんだね」

「いったい父ちゃんはいくら借りていたんですか」

「百万円を超える借金をしていたよ」

咄嗟に出た金額でした。

一郎自身も気付いていないようですが、それは、咲子の父親のために使った金と桃々に渡した金を大雑把に合算した金額でございます。

「ひゃ、百万円も……」

床に手を突いた咲子はそのまま崩れ落ちんばかりです。

無理もありません。つい最近、一郎が用立てた三十万円が用意できなければ風呂に沈めると、昭和かよとツッコミたくなるような言葉で脅かされていた咲子なのです。それが百万円を超えるともなれば、目の前が真っ暗になったとしても不思議ではありません。

「大丈夫だ。心配することはない」

項垂れた咲子の肩に手を置いて一郎が慰めます。

「でも……」

反応して顔を上げた咲子の目には大粒の涙が浮かんでいます。

「そのお金はボクが清算した」

「一郎さんが……」

「ただ清算しただけじゃない。今後ノミ屋をやっている怪しげなスナックに、一切お父さんを出入りさせないことを約束したうえで清算したんだ」

小川との口約束を説明すると、咲子が啞然とした顔に変わります。

「それをマスターが引き受けてくれたんですか？」

信じられないという面持ちです。

「もちろんタダじゃない。お父さんに渡すお金も含めて、ある程度まとまったお礼を小川さんに月々支払うという条件で了解して貰ったんだ」

まるで自分が了解させたと言わんばかりの口調です。

実際はその逆です。一郎は言葉巧みに小川に操られたのです。ただ大事なことはそんなことではありません。

「私のために……」

咲子が感極まった声で申します。

「キミのためだけじゃない。ボクたちのためだ」

強い声で一郎が否定します。

「何もかも、ボクたちの将来のためにしたことなんだ」

泣き顔で咲子が頷きます。

「ただこれだけは理解してほしい」

一郎が語調を強めます。ここからが大事な話です。

「暫くの間でいいんだ。来年二月、ボクは協会を定年退職する」

その先の話は一度咲子にしています。

「そのあとのことは知っていると思うけど、もう一度確認しておきたい」

強く頷く咲子は泣き顔ではありません。

「協会を退職してゴルフ場会社に移籍すれば、収入は今の倍くらいになるだろう。ただしそれまでの期間、小川さんに支払うお金で、少々生活が苦しくなる。切り詰めた暮らしをしなくてはならなくなる。そのことは覚悟してほしい」

咲子の顔に笑顔が浮かびます。

「いくらでも我慢できます」

きっぱりと申します。

「だって私、貧乏は得意ですから」

清貧という言葉が一郎の脳裏に浮かびます。

そんなものは自分と無縁だと考えて生きてきましたし、今の一郎にも似合いの言葉ではありません。しかし咲子は違います。

清貧――

これほどこの言葉が似合う存在もないでしょう。

（人生の最後でいい子と巡り会えた）

心の底からそう思える一郎です。

その夜は二人連れ立って近くのスーパーに出掛け、半額になっていた弁当を買いました。半額になると、浅草ドン・キホーテ斜め前の二百五十円弁当よりも、ほんの少しだけ安くなります。

しかし良いことばかりではありません。実はこの半額弁当、狙っている者が何人か店内にいるのです。籠を持って、同じフロアの商品を物色しているようにウロウロしながら、その実、半額シールを貼りに現れる店員を待ち構えております。そして店員が現れるや否や、忽ちその背後に忍び寄り、シールが貼られる端から弁当に手が伸びるのです。

そのほとんどはスーツ姿のサラリーマン風の男性です。おそらく独身か、単身赴任の人たちなのでしょう。たまたま手に入れることができた二人ですが、何日か通っている内に、取り漏らすこともありました。あるいは半額シールが貼られる前に、三割引シールの段階で売り切れてしまうこともあります。

そんなことがあって咲子の提案もあり、炊飯器を買って米を炊くようになったのでございます。米を炊くのはもちろん咲子の担当ですが、それまでまともな生活をしてこなかった咲子は、おかずを作ることができません。二人の夕食は咲子の炊いた米と値引きされた総菜パックになり、それはそれなりに穏やかな二人の生活様式として定着していったのでございます。

桃々とホテルに行った翌日、小川から電話がありました。一郎にではなく咲子にです。桃々が出勤しない、携帯を鳴らしても応答しない、いったいどうなっているのだという問い合わせでした。もちろん咲子がその事情を知るはずがありません。帰宅後それを知った一郎は「知らないものは知らないと答えておけばいい」と申しただけです。もちろんヒヤリとはしましたが、それ以上に、桃々が小川との縁を切ったことに安堵した一郎でございました。

暮らしの変化はそれだけではございません。

先ずは一郎の変化に触れましょう。

がむしゃらに咲子を求めることが無くなったのでございます。桃々の影響ではございません。一郎自身が、勃起薬に頼って咲子と関係を持つことに違和感を覚えたのです。

とは申しましても、レビトラを服用せずに、なかなか満足な勃起を得られません。半勃起、中折れと中途半端なセックスが続きました。

何しろ最初が最初だっただけに、その落差に咲子がへこみます。

「ひょっとして私に飽きたんじゃ……」

ふさぎ込む咲子に一郎は白状しました。

「実はこれを使っていたんだ」

手の平にレビトラのシートを載せて咲子に示したのです。

「レビトラという薬だ」

「お薬？」

「これを呑むと元気になる薬なんだが、服用するのを止めたんだよ」

「どうして？」

「こんなものに頼ってサキちゃんとセックスするのは、何だか違う気がしてね。何て言えばいいのかな。上手く言えないが、サキちゃんとのセックスは、お互いの気持ちの昂りでするのが本当に思えてね」

咲子は納得してくれました。

それからというもの、いっそう一郎の求めに応えるようになったのでございます。求めに応えるだけでなく、積極的に一郎の男根に尽くしてくれるようにもなりました。

リビングで愛し合うようなことはなくなりました。穏やかに風呂に入った後、明かりを消したベッドでむつみ合う二人です。口を吸い合うことから始め、そのうち一郎が乳首を刺激されると悦ぶことを知った咲子は、乳首を唾液で濡らしながら、手で男根を刺激してくれるようになりました。そして男根が一定の硬度を持つと、それを口に含み、丹念に舐めながら、さらに硬度が増したそれを、喉奥まで呑み込んでくれるようになったのです。

乳首だけではございません。咲子はあれこれと試してくれました。初めてホテルでまぐわった時、すでにその兆候はあったのですが、睾丸も一郎の弱みだと知ったようです。もちろんこの場合の弱みとは、言葉のままの意味ではございません。睾丸を口と舌で刺激しながら、一方の手で男根を、他方の手で乳首を刺激するようなことをしてくれるようになりました。

さらに一郎は開拓されました。肛門です。最初は舐められて擽《くすぐ》ったいのと気持良いのがない交ぜになるような快感を得たのでございますが、試しに指を入れてきた咲子の試みに、かつてない快感を覚えたのでございます。

巷で申しますところの前立腺マッサージです。図らずもこのカップルは、奥義とも言えるその技に辿り着いたのでございます。

これだけではございません。さらなる秘儀に辿り着いた二人でございます。

亀頭磨き——

店名は明かせませんが、五反田にその技を駆使する有名店がございます。男根を刺激するのではなく、亀頭に的を絞って徹底的に刺激するという風俗店です。亀頭責めという言葉は他のM性感の風俗店のメニューにもございますが、亀頭磨きの看板を掲げるのはこちらの店だけではないでしょうか。

これも前立腺マッサージ同様、偶然の賜物の発見なのですが、ある夜、不首尾に終わった一郎の亀頭を咲子が慈しんでいる内に、未体験の快感が一郎を襲ったのです。

「ちょ、ちょ、ちょっと待って。そのまま続けて」

終わろうとした咲子を留めます。そんなことがあって、咲子と一郎は、これまた図らずして、亀頭磨きの境地を知ることになったのです。

これらはいずれも、偶然の産物と言えばそれまでなのですが、見方を変えれば、咲子が健気に尽くしてくれた結果だとも申せましょう。

その健気さに刺激され、徐々に一郎の男性機能も、それはレビトラの効果に到底及ぶものではありませんが、咲子の膣内に精子を放出するくらいまでには回復したのでございます。

一郎と咲子の生活は安定しましたが、三月も初旬を終える頃には世間の動きが慌ただしくなりました。二月の末ごろにはトイレットペーパーが品薄になり、首相が各種イベントの自粛要請をします。

三月二十四日には、国や都が、あれほど開催に拘っていた東京五輪の延期が決定され、四月七日に政府は七都府県に緊急事態を宣言し、それが全国に拡大されます。

ここまで事態が急変しますと、さすがの一郎も他人事では済まなくなります。

具体的に申しますと、当然のこととしてマスクを着用するようになりました。そのマスクも通勤途上、浅草中央通りの手拭い屋で見つけ、咲子の分と自分の分を三枚ずつ買い求めた布マスクでございます。それなりの値段はしましたが、マスクが枯渇していた時期でもあり、致し方ない出費でした。他には手洗いを励行し、ほとんど家を出ることがない咲子は感染の恐れもなく、と申しますのも、スーパーの買い出しも咲子に禁じ、一郎一人が足を運んでいたような次第でございまして、帰宅したら帰宅したで、すぐに着衣を脱いで真っ先に咲子が用意してくれていた風呂に入って着替えるという徹底ぶりでございました。咲子にだけは感染させまいという一郎のいじらしさの表れでございましょう。

一郎が勤務する協会もテレワークに変わりました。

「お勤めに行かなくてもいいんですか」

心配顔の咲子が訊ねます。

「ああ、コロナの影響で当分の間出勤は取り止めになったんだよ」

「だったらもっと節約しなければいけませんね。今夜からお粥でいいですか。お粥なら一合のお米で二人分作れますし」

最初一郎は、咲子が何を心配しているのか分かりませんでした。話を進めている内に、協会を休んだ分、給料が出なくなると思い込んでいるのです。アルバイトしか経験のない咲子ですから無理もありません。勤めに出なくても規定通りの給料は支払われると説明しました。

「協会っていいところなんですね」

「協会だけじゃないよ。ほとんどの会社は、正社員で勤めていれば給料は出るんじゃないかな」

苦笑して答えましたが、正規雇用と非正規雇用の待遇の違いを考えさせられた一郎です。また正規雇用であっても、体力のない会社は給与のカットも行われております。さらに会社そのものが倒れてしまうケースも出始めております。普段であればそこまで頭の回る一郎ではございませんが、その頃はテレビのニュースもチェックするようになっておりましたので、自分が社団法人に勤務していることに感謝さえするようになっております。

協会の場合、勤めに出なくとも、ほとんど業務に差し障りはありません。毎日時間潰しに通っていた協会ですので、差し障りがあろうはずがございません。それでも経産省のノンキャリアから天下りしてきた事務長だけは、毎朝九時と夕方五時には在宅確認の電話を入れてきます。

「お変わりはございませんか」

「お陰様で」

たったそれだけの会話で終わる電話でございます。

世間の混乱を余所《よそ》に、平穏な暮らしを送る一郎の生活を乱したのは一本の電話でした。咲子と籍を入れる日はいつにしようかと思案していたときのことです。五月二十五日、緊急事態宣言が解除された当日の夜、八時過ぎのことでございました。電話の主は弁護士の園田です。

「やっと解除されたね」

「ええ、さっきニュースで観ました」

「協会の方はどう対応するんだね。出勤体制とか」

「それは明日、事務長と電話で話し合って決めようと考えています」

咲子はキッチンで夕食の茶碗を洗っています。

その夜の献立は、スーパーで購入したカボチャのそぼろ煮とマカロニサラダでした。米を研ぎ、炊飯器に仕掛けるまでが咲子の役割です。

咲子の背中を横目で見ながら声を潜めて訊ねます。

「私がご依頼している件で何か変化があったのでしょうか?」

「ああ、いい報せではないんだがね」

「いい報せではない?」

全身から汗が噴き出ます。

「そのことで明日事務所に来て貰いたいんだが、都合は付くかね」

どんな要件かと訊きたいところですが、それは躊躇われます。直ぐ近くに咲子がおりますし、それより何より一郎は、園田弁護士の調査員である伊澤の忠告に従わず、小川と勝手に交渉し話を決めてしまったのです。そればかりか、その報告もしておりません。

「昼過ぎくらいに来て貰いたいんだが」

「朝一でも大丈夫です」

意気込んで応えます。

「午前中は何人かの依頼者と会う予定があるんでね。緊急事態宣言後、事務所を閉めていたせいもあって、面談を希望する依頼者が多くいるんだよ」

面倒そうな声です。

(そんな状況での呼び出しなのか)

どうやら覚悟を決める必要がありそうです。

「承りました。十三時に伺うということでよろしいでしょうか」

「ああ、それじゃ時間厳守で頼むよ。午後には他の依頼者とのアポもあるからね」

それで電話は切れました。

なんとも落ち着かない気持ちを咲子に気取られないよう、翌日、協会に出勤することだけを告げ、いつもと同じ時間に横になりました。

さすがに直ぐには眠れません。腕の中で寝息を立てている咲子の寝顔を見ながら、同じ言葉を頭の中で何度も繰り返します。

（大丈夫だ。大丈夫だ。大丈夫だ。大丈夫だ）

小川への支払いは五月分から銀行振り込みになっております。『アゼリア』が臨時休業になっての措置です。

最初の分はゴールデンウイーク前に振り込みました。

その際に気になったのは咲子の父親のことです。小川が一日一食のナポリタンを食べさせると言っておりましたが、『アゼリア』が臨時休業になってどうしているのでしょう。それにナポリタンを提供するときに、日払いの千円を渡すということもあります。それは単に日払いの金を渡すということだけでなく、父親の生活態度を日々小川が確認するというニュアンスも含まれていたように思います。

気にはなりましたが、関わり合いになりたくなかったので、そのまま放置して参りました。一郎と咲子の生活に介入しない、介入させないというのが小川との約束です。そのために生活を切り詰めて、支払っているのです。

（小川に放置された咲子の父親が協会にねじ込んだのか）

ねじ込んだといっても協会はテレワークに切り替えております。また小川が喋らない限り、協会の場所さえ知らないはずです。そんな婉曲なことをするくらいなら、一郎が咲子と棲むマンションの場所を教えるでしょう。

（大丈夫だ。払うものを払っているし、これからも払うつもりなんだから心配などする必要はない）

自身を励ましながら、やがて寝入ってしまいました。

しかし翌日園田弁護士事務所を訪れた一郎を待っていたのは、とても大丈夫とは言えない事態だったのでございます。


そして翌日、約束の時間に園田弁護士事務所を訪れました。一階のインターフォンで案内を乞うと、エレベーターで上がり、入室はせずにその場で待機するよう女性事務員に指示されます。

言われた通り、エレベーター前で待っていますと、マスクに加え、フェイスシールドをした事務員が出て参りました。

「先に検温させて頂きます」

手のひらに収まるくらいの小さな機械で一郎の頭をピッとします。非接触型の体温計です。

「六度二分ですね」

続いて手にしたバインダーを見ながらいくつか質問されます。

「体のだるさを感じることはありませんか」

「いいえ」

「食べ物の味が分からないとかないですか」

「いいえ」

「キャバクラとかカラオケとかライブハウスとか、密閉されて他人と会話する場所を、最近利用されたことはありませんか」

「いいえ」

「今年になってから海外に渡航されたことはありませんか」

「いいえ」

そんな風にいくつか質問され、最後に事務所前の小テーブルに置かれたアルコール消毒液で手を消毒するように求められます。それも指示に従い、漸く入室した事務所は、全事務員が男女を問わず、フェイスシールドで防護しております。そのうちの何人かは、打ち合わせコーナーで依頼者と思しき人間と対面しております。全体的にそれなりの距離をとった配置です。

「こちらでお待ちください」

女性事務員に言われて入り口横の小部屋に案内されます。

「先生は面談中ですので、一時間ほどお待ち頂くことになります」

さすがにムッとします。

「指定された時間通りに来たんだがね」

女性事務員が無表情のままで応えます。

「先生が来られるまで、ビデオを観ていてくださいとのご指示です」

小部屋の隅のテレビを指差して申します。

「外に音が漏れると困りますので、それを装着してください。事前にアルコール消毒はしてあります」

それとはヘッドホンです。

女性事務員がそれ以上何も言わないので、仕方なくテレビの前のソファーに腰を下ろして、応接テーブルの上に置かれたヘッドホンを頭に装着します。

女性事務員が棚に置いてあったテレビにリモコンを向けると電源ボタンが緑色に点灯します。

「リモコンは持って出ます。最後までちゃんと視聴してください。これも先生のご指示です。それから部屋の物に無暗《むやみ》に触れるのはご遠慮ください。いずれにしても、退出された後は、私たちで消毒致しますが」

再びリモコンをテレビに向けます。カチッと音がしてテレビの画面が浮き出ます。

黒い画面に手書きの文字が浮かびます。

『現役女子中学生拉致監禁』

JCなどとぼかさないところが裏物の裏物たる所以《ゆえん》でしょう。

それからの一時間余り、一郎は地獄に落とされたのでございます。

別室で見せられたのは咲子の輪姦ビデオでした。

薄暗い倉庫なのか地下室なのか、四方八方がコンクリートの部屋で、咲子は大勢の男たちに囲まれております。男たちは作業服姿です。揃って目出し帽で顔を隠しております。セーラー服姿で天井から吊られた咲子は気を失っているように見えます。ヤラセなのかリアルなのか判断できない色物です。

男たちが群がり、忽ち咲子は裸に剝かれます。吊られたまま、けっして豊満とは言えない乳房を揉みしだかれ、乳輪の大きな乳首を指で転がされ、唇を吸われ、体中に舌を這わされ、やがて性器にバイブレータを突き込まれます。深々と突き込まれたまま放置されます。

その傍らで男たちが着衣を脱ぎ始めます。目出し帽はそのままで全裸になります。靴下も脱いでいます。

男たちの用意が整ったのでしょう、天井から降ろされた咲子は全裸のまま木製の粗末な椅子に縛り付けられます。

肘掛に両足を縛り付けられ、露わになった陰部を、バイブレータや電動マッサージ機や、他にも一郎が見たこともない器具で責め立てられます。事前にクスリでも打たれていたのでございましょうか、咲子の目は虚ろで表情は弛緩しております。しかしそれでも、器具の責めに反応して喘ぎ声を上げます。その喘ぎ声は、一郎の耳に慣れた例の切々とした喘ぎ声です。

次に咲子は縛られたまま汚れたマットに転がされます。

脚は座禅の形に縛り直され、胴体に巻かれた縄で後ろ手に固定され、俯せのまま男のひとりに尻から犯されます。犯されながら別の男に髪を摑まれ、口に一物を咥えさせられます。その周囲を何人もの男たちが下半身剝き出しで男根を擦っております。そのまま暫く時間が経過します。

「グエッ」

喉奥まで男根を挿し込まれた咲子がえずきます。

口の端から涎が垂れ出ます。涎だけではありません。男が喉奥に放ったものも垂れ流します。咲子の口を犯していた男根が抜き取られます。

堰を切ったように咲子が胃の内容物を、それは殆ど胃液ですが「ゲホ、ゲホ」と咳き込みながらマットに頰を着けたまま吐き出します。体勢が体勢です。上手く吐き切れないそれを、口を窄めたり、小さな舌で掻き出したりしております。

次の男が咲子の髪を鷲摑みにして顔を浮かせます。

同じように男根を咥えさせようとしますが、意識の戻った咲子は首を横に振って抗います。

手加減のない平手打ちが咲子の頰を薙ぎます。

二発、三発、四発、五発と機械的に平手打ちを浴びせられ、その都度短い悲鳴を咲子が発します。竹刀でも打たれ、最後には悲鳴さえ出なくなります。

やがて観念した咲子が男の物を咥えます。男たちは終始無言です。画面に背を向けた全員が肩口や首筋にタトゥーを彫っています。

「ウッ」

咲子を尻から責めていた男が短く呻きます。

咲子から離れます。カメラが咲子の陰部に寄って流れ出る精液を映し出します。

咲子が仰向けに転がされます。新しい男が咲子の縛られた足を抱えて挿入します。

虚ろな瞳を天井に向けた咲子の顔が男根の抜き挿しに上下します。その顔目掛けて男たちが次次に精液をぶっかけます。何しろ数えきれないほどの人数の男たちです。それが次々に射精するのですから、忽ち咲子の顔面は精液に埋もれてしまいます。息をするたび小さな鼻提灯が膨らみます。

それだけではありません。全員の射精が終ったあとに、あろうことか数人の男たちが、咲子を取り囲み、精液だらけにされた顔面に向けて放尿を始めたのです。

(このために靴下を脱いだのか)

どうでもいいことに納得する一郎でございます。

半ば現実逃避が始まっております。

咲子は左右に顔を背け男たちの尿から逃れようとします。しかし右に振っても左に逃れても、周囲を取り囲んだ男たちの尿は咲子の顔面で弾け、精液が洗い流されます。最初の男たちの放尿が終れば、別の数人が同じように咲子を取り囲み、同じように尿を浴びせ掛けます。

数人単位で男たちが入れ替わります。

散々尿塗れにされ、戒めを解かれた咲子ですが、立ち上がる気力も残っていないようです。トレードマークのおかっぱ頭も大量の尿に重たく濡れて河童に見えます。そんな咲子に赤い水玉模様のワンピースが投げ与えられます。そのワンピースの上に黒縁の眼鏡が投げられ、男たちが咲子を残して部屋から去ります。

やっとのことで眼鏡に手を伸ばした咲子がそれを掛けます。目線がはっきりしません。上半身を浮かせて辺りを見回しています。

そこで映像が終わります。テレビからDVDが吐き出されます。一郎は呆然としたまま吐き出されたDVDから目を離せません。

どれくらい経ったでしょう。

ノックもなしにドアが開きます。入ってきたのはフェイスシールドをした弁護士の園田です。

「全部観たのかね」

言いながら対面を避けるように一郎の斜向《はすむ》かいのソファーに腰を下ろします。

「はい、観ました」

掠れ声で応えます。

「先生……」

「ん？　何だ？」

「恨みますよ」

「恨むだとッ」

園田弁護士の顔が険しくなります。

「どうして私にこれを観せたんですかッ。観たくないと以前お断りしたはずです」

「必要だから観せたのに決まっているじゃないか」

傲慢さを隠さない口調です。

「それよりヘッドホンを外したらどうだ。それとももう一度観る気なのか」

小莫迦にしたように申します。

「二度と観たくはありませんよッ」

吐き出すように言ってヘッドホンを外します。

「で、どうだった？」

「どうだったって？」

「観た感想だよ」

「最低最悪でしたね」

「そうか。大事なことを言い忘れていたな」

「大事なこと？」

「これが撮影されたのは今年の二月二十日だ」

「それが何か？」

そこまで調べた調査員の伊澤の腕を自慢でもしたいのでしょうか。

日付まで調べていたのなら、場所も、男たちの素性も調べ尽くしているはずです。

刑事告訴。

その一言が脳裏を過《よぎ》ります。

「何かじゃないだろう。ちゃんと観ていたのかね」

そう言われると自信がありません。

目を背けたくなるような場面だらけでした。目は画面に向けていましたが、心が空洞になっていた一郎です。

「どうやら気付いていないようだな」

溜息交じりに園田が申します。

「何を――でしょうか？」

「被害者を犯していた男だよ。カメラが主に顔面に向けられていたので、正確な数字は推測するしかないが、少なくとも五人は被害者を犯していたな」

意味が分からず園田を睨み付けます。

（五人に犯されたからどうだというのだ）

それがそれほど重要なことだとは思えません。

肉体どうこうより、咲子は徹底的に精神を破壊される仕打ちを受けたのです。

「前に君はこの女性との結婚を考えていると言っていたね」

「はい」

しっかりと頷きます。

「その気持ちは今も変わりません」

こんなものを観せられた後ですが、なおさら咲子を労わってやろうという気持ちになっております。

「子供を儲けたいとも言っていたような気がするが」

「その気持ちも変わりません。二人で穏やかな家庭を築きたいと願っております」

フッと園田が呆れ顔で目を逸らせます。

「こんな経験をした彼女を労わってやるのが自分の務めだと考えます」

園田への怒りも隠さずに申します。

「男らしい言葉だが……」

含みを持たせて園田が言います。

「もう一度言おう。この撮影が行われたのは今年の二月二十日だ」

「それに何の意味があるというのでしょう？」

「で、本日は五月二十六日だな」

相手が何を言いたいのか一郎には分かりません。

「人によって違うみたいだが、もう三か月が経過している。大隅さんのお相手に悪阻《つわり》の症状はないのかね」

「あッ」

ようやく自分の迂闊さに気付いた一郎です。

背後から咲子を犯した男が離れたとき、男の放った精液が咲子の股間から流れ落ちる場面を思い出します。その後仰向けにされた咲子は、足を抱えた男に犯されていたのは間違いありません。

汚辱に塗れながら、ガクガクと壊れた人形のように顔を揺らしていた咲子の姿が思い出されます。その動きは、汚辱から逃れるという意思による動きではなく、咲子を貫いていた男の腰の動きだったに違いありません。その動きから、それは園田自身が推測したことなのか、調査員の伊澤が推測したことなのか、おそらくは後者でしょうが、少なくとも五人の男に犯されていると推測したのでしょう。

「もちろん彼らが避妊などするわけがない。いや、そんなことよりもだ、女性本人が妊娠の可能性について考えないわけがない。そのうえで、キミとの結婚を持ち掛け、ましてや子供まで欲しいと言ったのだとしたら、私は弁護士という職業柄、その女性の思惑を疑わずにはいられないね」

「咲子を疑う?」

「そうだよ。無理矢理孕《はら》まされた子供をキミに押し付けよう、あるいはそれをネタにキミとの婚姻関係を不動のものとしようと考えたとは思わないのかね。だいたいおかしいじゃないか。キミと被害者は親子ほども歳が離れているんだよ。そんな相手に、今どきの女の子が結婚を迫るかね。もちろんいずれも私の憶測だ。ただし、ひとつの可能性として考えるべきじゃないかね」

激しい嘔吐感に襲われた一郎です。

整理できない混乱に眩暈がしそれが嘔吐に繋がったのです。まさか弁護士事務所で、しかもこれだけ相手がコロナに警戒している中で、嘔吐など許されようはずがありません。嘔吐を押し留める、その一点に集中して、突き付けられた現実から逃れようとする一郎です。

「これ以上私から言うことはない」

園田がソファーに深々と身を沈めます。

「お引き取り願おうか」

冷たい声で宣告します。

一郎は席を立つしかありません。

「失礼します」

一礼して辞去しようとします。

「これはお返しするよ」

茶封筒が応接テーブルに投げ置かれます。

「着手金の半額の百万円だ。こちらとしても経費が掛かったので全額返金することはできないが、何とも後味の悪い結果になったし、これ以上相談に乗って上げられることはないからね」

これ以上関わりにはなりたくないと一郎の耳には聞こえます。

「頂きます。お世話になりました」

「これからも協会の仕事での窓口になってもらうと思うが、いろいろ頼むよ」

「こちらこそ」

「このコロナ騒動でゴルフ業界も大変だ。巷では未だそれほどの危機感は持っていないようだが、リーマンショック以上の経済危機に襲われるのは間違いないだろう」

「リーマンショック以上のですかッ」

一郎が驚きの声を発したのは無理もありません。

バブル経済崩壊後、大衆化路線に舵を切ったとはいえ所詮ゴルフは娯楽でしかありません。人の生活に必ず必要だというものではないのです。二〇〇八年のリーマンショックでの売り上げの落ち込みは半端なものではありませんでした。多くのゴルフ場が廃業をやむ無くされました。それ以上の経済危機が、これからの日本を、いや世界経済を襲うとなれば、業界全体の存続に関わる事態となるでしょう。

「そう、その件で今夜田端社長と相談することになっている」

「理事長と……」

「田端社長の会社も大幅な売り上げ減だが、ゴルフ団体の理事長という立場上、自分の会社のことだけにかまけているわけにはいかないだろう。省庁に働き掛けて、何らかの救済措置を陳情するくらいしか手はないがね」

経産省のノンキャリアから天下りしてきた事務長の老いた顔が浮かびます。

(あの人じゃ無理だ)

諦めにも似た感情が沸き起こります。

そもそも事務長がどうこうよりも、ゴルフ場自体が、未だに一般の感覚では金持ちの道楽だとしか思われていないのです。

「理事長の会社もそんなに厳しいのですか」

聞き流せることではありません。

ゴルフ場グループ会社の社長を務める田端から、協会の専務理事退任後の顧問就任を約束されている一郎なのです。その会社の経営が苦しくなっているというのでは先行きの保証が危うくなってしまいます。

「協会の専務理事をやっていて、そんなことも知らんのかね」

園田が呆れた声で申します。

「田端社長のグループでもほとんどのゴルフ場の売り上げが半減しているそうだよ。ゴルフどころじゃないというのが市民感情だろう」

「そんな状態に……」

絶句します。

自らの迂闊さを呪いますが、呪ったところでどうなるものでもありません。

「分かったらとっとと帰ってくれないかね。うちの事務所も破綻関連の弁護業務でてんやわんやなんだよ」

民事再生法、破産法を得意とする弁護士の園田です。コロナ不況で千客万来というところなのでしょう。

肩を落として園田弁護士事務所を後にします。

エレベーターを降りたところで携帯が鳴動します。事務長からの着信です。

「大隅ですが」

「ああ、専務理事。協会の出勤自粛の件ですが」

「今、園田先生から業界の情勢を聞かされたところです」

「それならお分かりでしょうが、おちおち休んでもいられませんよ」

「分かっています。明日から出勤としましょう」

「もちろんそうすべきだと思いますが、それならせめて時差出勤としませんか。専務理事はともかく、定時出勤ですと、私と事務員の小金井真理子くんは満員電車で通うことになりますから」

一理あると理解します。

結局、徒歩通勤の一郎だけは定刻に出退勤し、事務長と事務員は二時間遅れ、終業も二時間早め三時退勤ということにして、しばらく様子見しようと話が決着します。この様子見という発想がお役所仕事の典型です。しかし一郎はそれどころではありません。いろいろと考えることが多過ぎて、事務長の意見に押し切られます。

事務長との通話を終え改めて問題点を整理します。

最大の問題点は咲子が妊娠しているかもしれないということです。一緒に暮らすようになってから、トイレの棚に置かれた生理用品の包みが思い浮かびます。体ひとつで一郎の部屋に転がり込んできた咲子です。生理用品も暮らし始めてから購入したものです。

(使われた痕跡がある)

慥かな記憶ではございませんが、それは購入時より減っております。

(生理があるということは妊娠していないのではないか)

その思いに縋ります。

しかしそれだけの根拠で不安は拭えません。

携帯を取り出します。誰かに確認したいのですが、一郎の携帯に登録されている女性は三人だけです。咲子、小金井真理子、そして桃々もの三人です。まさか咲子自身に訊くことはできません。小金井真理子も無理です。それほど親密な付き合いではありません。

(処女だと言っていたが)

逡巡しながら桃々の携帯を鳴らします。直ぐに応答があります。二言三言あいさつ代わりの会話を交わして本題に入ります。

「生理について訊きたいんだが」

「生理って、月々のお客さんのことですか」

「妊娠すると生理が止まるんだよね」

莫迦みたいなことを訊ねます。

「当たり前じゃないですか」

桃々の声に戸惑いの響きを覚えます。

「それならば、だ」

構わずに続けます。

「妊娠した女性は生理用品を使うことはないわけだ。逆に言うと、生理用品が減っているということは未だ妊娠していないということだ」

「そうとも限らないんじゃないでしょうか」

思わぬ言葉が返ってきます。

「だって妊娠したら生理が止まるんだろ。それだったら生理用品は必要ないじゃないかッ」

思わず食って掛かります。

「私は経験がないので分かりませんが……」

一郎の剣幕に桃々が慎重に応えます。

「乏しい知識だけでお応えするのはどうかと思いますが、姉のケースでお話しします。三年前、まだ私が岡山の実家で暮らしていたころ、姉が出産のために帰省しました」

落ち着いた声で真摯に応えようとする桃々に一郎も冷静になります。

「初産でしたので、予定日の半年ほども前に帰省したんですけど、その時点でも生理用品は必要でした」

「どうしてなんだ？」

「おりものがあるんです」

「おりもの？」

「生理の下血ではありません。詳しいことは分かりませんが、おりもので下着が汚れるので、ずっとおりものシートを使用していました」

「おりものシート？」

「ナプキンに比べ通気性が良いのでそちらを使う場合が多いみたいです」

「だったらナプキンを使っている場合は妊娠しているわけではないんだ」

桃々が電話口で口籠ります。

「……あのう、それって、サキちゃんのことなんでしょうか？」

「いや、その、まぁ」

「サキちゃんには相談できるようなお姉さんとかもいないでしょうから、そのまま生理用ナプキンを使っている可能性もあると思います。それだけじゃなくて……」

「どうした。はっきり思うとおりに言ってくれないか」

「性病に罹っている場合もおりものはあります。強姦とかで出血している場合も、生理用ナプキンは必要です」

桃々がどこまで咲子のことを知っているのか問い質すのは憚られます。しかし小川と親密だった桃々のことです。ある程度、咲子の身の上に起こったことを知っている可能性もあるでしょう。

「どちらにしても産婦人科に行かれることをお勧めします。どのような事情であれ大事なことです。そのままにしておくのは良くないと思います」

正論です。

「ありがとう。そうするよ」

素直に礼を言います。

「もし何か困ったことがあったらまた電話してください」

「相談に乗ってくれるって言うのか」

「前にホテルに行ったとき、あれだけの大金を払ってくれて、それなのに私の体には指一本触れなかった。おじさんのこと、ちょっと気に入っちゃいました」

お道化た調子で言って桃々が通話を終えます。

しばらく呆然としていた一郎ですが、慥かに桃々の言う通りだと合点します。先ずは咲子のことを考えるべきです。あれだけのものを見せられた後でも、咲子を労わろうという気持ちに変わりはありません。

もうひとつの問題は、一郎が将来の当てにしている田端社長のゴルフ場グループの経営が思わしくないということです。自分と咲子の将来が掛かっている問題ですが、それより何より、その咲子あっての将来です。田端社長との約束の件は、明日協会に出勤してからおいおい考えることにし、虎ノ門駅から銀座線に乗ります。浅草までは二十分ほどの乗車時間です。

浅草に着いたのは午後四時過ぎでした。このまま帰ってもスーパーに買い物に行かなくてはいけません。馬道通りの『うなとろ』で蒲焼きを買います。ご飯は咲子が炊いてくれているはずです。

『うなとろ』は観光客に人気の鰻屋でコロナ以前は毎日行列のできる店でした。五人、十人という半端な単位の行列ではありません。多いときには百人近い客が並ぶことさえありました。

味はもちろんそれなりに旨いのですが、何といっても値段が破格なのです。鰻丼シングルが五百円、この値段にはどこの店も太刀打ちできません。東京だけでなく大阪にもチェーン展開する店ですが、盛期の客の多くは中国人観光客だったように思えます。

その日一郎は蒲焼きを二枚求めました。小さな容器に入った追加のタレを含めて千九百円の出費です。スーツの内ポケットには園田弁護士から返金された百万円入りの茶封筒がありますが、先の見えない身で贅沢はできません。それでも蒲焼きにしたのは咲子に精を付けさせてやろうという、一郎なりのせめてもの思い遣りだったのでございましょう。

実のところ一郎にも、自分の気持ちの所在が理解できないのです。園田弁護士事務所で観せられた映像は、慥かに一郎の気持ちを打ち砕くものでした。粉々にされ空洞になってしまいました。しかしそれでも一郎は、あんな惨《むご》い目にあった咲子だからこそ、労わってやろうと思ったのです。

しかしその後で、咲子が妊娠している可能性を突き付けられました。少なくとも五人の男が咲子の膣内に射精したとの指摘でした。さらに園田は、咲子自身が妊娠に気付いているのではないかと示唆したのです。気付いていないまでも、その可能性を考えたうえで、親子ほども歳の離れた一郎に擦り寄ったのではないかと疑ったのです。

（いや、咲子はそんな娘じゃない）

首を振って否定します。

否定しながら一郎の脳裏に浮かぶ光景があります。

初めて咲子と男女の関係になった夜の『ホルモン串』で咲子は言ったのです。

――私、失神とか潮吹きとか、知識では知っていましたけど、都市伝説みたいなものだろうと思っていたんですよね。それが一郎さんとセックスして本当なんだと驚きました。本当に失神とか潮吹きするセックスってあるんだって感動しました。

慥かに咲子はそう言ったのです。

それが先ほどの映像ではどうでしたでしょう。陰部を器具で責められて咲子は激しく感じながら、大量の潮を吹いていたではありませんか。

（薬で意識が朦朧としていたから記憶にないんだ）

自分に言い聞かせます。

しかしいったん心に入った亀裂は止まりません。

（中に出すよう求めたのもあの子だった）

そして一郎は後から危険日だったと知らされたのです。

あの時点では子供を欲しいと言った咲子の言葉を信じた一郎でした。子供を労りながら小川や父親から逃れて暮らしていくとも申しました。そのための費用として月額で二十万円の援助をしてくれないかとも求められました。

翌日、田端社長に咲子との結婚を報告し祝福されました。その勢いで一年後の顧問就任を約束して貰えました。

咲子と父親との縁を切るため『アゼリア』を辞めさせ、父親の守り賃として小川に月々二十二万円の支払いを約束させられました。

小川の要求を受けたのは田端社長との約束を当てにしてのことでした。ところがコロナ騒動でゴルフ業界が被るマイナスは半端なものではないでしょう。

（原点に戻って考え直そう）

浅草寺喫煙所のベンチに座って考えをまとめます。

（先ずはサキちゃんのことだ）

当然の発想です。

（もし妊娠していて、それが他の男の種だったら）

最悪のケースを想定します。

(それでもいいじゃないか)

少し時間が掛かりましたが結論に至ります。

(もしかしたらボクの子供かも知れないんだ)

これはさっき思い付いたことです。

園田弁護士はあの映像が撮影されたのが二月二十日だと申しました。その日付に思い当たる節がございます。咲子が福岡へのライブツアーを理由に『アゼリア』を三日休んだのがその辺りです。あれだけの凌辱を受けたのですから、翌日からの出勤は無理でしたでしょう。撮影当日も含め、三日の休みで出勤したことさえ、咲子の芯の強さを偲ばせます。さらに申せば、そこからおそらく一週間を空けず、一郎は咲子とまぐわっているのです。たとえ妊娠していたとしても、その種が自分の子であるという可能性がないわけではありません。

(受け入れよう)

心に決めます。

(たとえ誰の子であっても、二人の子供として育てればいいんだ。生まれてくる子供に罪はない)

きっぱりと決心します。

（田端社長との約束がご破算になったとして）

これも最悪のケースを考えます。

（協会の収入で暮らしていけないわけではない）

問題は一年後に迫っている定年退職だけです。

咲子と暮らすようになって、切り詰めた生活をしていますが、それはそれなりに充実しております。

一人口は食えぬが二人口は食える。

昔から言われたことですが、それを実感している一郎です。

（収入の問題は何とかなるだろう）

根拠も無く楽観しているわけではありません。

今の事務長が定年を延長し、七十歳の高齢で職務を続けているのです。いったんは役員待遇で顧問として迎えてくれると言ってくれた田端社長です。窮状を訴えて願い出れば定年延長も認めてくれるに違いありません。こう言ってしまえば身も蓋もありませんが、しょせん協会などお飾りの団体に過ぎないのです。

（となると問題は小川か）

子供の養育費や自分が働けなくなった後の咲子と子供の生活を考えると、幾ばくかの貯金は必要でしょう。今のままの生活では、収入を貯蓄に回すことができません。その原因となっているのが小川への支払いです。

（これを手切れ金にして……）

上着の上から内ポケットの茶封筒を握り締めます。

（コロナの現状を説明して泣きを入れれば小川も納得してくれるのではないか）

懲りない男でございます。

二百万円用意して臨んだ前回の交渉がどうであったのか、もう忘れてしまったのでしょうか。

（ゴルフ業界全体の不況を説明し、百万円を一括で支払えば、小川が月々の支払いを免除してくれるのではないだろうか）

そんなことを考えております。

咲子が妊娠していようがいまいが、今の慎ましやかな生活を維持できるのであれば、一郎に不満はありません。最悪咲子が妊娠していて、それが自分の子でなかったとしても、二人の子供として育てればいいのだと、そこまで覚悟を決めたのは立派だと申せましょう。

浅草寺のベンチを立ち上がります。

まなじりを決して一郎が向かったのはホッピー通りです。

緊急事態宣言が解除され、通りは賑わっています。さすがに以前ほどではありませんが、自粛を強いられ、我慢していた市民らが湧き出てきたようです。グラスを交わしながら笑顔で会話を交わしています。店内より店頭の席が人気なのは換気を考えてのことなのでしょうか。それに致しましても、本来四人掛けの席に六人が座り顔を突き合わせて会話しているような状況の店もあります。他人事ながら大丈夫なのかと心配になります。

いえいえ、他人様の心配をしている場合ではございません。これから一郎には小川との談判という難しい課題が待ち受けているのです。前回はすっかり小川のペースに乗せられてしまいました。

（今度はそうはいかないぞ）

鼻息荒く意気込んでいる一郎です。

幸いにも緊急事態宣言明けで『アゼリア』も営業しております。

カランコロンとドアベルを鳴らして店内に足を進めます。

「おや、いらっしゃい」

小川ひとりしかおりません。

「やっと緊急事態宣言が明けたね」

人懐こい笑顔で申します。

一郎は憮然としたまま応えません。いつものテーブル席ではなくカウンター席に腰を下ろします。

「どう？　久しぶりにナポリタン食べる？」

いつにも増して愛想のいい小川です。

その気持ちは分からないでもありません。中国人観光客の姿を見なくなり、緊急事態宣言発令後には人通りも疎らになった浅草です。一郎も、どことなく人恋しさを感じておりました。朝晩二回の事務所からの定時連絡でさえ、嬉しく思うことがあったくらいです。

「いや、いいよ」

「それじゃコーヒー淹れようか。ホットでいいだろ」

「それも要らない」

完全に対決姿勢です。

ショートホープに火を点けた小川が怪訝な顔で申します。

「どうしたっていうんだよ。ずいぶん不景気じゃないか」

「未だ世間でどう言われているか分からないが、コロナ騒ぎの影響はリーマンショック以上なんだ」

「おいおい、本当かよ」

「うちの協会は経済産業省の外郭なんだよ」

「そうだったね。しかしそうなると穏やかじゃないね」

相手の顔が強張ったので強気になります。

小規模かも知れませんが、小川も経営者の端くれであれば、リーマンショックによる経済の落ち込みは身に染みて知っているでしょう。

「うちの業界も大変なことになっている」

「ゴルフ業界がかい？」

「経済失速の割りを真っ先に食らうのはレジャー産業だからな」

一郎もハイライトに火を点けます。

「それで今日はどういう用件なんだよ」

小川がショートホープを揉み消して尖った視線を向けてきます。

会話の流れが好ましくない方向に向かっていることに気付いたようです。

「そこで相談なんだが……」

口籠ってしまいます。

「金かい」

「そうなんだ。月々の支払いの件なんだが……」

ズバリと切り出せないところが一郎の不甲斐なさです。

「まさか払えないって抜かすんじゃねぇんだろうな」

「そのまさかなんだ……」

「よう大隅さん」

小川が新しいショートホープに火を点けます。

「半年もしないうちに約束を反故にする気かよ」

「いや、タダでとは言わない」

「ほう、どう落とし前を付けてくれるって言うんだ」

スーツの内ポケットから茶封筒を取り出します。

あえて『園田弁護士事務所』と記載された面を上にして小川に差し出します。

「百万円入っている。これで縁を切って欲しいんだ」

小川の目が茶封筒に釘付けになっています。

「弁護士の差し金か」

「そうだ」

半金を返金されたことで園田は本件から下りていますが、それを小川に知らせる必要はありません。

「弁護士事務所でサキちゃんが出演させられたDVDを観せられた。ありゃ、犯罪じゃないか。弁護士が雇っている調査員は撮影日まで摑んでいた。いつか小川さん言ったよね。サキちゃんが福岡ツアーで店を三日ほど休んでいるって。あれは嘘だろ。その三日のどこかで撮影したんだよね。調査員は、もっと細かなことまで摑んでいるんだ」

最後の部分はブラフです。

調査員の伊澤がどこまで摑んでいるのか、一郎は知る由もありません。しかし撮影日まで特定しているのであれば、制作した組織も割り出しているに違いありません。それだけでなく、その組織と小川の関係、そして咲子の父親が嵌められたノミ行為をしているスナックとやらの裏事情も把握しているでしょう。

「そうかい。そこまでお調べになったのかい」

ショートホープを口の端に咥え小川が封筒の中身を改めます。

そのままエプロンの前ポケットに収めたことに安堵します。百万円を受け取ったということは、一郎の要求を受け入れてくれたということでしょう。

しかし違いました。

「これは手付金として納めさせて貰う」

「手付金？」

小川の言葉に耳を疑います。

カウンターに電卓が置かれます。

「大隅さんは俺たちと縁を切りたいんだよな」

「そうだッ」

小川の言う「俺たち」が、どの範囲のことを意味しているのか分からないまま語気を強めて頷きます。

「今約束しているのが月に二十二万円だ」

その数字を小川が電卓に打ち込みます。

「一年として――」

12を掛けます。

「何だよ。たったの二百六十四万円じゃないか」

薄ら笑いを浮かべさらに計算を続けます。

「それが二十年として……」

算出された数字が見えるよう、電卓を一郎の眼前に突き付けます。

52,800,000という数字が表示されております。

「五千万円ちょいだ。それをアンタは、たった百万円の目糞金でケリを付けようというのかい、ええ、大隅さんよ」

言葉に詰まってグゥの音も出ません。

「アンタ、これ見よがしに弁護士事務所の封筒を出したね」

小川がさらに続けます。

「それに加えて撮影日がどうとか、それ以上のことも摑んでいるって、それって何かい、俺を脅しているつもりかい」

ショートホープを揉み消します。

「上等じゃねえか。それだったら俺たちのバックも摑んでいるってことだよな。そのうえで、正面から喧嘩を売ってくるんだったら、喜んで買ってやるぜ」

「喧嘩を売るだなんて……」

完全に劣勢に立たされました。

オドオドする一郎に小川が宣言します。

「大隅さんの度胸は褒めてやるよ。サキちゃんに対する気持ちも本物らしいな。それに免じて全額とは言わない。十年分だ。半端を切って、二千五百万円の金を用意しな。それでお望み通り縁を切ってやるよ」

右手の人差し指を立てます。

「一週間だ。一週間だけ猶予をやる。一週間以内にその金が用意できなかったら覚悟して貰うぜ」

「一週間？　覚悟？」

言葉の意味がまるで理解できません。

「スナッフフィルムって知ってるかい」

知らない言葉に首を横に振ります。

「知らなきゃ調べておきな」

見放すように告げられます。

「いいかい、大隅さん。アンタは俺にアヤを付けたんだ。俺を舐めて掛かったんだ。百万円ぽっちの金で俺を丸め込もうとしたんだ。それくらいのことは当然だろう。弁護士の調査員とやらに俺のケツモチを訊いたうえでのことだろう。それなりの落とし前は付けて貰わねえとな」

カランコロンとドアベルが鳴って咲子の父親が入ってきます。

「チッ」

小川が舌打ちをします。

「あいつを交ぜたら話がややこしくなっちまうぜ。もういい。俺の伝えたいことは以上だ。分かったらトットと帰んな」

むしろ追い立てられてホッとする一郎です。

慌てて席を立って『アゼリア』を後にします。小走りでホッピー通りを駆け抜け、浅草寺境内のベンチに座り名刺入れを取り出します。名刺入れから『伊澤光利』の名刺を抜き取ります。震える手で携帯を繋ぎます。

「はい、伊澤」

「ああ、伊澤くん。大隅だよ。浅草の件でお世話になった」

「ええ、覚えていますよ」

「実はキミに訊ねたいことがあってね」

「慥か先生との契約は終わっているはずですが」

「ああ、契約は終わっているよ。しかし着手金全額を返金して貰ったわけじゃない。いろいろ経費が掛かったと、半額の百万円は取られた。経費というのは、主にキミに払った金だろう。だったらこちらには、その範囲でキミが知ったことを訊く権利があるんじゃないのかッ」

「ずいぶん強引な理屈ですが、差し障りのない範囲でならお答えしますよ」

「実はさっき『アゼリア』に行ったんだ」

切り出して小川との顛末を説明します。

「最悪の選択をしましたね」

溜息交じりに伊澤が申します。

「何が最悪なんだよ。いまさらそんなことを言うくらいなら、契約を打ち切る時点で、それを教えてくれていたら良かったじゃないか」

「それは言いっこなしですよ。私がこれ以上関わらないで下さいってお願いした後で、勝手に小川と交渉したのは大隅さんじゃないですか。どうせ今回の件も、これ以上手出しはするなと言っていても、何かしら動いただろうとは思いますがね。それにまぁ、園田先生も人が悪いや。小川のバックについて口が裂けても言えなかったんでしょうが、それとなく臭わせるくらいのことをしておけば大隅さんも自重したでしょうにね」

小川のバック。それは小川自身も強調していたことでした。

「ヤクザじゃないのかね」

「違います」

「まさか政治家……」

そんなことは考えられません。

「違いますよ」

伊澤の声に含み笑いが感じられます。

「だったら何なんだよ！」

「昔風にいえば愚連隊。今は半グレとか呼ばれている連中ですよ。ヤクザより凶暴な連中です」

「ヤクザより凶暴？　意味が分からん」

「ヤクザは損得勘定と組織の理論で動きます。でもあいつ等は違う。一時の激情で無茶も平気でやります。いえ、逆に無茶であればあるほど、本気になります」

「その元締めが小川なのか？」

「浅草界隈限定ですよ。それほど大きなグループではありません。昔はヤクザ組織が彼らの受け皿になって、ちゃんとしつけをしたものですが、今では野放しで、小川のようなヤクザにも顔の効くずる賢い大人にいい様に踊らされているんです」

債権のキリトリ、ノミ屋、売春、スカウト業、細かい悪事は限りないが、その手段が暴力的なのだと伊澤が説明する。スカウトの標的になるのは観光気分で地方から出てきた若い女性らしい。東京に憧れ、住む場所と仕事を世話してやろうかと甘言で近寄れば、かなりの確率で堕とせるのだとか。

「暴対法でヤクザもしのぎが苦しくなりました。そうそう若い者を抱えてはおけない。それに引き換え小川にはそれなりの資金と資産がありますからね。まぁ、裏社会の顔役にでもなった気で余生を愉しんでいるんでしょうが、それもいつまで続くやら。ただいずれにしても、小川に言われた二千五百万円は早急に用意することです。それが大隅さんたちお二人の身のためです」

「どうしてそんなものを用意しなくちゃいけないんだ」

怒りに声が震えます。

二千五百万円はあまりに法外な要求です。

「あいつらは月々の支払いで大隅さんを縛っておいて機会を窺っていたんですよ。大隅さんのバックも確認したうえで、強気に出てもいいと判断して、今回の大隅さんの申し出は、まさに飛んで火にいる夏の虫だったんでしょうね」

他人事のように言う伊澤に腹が立ちます。

しかし園田弁護士との関係が切れた以上、伊澤との関係も他人以上の何物でもありません。

「二千五百万円払えなければどうなるんだ」

「払いますよ。奴らは払わせる自信があるから請求しているんですよ」

「キミは私の懐具合を知っているのかね」

「大隅さんの懐具合とは関係なく、奴らが金を算段する方法はありますよ」

ことも無げに言って付け加えます。

「例えばさっき大隅さんの話に出たスナッフフィルムとかね」

「何だよそれ。裏ビデオみたいなものか？　そんなもので二千五百万円も稼げるはずがないじゃないかッ」

「スナッフフィルムが市場に出たことはありません。例外として一例だけありますが、それは販売前に押さえられました」

「だ、か、ら、何なんだよッ」

「娯楽用に流通させる実際の殺人映像ですよ。もちろん簡単に殺しはしません。考え得る限りの拷問を加えたうえで殺すことになります」

覚悟して貰うと言った小川の言葉が浮かびます。

まさかそこまでやるとは信じられません。

「アイツのバックはそこまでやる連中なのかッ」

「さぁ、それは分かりません」

明らかに惚けた口調で伊澤が申します。

「ヤクザだってそんなことはしないだろう」

「ですからヤクザではないと申し上げているではないですか。もっと凶暴な、後先を考えない連中なんですよ。とにかくその二千五百万円を、何としても用意するんですな。それでは」

苛立たし気に言い残して一方的に通話が切れます。

呆然とする一郎の頭に浮かぶ光景があります。咲子を責めた男たちです。刺青ではありませんでした。三社祭で目にする刺青とは違うタトゥを彫った男たちでした。その正体まで推測はできませんが、ヤクザではないと言った伊澤の言葉が現実の恐怖として沸き上がります。

スナッフフィルム。

そんな世界があることなど想像もできませんが、もし流通させるルートがあるなら大金を産むであろうことは想像に難くありません。咲子と二人でコンクリートの部屋に監禁され、身も凍るような拷問を受け、最後には殺されてしまう。その光景を思い浮かべただけで怖気に襲われます。咲子の妊娠も蔑ろにはできない問題ですが、一週間以内に二千五百万円を作れという小川の言葉の方が今は重いです。

(頭を下げよう)

そう思ってベンチを立ちます。

月々二十二万円であれば切り詰めた生活をすれば何とかなります。しかし二千五百万円は絶対に不可能な金額です。ここはひとつ小川に頭を下げて、月々二十二万円の支払いで許して貰うしかありません。土下座してでも許して貰わないと、その先に何が待っているか分からないのです。

賑わうホッピー通りを抜けて『アゼリア』に至ります。

閉店の看板が掛かっていました。

項垂れて来た道を戻り、自宅マンションへと帰り着きます。

「一郎さん!」

出迎えた咲子がいつにも増して明るい声で迎えてくれます。

『うなとろ』で求めた折りを渡します。

「鰻の蒲焼きを買って来たんだ。今夜はこれをおかずに晩御飯を食べよう。自粛も解けたことだし、精を付けなくちゃね」

無理に笑顔を作ろうとする顔が歪みます。

「あれ、一郎さん気付いていたんですか」

一郎の落ち込みを余所に咲子が笑顔で申します。

「えッ、何を?」

「精を付けなくちゃって言うから……」

「だから何を?」

「子供ができたんです。私一日も早く知りたくて生理予定日から妊娠検査キットで調べていたんです。前回の生理は無くて陽性反応が出ました」

検査精度は99%だと嬉しそうに説明します。

そう言われても昼間観たＤＶＤがあるので素直には喜べません。

「ボクの子供なの?」

余計な言葉が口を衝いて出てしまいます。

「間違いなく一郎さんの子供です」

「でも……」

「私があんなビデオに出たから疑っているんですね」

咲子の陰部から糸を引いた男の精液が思い出されます。

「疑われても仕方ないと思います」

咲子が声のトーンを落として言います。

「でも私、撮影の後で産婦人科に行ってアフターピルを貰いました」

咲子の説明によればアフターピルとは緊急避妊薬のことらしいです。

望まない妊娠をした可能性がある場合、行為の七十二時間以内にその薬を服用することで妊娠を回避できるらしいのです。

「その後の検査でも異常はなかったので、お腹の子は一郎さんの子供に間違いありません」

一途な目をして申します。

思わず咲子を抱き上げる一郎です。

（こんな大事なことでこの娘が嘘を吐くはずがない）

素直に信じる一郎です。

あれだけの目にあって、すぐに出勤したことを咲子の芯の強さだと思った一郎でしたが思い直します。

（芯が強いだけじゃなかったんだ）

休んだだけでなく緊急避妊薬の手当てまでしていたのです。

（自分の境遇を受け入れて、それと闘う覚悟を持った娘なんだ）

いろんな感情がない交ぜになって滝のような涙が目から溢れ出ます。

「一郎さん……」

咲子の声も感極まって掠れています。

「お祝いだ。久しぶりに外食しよう」

朗らかに申します。

「だって鰻の蒲焼きが……」

「いいんだ。もう冷めているし、天婦羅でも食べに行こう」

以前桃々と行った『天恵』が浮かびます。

咲子はアルコールを飲めませんが、飛露喜が入荷していればそれを飲みたいとも思います。咲子の妊娠のお祝いなのです。アフターピルとやらのお陰で誰の子なのだと心配する必要もありません。

小川との間でいろいろあり過ぎました。明日は小川に詫びを入れて関係の復旧が必要です。それはそれで憂鬱な話です。

思惑通りに復旧できたとしても、その後の暮らしは厳しいものになるでしょう。しかし咲子の清貧さと強さが支えになってくれるに違いありません。たとえ自分の種でなくとも、咲子が妊娠していれば、その子供を慈しみながら三人で暮らそうと覚悟を決めていた一郎です。その憂慮が払拭されたのであれば、これからの節約生活にも耐えられます。

「ダメですよ」

言下に咲子が異を唱えます。

「冷めていてもレンジで温めればいいじゃないですか。それにせっかく炊いたご飯が無駄になります。これからお腹が大きくなって、月が満ちて子供が産まれれば、おむつ代やらミルク代やら、いろいろと物入りなことが増えます。今から贅沢なんてしていられません」

負うた子に教えられるとはこのことでしょうか。

抱き上げた咲子をそっと下ろして肩に手を乗せます。

「そうだな。実はゴルフ業界も大変なことになっているみたいなんだ。来年のグループ会社への移籍も危ないかもしれない。つまり、今の緊縮生活がこのまま続くかも知れないんだ」

正直に打ち明けます。

ただしそれは小川との和解が成ったらという前提付きです。スナッフフィルムの可能性まではとても口にはできません。

「私は大丈夫です。今のままで十分幸せです。たくさん頑張って今以上に節約します。だから一郎さんはお仕事を頑張って下さい」

「無理をしてはいけないよ。大事な体なんだから」

そんな会話があって、レンジで温めた鰻の蒲焼きをおかずにその夜の夕飯を済ませた二人だったのでございます。言葉少なにご飯を食べながら、時折目を見交わして、微笑み合う姿は幸せな夫婦そのものでございます。

さてその翌日、一郎は定刻に協会に出勤致しました。二時間遅れで事務長と事務員が出勤致しましたが例によって仕事らしい仕事はございません。老齢の事務長の意見もあって、事務所の中でも三人が揃ってマスクをしておりますので、会話もないまま午後の三時を迎えます。

「それじゃ、電車が混む前に」

事務長が断って席を立ちます。

「私も」

事務員の小金井も帰り支度を始めます。

「ちょっと悪いんだが、ボクも早帰りしていいかな」

事務長に一郎が断りを入れます。

「久しぶりの出勤なので少々疲れてしまってね」

誰にともなく申します。

もちろん疲れるようなことは何もしておりません。一郎の目的は『アゼリア』を訪れることです。小川との関係を修復し、咲子との生活を守らなければなりません。そのための早上がりです。

「電話の一本もありませんでしたから、別に支障はないんじゃないですか」

事務長が気の抜けるような理由で同意します。

「まッ、監督官庁への陳情も具体的なご指示を頂いてからということになるでしょうからね」

換気のためだと全開にしていた窓を閉め始めます。

具体的な指示が下される前に協会としてやれることを協議すべきだと反論したくなりますが、一郎自身が早帰りを希望しているのですから、そんな烏滸《おこ》がましいことを口にできるはずがございません。窓閉めを手伝って三人で協会を後にします。

国際通りを抜けてホッピー通りを歩きます。

十分も歩くことなく『アゼリア』へと至ります。

カランコロン。

耳に馴染んだはずのドアベルの音が妙に障って聞こえます。

「よう大隅さん。もう金の工面ができたのかね」

ボックス席に大柄の客がひとりおります。

小川はその対面に座ったまま軽く手を挙げます。小川と向かい合わせに座る男は背中を向けているので人相までは分かりませんが、いかり肩にモヒカン刈りです。巨漢です。二人の間にはビールの小瓶が二本置かれています。その男が醸し出す雰囲気といい、小川がいきなり金の話を持ち出したことといい、その男が小川と半グレの仲間であることは自然な発想でしょう。

「ジュンくん、この人がさっき言っていた二千五百万円を払ってくれる大隅一郎さんだよ」

小川の言葉に座ったまま男が上体を捻り半身で一郎に目を向けます。とても「ジュンくん」という顔ではありません。ゾッとする目付きです。両耳に数個耳のピアスどころか鼻輪までぶら下げています。ジュンくんは振り返っただけで挨拶もせず元の姿勢に戻ります。

「いや、金は未だなんだ」

ジュンくんの異様な雰囲気に負けてそう答えてしまいます。

未だとはどういう言い草でしょう。それは裏を返せば、期限内に言われた金を用意すると認めたと同じではありませんか。

「だったらナポリタンでも食べに来たのかね。あいにくうちは昨日から営業を止めているんだ。そろそろ俺も引退しようと思ってね。家賃収入が入らなくてアップアップなんだよ」

慥か家賃補助があるはずですがその申請が遅れていると聞いてはいます。

「そうですか。それは残念。また出直しますよ」

おやおやどうしたことでしょう？

月々の支払いを二十二万円に戻してもらうつもりで足を運んだのではなかったのでしょうか。何を簡単に引き下がっているのだと叱ってやりたくもなりますが、どうやら一郎、異形の風体をしたジュンくんに腰が引けたようです。まったく一郎という男は、ここ一番という場面に不甲斐ないと申しますか、腰抜けと申しますか、簡単に引いてしまう男なのです。

踵を返した一郎の耳にジュンくんの声が届きます。その声は敢えて一郎に聞かせるために発せられたとしか思えない言葉でした。

「リーマンと浮浪者と中学生か。二千五百万円の元は取れるだろうな」

その言葉の意味を嚙み締めて足が竦みます。

(スナッフフィルムとやらの相談をしていたんだ)

確信します。

浮浪者とは咲子の父親のことでしょう。

(あれを使うしかない)

もはや一郎に残されている選択肢は二千五百万円を用意することしかありません。

そう悟った瞬間にその方途を思い付いた一郎です。

(ただし今日は無理だ)

退勤したのが十五時ですから銀行の窓口は閉まっております。

(明日朝一で都合しよう)

幸い定刻の九時に出勤するのは自分だけです。

(後先を考えている場合じゃないんだ)

自身を励まします。

そのままホッピー通りの『うおや』に入り、渇いた喉を黒ホッピーで潤します。がぶ飲みします。酔いで理性を鈍らせようとしております。

（どこでボタンを掛け違えたんだ）

酒を流し込みながらそんな詮無いことを考えます。

（園田先生などに頼らなければ良かった）

逆恨みが始まります。

（調査員の伊澤さえ動かなければこんなことにはならなかったんだ）

その二人をブラフとして使い、交渉を有利に進めようとしたのは、いったいどこのどなたでしょう。

（サキちゃんは悪くない。ボクだって……）

さすがに悪くないとは続けられません。

もし一郎も悪くないのであれば、誰が悪いというのでしょう。

考えるまでもなく、真の悪党は小川とその仲間です。しかしそこに考えが及ばない一郎です。圧倒的な力の差に目を背けています。それは自然災害に見舞われた者が、その災害を悪と見做さないのに似ています。

しかし小川やジュンくんは台風や地震ではないのです。同じ人間なのです。なぜ闘おうとしないのでしょうか。

それは一郎にも分かっています。

でも怖いのです。彼らに立ち向かう度胸がないのです。

そんな自分の不甲斐なさ、自己嫌悪を紛らわせてくれるのは酒だけです。

酔い潰れるほど飲んで帰宅します。

玄関に倒れ込み、介抱してくれる咲子の膝に顔を埋めて号泣します。

「ごめんよ、サキちゃん。ごめん。サキちゃん。ごめんなさい」

謝り続ける一郎の髪の毛を梳くように咲子が慰めてくれます。

何があったのかは訊きません。その目に昏い諦観が宿っています。幸せの絶頂期にあって、それだけに悪いことが起こると確信していたようです。その悪いことが何かまで、問い詰めたりは致しません。それが咲子という女なのでしょう。ひたすら一郎を慰めるように髪を梳きます。

朝までそうしていた咲子です。

夜明け前に目覚めた一郎に微笑み掛けます。

「お風呂に入りますか」

「ああ、今日も出勤だからな」

咲子の助けを借りて立ち上がります。

「早めに出勤したいのでシャワーにするよ」

「はい。それでは私は着替えを用意します」

熱いシャワーを浴びながら、これから自分がしようとすることを頭の中でシミュレーションします。

(事務長らが出勤する十一時までに終わらせなくちゃいけない)

かなり法外な手段に出るつもりでしょうが善悪は考えの埒外のようです。

(そのために必要な用意をして——)

午前九時の開店と同時に銀行窓口を訪れる算段を致します。

協会事務所から雷門通りの銀行までは歩いて十分程度の距離です。

(八時半までには準備を整えよう)

着々と計画が練られます。

(金が用意出来たらその足で『アゼリア』に行くんだ)

考えが止まります。

そうです。小川は営業を止めていると言っていました。果たして『アゼリア』に行って小川に会えるのでしょうか。

(いや、必ずいるに違いない)

大して客も入らないのに年中無休で『アゼリア』を開けていた小川です。

それにこの一週間は一郎が持参する金を待つという目的もあります。それを当てにして、昨日のように、ビールでも飲みながら待っているに違いありません。

シャワーを終えて身体を拭いたバスタオルを腰に巻いた姿で浴室を出ます。着替えを携えた咲子がリビングに続く廊下で待ってくれております。バスタオルを咲子に渡し、着衣を済ませそのまま玄関へと向かいます。

「一郎さん……」

小声で咲子に呼び留められます。

靴に足を入れながら振り返ると無表情な咲子が佇んでおります。

「帰ってきてくださいね」

いったいどこまで咲子は事情を察しているのでしょう。

昨夜の記憶がほとんどありません。

(もしかして喋ったのか?)

自身を疑いますが記憶がないのでどうしようもありません。

そのことを確認することも憚られます。

「ああ、帰ってくるさ」

絞り出すように言うと幽かに咲子が微笑みます。

(何て哀しい笑顔なんだ)

胸が締め付けられます。

(仮に自分が喋っていなくても、昨日の様子から何かを察しているに違いない)

物事を悪い方悪い方にしか考えられない咲子の習い性が不憫です。その嗅覚ともいえるものが、自分たちに迫っている不幸を嗅ぎとっているのでしょう。

（オマエを不幸にしない）

心の中で呟きます。

正確には（オマエだけは不幸にしない）と頭に浮かんだのですが、心の中の呟きは違いました。この期に及んで一郎は、未だ何とかなると考えているのでしょう。楽観的というよりも理性的な思考を失っているようでございます。

午前八時前に協会に到着しました。

部屋の隅に鎮座している大金庫を開けます。鍵とダイアルで守られている大金庫も、それを持ち、知っている人物が相手では抵抗も及びません。

大金庫の下段の引き出しから封筒を取り出します。預金通帳と銀行印が収められている封筒です。念のため残高を確認します。

五千百五十三万円。

小川の要求の倍額の残高です。

二千五百万円を支払ったとしても二千六百万円以上の残高があります。この預金の原資は会員ゴルフ場からの会費で、残高は過去から累積です。昔は隆盛を極めた協会でした。

出費は主に各地の理事会の会場費や旅費交通費です。これは百万円に満たない金額で済みます。その他に大きな出費としては、大災害が起こった時に協会として義援金を拠出するケースがあります。過去最も多かった支出は東日本大震災の被災地へ拠出した三百万円でした。

いずれに致しましても二千六百万円以上の残高があれば、資金不足で一郎の悪事が発覚する恐れはありません。もちろん協会にも決算があります。来年の三月末決算時までには穴埋めしておかないと使い込みが露呈してしまいます。

（そんなことを考えている場合じゃない）

思い切ります。

（最悪、咲子と逃げるという手もある）

そこまで考えます。

（地方のマンションの住み込み管理人という方法もあるじゃないか）

そんな安易なことを考えたりもします。

もしそのような募集があり、現時点での一郎の経歴なら採用される可能性もあるかも知れません。しかし逃げた後は住民票の移動もできません。そんなことをしたら即座に居場所が知れてしまいます。果たして現住所を持たない者を管理人として雇ってくれる管理会社があるでしょうか。

土木作業員、交通誘導員、ファッションホテルの住み込み清掃員、あれやこれやと職業を考えながら書類鞄に封筒を収めます。少し早いですが事務所を出て銀行に向かいます。

銀行に到着したのは午前八時二十分です。道の向こうにファミレスがありますが、そこで開店時間を待つ気にはなれません。足踏みをしながら銀行前で待ちます。

九時ちょうどに銀行が開いて二千五百万円を下ろします。

それ以前から足が地についていない状態です。そのまま『アゼリア』に足を向けます。

小川はカウンターの中でビールを呷っています。

「二千五百万円だ。受け取れよ」

乱暴な口調で言ってカウンターに現金の入った紙袋を放り投げます。せめてもの憤りの発散です。

何しろ二千五百万円という大金です。普通の現金封筒には納まりません。一郎がカウンターに放り投げたのは銀行の名前が入った紙袋です。勢いで札束のいくつかが紙袋から飛び出してカウンターの向こうに転がり落ちます。

「ずいぶん威勢がいいんだな」

苦情を言いながらも落ちた札束を小川が腰を屈めて拾い集めます。

「これでアンタとは絶縁だ」

「おいおいちょっと待てよ。金勘定が終わるまでそこで待ってな。抜かれていたんじゃ堪らんからな」

小川が言ってカウンターに札束を並べます。その手が微かに震えていることを一郎は見逃しません。裏であこぎな稼ぎをしているとはいえ、そのあたりのチンピラを集めて小銭稼ぎをしている小川です。これだけのまとまった金を得たことはないのかも知れません。

「手が震えているじゃないか。緊張しているのか？」

小川を試す気で言ってみます。

スナッフビデオ。

それは殺人の実写ビデオです。

こんな小心者にそれを扱う度胸があるのかと疑います。

もしここで殴り合いになったとしても、自分よりはるかに高齢の、そしてか細い小川に負ける気はしません。自分は小川の演技する幻影を恐れていたのだと考えます。

一郎がカウンターに手を伸ばします。

「てめぇ、何をする気だ」

小川が怒声を発します。

いったん見切ってしまえばその怒声も安っぽくしか聞こえません。

「アンタに金を渡すのが惜しくなったよ」

「何だとぉ」

「三人殺せば死刑だ。しかもその証拠をわざわざビデオにして市場にばらまく。そんな覚悟がアンタにあるのかね」

小川が言葉に詰まります。

そんな小川を横目に一郎は札束を紙袋に詰め直します。今からすぐに銀行に行って入金すれば、何とかなるでしょう。通帳に不自然な入出金記録は残るでしょうが、それを誤魔化すのは後で考えればいいことです。

小川がスマホを取り出して喚《わめ》きます。

「直ぐに来てくれ。例のカモが居直りやがった」

その声に一郎は急いでその場を逃げ出す用意をします。

ガランゴロン。

ドアベルが、いつもとは違うけたたましい音を立ててドアが開きます。勢い込んで踏み込んで来たのは、先日のモヒカン刈りの巨漢です。一郎に向かって真っすぐに迫り、予備動作もなく顎を殴られ、さらに何十発も浴びせられます。倒れ込んだ一郎の手から紙袋を奪い取ります。一郎は半ば意識朦朧とし、もちろん戦意など失せております。

「そいつは持って行ってくれ。俺みたいな年寄りが大金を抱えていると不用心だからな」

「こいつは?」

「本来なら詫び料を貰うところだが、今日の今日とはいかないだろう。ひでぇ面相になっているからな。日を改めて追加の一千万も頂くさ」

「それじゃ預からせて貰います」

モヒカン刈りの男が頭を下げて『アゼリア』を後にします。

カウンターから出た小川が倒れた一郎の横にしゃがみ込みます。

「万一のために近くに待機させといたのよ。まさかアンタが居直るとは思わなかったがな。まぁいいさ。一か月だ。一か月の猶予をやるから詫び料の一千万円用意しな。できねぇ時は分かっているな。証拠のビデオがどうたらと能書きほざいていやがったが、日本じゃなくてもスナッフビデオの需要は世界中にあるのよ。素人考えで勝手なことをぬかすんじゃねぇよ。俺の手が震えていたってか？　たった二千五百ぽっちの金で俺がビビるわけねぇだろう。加齢よ。手が震える歳になっちまったってことよ。今までだってそうだった。そんなことにも気付かない間抜けな常連さんだったのかよ」

言うだけ言って立ち上がった小川が、革靴の爪先で一郎の腹に蹴りを入れます。その一発で気を失ってしまった一郎でございます。

気が付いたのは夕暮れ迫るホッピー通りの角でした。酔い潰れているとでも思われているのでしょう。道行く人は無関心です。

スマホを確認すると数件の不在着信があります。事務長からです。まさか横領が発覚したのかと心配になってコールバックします。

「もしもし大隅ですが」

「どうされたんですか？　全然電話にお出にならないので心配していました」

「ちょっと熱が出て休んでましてね」

「それはいけない」

「いや、一晩眠れば大丈夫ですよ」

「何を言っているんですか。出勤はご遠慮ください。最低でも向こう二週間は」

心配している口調ではありません。むしろ叱られているような気になります。事務長の懸念も理解できます。いずれにしても顔の腫れが引くまで協会には出られません。二週間の休みを了承して通話を切ります。


薄暮の隅田公園を歩く二人連れがおります。

手を繋ぎ、寄り添う影は一郎と咲子です。

「サキちゃん、スカイツリー行ったことある?」

「いいえ、私は行ったことがないです」

その影が隅田川の川面に揺れています。

「ボクもないんだ」

しばらく歩いてまた一郎がボソッと呟きます。

「今年は隅田川の花火大会も中止だしな」

三社祭もほおずき市もすべて延期や中止になってしまいました。

一郎の住むマンションの屋上は普段は立ち入り禁止なのですが、その夜だけは管理人立会いのもとに開放されます。完全にとまでは言えませんが、歩行者天国になっている馬道通りの車道から眺めるより遥かに大きく花火を見ることができます。その光景を思い浮かべますが、来年のない二人にそれは無縁のことです。

「ごめんね」

さっきから何度も繰り返した言葉が一郎の口を衝いて出ます。

「いいえ」

咲子が首を横に振ります。

「私はほんとうに幸せでした」

その返答も何度も繰り返された言葉です。

来年の決算まで大丈夫だと高を括っていた一郎の不正が発覚したのは、顔の腫れが引いて一郎が出勤したわずか十日後のことでした。小川に言われた一千万円を用意しなければいけないと焦っていた時期です。

協会の理事長を務める田端社長が、会員ゴルフ場に見舞金を出そうと発案したのです。大した金額ではありません。一ゴルフ場あたり十万円の見舞金です。会員数は三百二十五コースですので三千二百五十万円あれば賄えます。

もちろん一郎は異論を唱えました。

「わずか十万円程度で経営の足しになるでしょうか……」

控えめに上申しました。

「そりゃ焼け石に水だろうが、それでも気持ちの問題だよ。会員コースの皆さんだって、協会に金のないことは知っている。その協会が見舞金を出したということが大事なんじゃないか」

協会の年会費は三万円です。入会金は三十万円ですが、ここ何年も新規入会はなく、それどころか年々会員数を減らしている状況です。会員であることのメリットがほとんどないのですから仕方がないでしょう。敢えてメリットを挙げれば、協会顧問である園田弁護士を紹介して貰えるということくらいでしょう。

「会員数が最盛期の三割にも満たないのが現状だ。これ以上会員が減ったら協会の存続自体が危ぶまれるだろう」

田端理事長の鶴の一声で見舞金の配分が決定しました。

その決定を受けて、さっそく事務処理に着手した事務長の働きで、一郎の横領が発覚してしまったのです。発覚すると同時に理事長から呼び出された一郎は、激怒する田端理事長に弁明の機会も与えられず馘首されました。そのうえで、一か月以内に返金されない場合は刑事告訴すると告げられたのです。

そこまで追い詰められますと、咲子の前で平静を装うこともできません。

毎日暗い顔をして落ち込む一郎を心配する咲子に、協会をクビになったことを打ち明けました。

「コロナ騒動でゴルフ業界が大打撃を受けてね」

馘首の理由はごまかしました。

直ぐに誤魔化しきれなくなりました。

協会の金を使い込んだこととその理由を吐露してしまいます。

この点もこの男の情けないところです。

どうして己ひとりで抱え込めないのでしょう。自分の言葉が咲子を追い込むことになると配慮できないのでしょうか。

「懲役刑になると思うけど、もしそうなったらサキちゃんはボクが出所するまで生活保護で暮らしてくれないかな」

そんな提案をしてみました。

「やっぱりそうだったんですね」

諦めた口調で申します。

「幸せ過ぎて怖かったんです。やっぱり何か間違っていたんです」

「いや、未だやり直せるよ」

励ますつもりの自分の言葉が空虚に聞こえます。

改めて考えるまでもなく一郎は六十四歳なのです。人生をやり直せる年齢ではありません。

「今まで何度も考えたことがあります。でもそれは違うと自分を励ましてきました。ただ怖かっただけかも知れません。今なら怖くはありません」

「え、何が？」

咲子の言葉の意味を測りかねて問い掛けます。

「一郎さん、死にましょう。一郎さんと一緒なら怖くはありません。どれだけやり直しても、私の人生が報われることなんかないんです。今は違います。生きてきて良かったと思えます。だからそう思えるうちに死にたいんです」

「でもサキちゃんは未だ若いし、将来の夢だってあるじゃないか。それにお腹の子供のこともあるし……」

「若くても、夢があっても、お腹の子供のことも——産まれないまま私の勝手で死んでしまう子供には申し訳ないと思いますが……」

「だったら」

「死にたいんですッ」

一郎の言葉を遮って咲子が鋭く申します。

「一郎さんと、愛している一郎さんと死にたいんです」

か細い声で言って、哀しそうな目を一郎に向けます。

咲子の背中に死神が見えます。

そして自分の背中にも死神を感じます。

今死ねば、責任を取って自死したと理事長らは納得してくれるかも知れません。身勝手ですが、それがせめてもの恩返しに思えます。

それより何より、自分と一緒に死にたいと言う咲子の言葉が一郎に重たく伸し掛かります。それはいつか、家庭を築きたいと言った言葉と同じ響きを以って一郎の耳に聞こえます。

隅田公園をとぼとぼ歩く二人の影が薄くなります。

とっぷり暮れて、東の空に聳え立つスカイツリーが輝いています。

言問橋が見えてきます。

さきほど吾妻橋に行きましたが、交通量も多く、欄干も簡単に越えられそうな高さではありませんでした。一郎はともかく、咲子には手強く思える欄干でした。言問橋もそれに変わりはないでしょう。

不意に咲子が歌い始めます。一郎が初めて耳にする歌です。しかし一郎の耳に慣れた絞るような歌い方ではありません。口ずさむような、それでいて心に染みこんでくる軽やかな歌です。

その歌声を聞いているうちに一郎の心が決まります。実は一郎、この期に及んで未だ迷いがありました。

(死ぬ以外に何か方法があるのではないか)

そんなことを考えていたのでございます。

（自分はともかく、咲子まで道連れにする必要はないのではないか）

いえいえ、それは一郎が自身を誤魔化す想いでございます。咲子を道連れにしない方法があるのなら、自分が助かる方法もあるのではないか。未練たらしく考えていたのでございます。むしろそれこそが一郎の本心でございましょう。

しかし咲子の歌声を聞きながら、一郎のそんな想いは薄れていきます。

（こんな状況でこんな軽やかな歌を口ずさめるなんて……）

咲子に紛れもない純粋さを感じてしまいます。

これから起こるであろうこと、一郎と共に入水自殺すること、そのことに、些かの迷いどころか喜びさえ感じている。一点の曇りもなくそのことを望んでいる。

そんな咲子の期待を裏切れようはずがありません。

ここにきて、漸く覚悟を決めた一郎だったのでございます。

橋の手前で公園から川べりの遊歩道に下ります。そこの手摺なら越えられそうです。

「もう少し暗い場所まで歩きましょうか」

咲子が提案してずっと握っていた一郎の手を強く握り直します。

そして再び小声で歌い始めます。

切々とした咲子の歌声が夜の静寂に流れて消えます。

あとがき

本作は、文芸界ではタブーとされている神視点で書かれた作品です。
敬愛する先輩作家さんが、同一視点で書くことを担当編集者から指摘されたのがデビュー三作目であったというエピソードを知り、またその作家さんが、後に文学賞を目指す一般人を装い文芸教室に通い、神視点で書かれた受講生の作品を講師が評価する様を揶揄するような作品を発表していたこともあり、私もいつか神視点で書いた作品を上梓したいと夢想していたのです。

しかしいざ書いてみようとすると、なかなかこれがハードルの高い試みでした。それまで私が読んできた書籍のほとんどすべてが同一視点で書かれたものだったのですから当然と言えば当然でしょう。

あれこれ考えた末、私は落語を参考にしたらどうかと思い立ったのです。
幸い私の仕事場の近くには『浅草演芸ホール』という常設の寄席があります。
そこに何度か通い、これならいけるかも知れないと感じました。
根っからの関西人である私は、登場人物にツッコミを入れたいという欲求もありました。

その点でも落語をベースにすることが相応しいように思えたのです。

さて、登場人物につきまして、私の作品のほとんどがそうであるように、実在する人物をモデルにしております。

主人公の愛欲に溺れる情けない初老の男性のモデルは私自身です。

彼が落剝していくエピソードも、私が作家になる以前の実体験を元にしたものです。

登場人物らが訪れる飲食店も浅草に実在します。

しかし、私にも（ご信頼頂けないかもしれませんが）、自分なりに超えてはいけないと考える一線がございます。

私なりのコンプライアンスを意識しているのです。

私以外のモデルには、登場人物であろうが、取り上げた飲食店であろうが、モデルにすることを逐一お断りし、許諾を得ております。

実名を明かさないで欲しいと言われた飲食店さんが一店舗だけありますので、その他の店は、［浅草 店舗名］でご検索頂ければ、所在地を含めた詳細が明らかになるはずです。

とは申しましても、コロナ禍を過ぎ、インバウンドに賑わう浅草の光景は、当時と様変わりしておりますから、保証の限りではございません。

なお本作を執筆するにあたり、参考文献よろしく、採用した飲食店の情報を書いてみるかと考えた私でしたが、それでは観光ガイドブックになると、思い留まった次第です。

またさらに、モデルとした女性登場人物には（さすがに実名は避けたものの）、モデル料として、それなりの対価も支払っております。具体的な金額を申し上げることは差し控えますが、某版元さんからご紹介頂いた小説家を主に担当している税理士さんから「これは払い過ぎですよ」と、指摘されたほどのモデル料だったということで、その先は読者諸氏のご想像にお任せします。

この物語はタイトルのとおり、隅田川に入水心中する二人の男女の物語です。

しかし私は執筆しながら、この男女に、とくに薄幸の若い女性に感情移入してしまいました。

ですから物語のラストでは二人の入水心中を匂わせるように書くに留め、リアルなシーンは書けませんでした。

他の作品にも通じることですが、このあたりが、実在の人物をモデルにする際の弊害とも指摘される点かも知れません。

本作の執筆後何度か神視点にこだわり、再び書いてみようとしたのですが、担当編集者さんからのご許可は下りず、また私自身も神視点への熱が冷め、おそらく本作は、私の作家人生の最初で最後の神視点で書かれた作品になるかと存じます。

最後になりましたが、本作を世に出して頂いた双葉社様、ご担当頂いた編集者さん、そしてなによりお読み頂いたすべての読者諸氏に深く感謝申し上げます。

令和五年四月吉日　赤松利市

・本書は二〇二一年二月に小社より単行本刊行されました。

双葉文庫

あ-67-03

隅田川心中《すみだがわしんじゅう》

2024年4月13日　第1刷発行

【著者】
赤松利市《あかまつりいち》

【発行者】
箕浦克史
【発行所】
株式会社双葉社
〒162-8540 東京都新宿区東五軒町3番28号
［電話］03-5261-4818(営業部)　03-5261-4831(編集部)
www.futabasha.co.jp（双葉社の書籍・コミックが買えます）
【印刷所】
大日本印刷株式会社
【製本所】
大日本印刷株式会社
【カバー印刷】
株式会社久栄社
【DTP】
株式会社ビーワークス

【フォーマット・デザイン】
日下潤一

ISBN978-4-575-52745-2 C0193
Printed in Japan